天下第一怪吏

- 三朝老臣智斗贪官巧破贪污受贿案
- 一世清俭鞠躬尽瘁留得生前身后名

张军◎著

山西出版传媒集团

北岳文艺出版社

BEIYUE LITERATURE & ART PUBLISHING HOUSE

—太原—

图书在版编目（CIP）数据

天下第一怪吏/张军著. —太原:北岳文艺出版
社,2019.12
ISBN 978-7-5378-6040-6

Ⅰ.①天… Ⅱ.①张… Ⅲ.①长篇小说－中国－当代
Ⅳ.①I247.5

中国版本图书馆 CIP 数据核字(2019)第 238667 号

书　　名　天下第一怪吏
著　　者　张　军
责任编辑　吴国蓉
书籍设计　米　乐

出版发行　山西出版传媒集团·北岳文艺出版社
地　　址　山西省太原市并州南路 57 号
邮　　编　030012
电　　话　0351－5628696（发行部）
　　　　　0351－5628688（总编室）
传　　真　0351－5628680
网　　址　http://www.bywy.com
E－mail　bywycbs@163.com
印刷装订　山西立方印业有限公司

开　　本　710mm×1000mm　1/16
字　　数　230 千字
印　　张　15
版　　次　2019 年 12 月第 1 版
印　　次　2019 年 12 月山西第 1 次印刷
书　　号　ISBN 978-7-5378-6040-6
定　　价　68.00 元

目　录

李卫其人

　　李卫原是雍正的潜邸家奴，并非是正经的科举进士出身，却有一套特殊的治世治国的本领。这个大字不识几个、给皇上写折子满纸错字别字的官吏，与朝堂上诸多一本正经的官吏明显就不是一路人。他是一品朝臣，却略带邪气，满口白话浑话；他是清官能吏，却圆滑乖张，常出损招怪招。他爱出没于戏园赌场、市井街巷，却是个出淤泥而不染、视百姓如子的好官；他表面上吊儿郎当，一副混混儿气质，骨子里却是疾恶如仇、重情重义的汉子。

　　这样的一名官吏，只要他往贪官污吏堆里一扎，就像一条狗鱼冲进了草鱼堆里，准会闹个沸反盈天、人仰马翻，少不了要在大清的历史上留下许多亦庄亦谐、既悲又乐的官场喜剧故事。

第一章　雨夜受命

乾隆元年，九月初。

一场秋雨淅淅沥沥地下了两天两夜了，雨夜中那烛火下的水花闪着昏黄的光，到处都弥漫着一股潮湿之气，远远近近都是"沙沙"的雨声。二更天的时候，一顶二人抬的小轿，冒雨向紫禁城西华门而去。

轿里坐着的人正是老臣李卫。刚入更的时候李卫接到旨意，命他立刻到紫禁城养心殿见驾。

这个时候皇上召见自己，一定是有大事。李卫坐在轿中，一路寻思着，却怎么也猜不出到底是什么事情。

李卫随着宣旨太监一路进了紫禁城，来到养心殿，进到东暖阁，却见乾隆面色严峻，有些生气的样子。李卫跪在地上道："老臣李卫，叩见皇上。"

乾隆看了看李卫，并未像往常一样让他站起来，自己却从大炕上站了起来，来回走了好几圈。正当李卫心中惶恐之时，乾隆开口说："把折子给他看看。"

太监王廉躬身答应一声，手捧一封折子递给李卫。李卫赶紧接过折子，打开一看，是有人弹劾直隶巡抚李柱器贪赃枉法。有关李柱器，李卫也多少了解一些，此人一向廉洁奉公，多年来一直担任要职。不过这道奏折所写内容显然与李柱器平时的形象不符，难道这其中有什么猫腻吗？

李卫还在思考要如何回话，只听乾隆说："王廉，你来给他宣旨。"

王廉南面而立，手持诏书念道："李卫为官二十一年，做事尚精心，不避嫌怨，实乃公正纯臣，可托大事。着为直隶总督一职，立即上任，莫负朕心。"

李卫万万没想到，乾隆雨夜召他来此，竟是为了给自己升官。忽蒙圣恩，当为幸事，但他却更加吃不透乾隆的心里在想些什么。

李卫叩头谢了恩。

乾隆道："你起来吧。"

李卫站了起来，脑袋里一团糨糊，不知道乾隆跟自己在玩什么花样，又不知道怎样开口问，只好一声不吭，等着乾隆发话。

乾隆看了看李卫的样子，不由得笑了笑，道："朕自登基以来，屡出国策以使吏清官廉，下面的官吏虽不敢明着抵制，却要暗暗想出别的花样。所谓上有国策，下有对策。朕登基伊始，尚摸不着头绪，所以还要依靠你这个老臣啊。这次给你个肥差，不是让你去捞银子，是让你帮朕查一查，这奏折上之事究竟是真是假？"

李卫这才明白，乾隆是把自己这根大梁削成了一根楔子，想要彻底清理吏治。想到此处，李卫不由得心中一阵激动，说道："皇上，您的意思老臣明白了。您放心，臣一定不负皇上重托！"

乾隆笑道："你做地方官久了，自然知道下头的弊病。直隶那边的吏治，你可了解？"

李卫想了想，道："禀皇上，直隶是天子脚下，富庶之地，当地经商之人较多，烟花之地也较多，市井繁华自然也就消息发达。如果我们能把控消息来源，想必可以事半功倍。"

虽是入了秋，但还有"秋老虎"使得直隶保定的天气仍是热得很。知了一声一声地嘶叫着，滚滚的热气在翻腾。

巡抚衙门的大堂上，虽是开着窗，但二十多名官吏聚在一起，还是气闷得很，让人透不过气来。不过，迫于巡抚李柱器的传唤，所有官吏都不得不耐着热，坐得端端正正，摆出一副洗耳恭听的样子。

坐在上位的李柱器果然是穿得极寒酸，一身灰色袍子上打着好几个补丁，补子也不知道是穿了多少年，上面锦鸡的颜色黯淡无光，头上一顶老式的帽子，脚下一双破了几个洞的靴子，整个人看上去十分滑稽。再看下面坐着的这些三四品以下的官吏，一个个都穿得破衣烂衫，补丁摞着补丁，针脚咬着针脚，衣服上头的颜色也深浅不一，不知是从哪几件破衣上扯下来的布头。如果不是在巡抚衙门的大堂上，乍见了还以为是叫花子开会呢。

只听李柱器说道："孔夫子有句话，叫作'节用而爱人'。什么叫'节用'，就是为人在世，不可浪费。孔夫子又说'礼，与其奢也，宁俭'，可见这'俭朴'二字，最是人生之美德。没有德行的人，是断断不肯俭朴的。"

众官吏听了一齐点头称是，连声夸赞中丞大人说得透彻。

李柱器接着又道："你们想想，如果一个人一天到晚只讲究穿得阔、吃得阔，于政事上毫不讲究，试问他这些钱是从哪里来的呢？无非是敲诈盘剥百姓而来。所以这种人，同强盗一样存心不良！"

众官吏又是连声说"对对对、是是是"。其中有一个会说话的四品道员，趁机说道："大人明鉴，卑职今日得闻中丞大人如此通天之言，方才悟此为官之道。幸甚，幸甚！"

李柱器点点头，算是接受了这番奉承，然后指一指自己头上的帽子，道："你们看兄弟头上这顶帽子。自从做官以来，顶戴从金顶子一直换到红顶子。但这顶帽子，却足足戴了三十多年。"

众官吏连忙啧啧称赞："大人真是清明廉洁，洁身自好啊。"

李柱器听了众人的吹捧更加得意，又道："所以说，吏治之坏，是由于操守不廉；操守不廉，是由于奢侈无度。如果天下所有官吏都能同我一样廉洁奉公，吏治就会一派清明，百姓也会生活富足，大清将会永世昌盛！"

说罢，李柱器便端起桌上的茶，品了起来。

众人一见李柱器的样子，便知可以走了，纷纷端茶起身，嘴里仍忘不了再捧李柱器几句。有的说："听大人一席话，下官如坐春风，茅塞顿开。"有的说："大人就是李青天，李清官啊。大人之清，乃本省百姓之福啊。"

李柱器在一片颂扬之声中，送走了众人，这才走到后堂。早有下人递上了湿毛巾，李柱器拿起擦了擦汗，道："三老爷呢？"

下人回道："方才接了京城里来的线报，正在签押房里看着呢。"

下人所说的三老爷是李柱器的亲弟弟，名叫李不柱，是个举人出身，后来连试不第，便做了大哥的师爷。此人虽然没有中进士，但对朝堂却是极为熟络。李柱器几乎所有的事都要与李不柱商量。而李不柱每出一计，必有奇功，所以极受李柱器信任。

李柱器听说李不柱在签押房，因为离得不远，便不再叫下人去唤，自己一路走到签押房。

李柱器进了屋子，只见一个又瘦又小的中年人，长面豆眼，一身青缎袍，套着黑考绸团花大褂，因天热没有穿马褂，一手拿一张汗巾擦汗，一手拿着一封信在看。此人正是李柱器的三弟李不柱。

李不柱听到有人进屋，扭头一看是李柱器，他手拿邸报朝李柱器说道："李卫放了直隶总督，就要来了。这是京城老二刚送来的线报。"

李柱器在李不柱的对面坐下，接过信看了看，道："我虽未与李卫共过事，但听说此人是一个刺头，不好打交道。"

李不柱咬了咬牙，道："看来是来者不善。"

李柱器见李不柱这副样子，不禁问道："不就是个李卫嘛，兵来将挡，水来土掩，怕他做什么？"

"您没发现吗？李卫就像个救火的水龙会，皇上要办谁就把他派到谁身边。"

"你的意思是……"

"皇上好像要动咱们了。"

李柱器吃了一惊，站起来走了几步，回头冷笑了一声，道："任他有妙计千条，我有一定之规。咱还做面子上的大清官，康熙、雍正两朝都下来了，查我李柱器的人也有不少，哪个不是灰溜溜的无功而返。就凭李卫那两下子，想跟咱们斗，他还差点儿！"

"李卫虽然未与咱们交过手，但被他斩于马下的人可都不是好惹的。前有当年太子的亲信徐祖荫、圣祖爷的宠臣高士奇、扬州一帮子盐商和那铁板一块的闽浙官吏；后有两江总督福桐、江苏巡抚闵靖元，还有杀人不眨眼的年羹尧。这些人哪个不聪明？哪个是善碴子？不都成了李卫的手下败将。所以我劝您还是小心为妙。"

李柱器想了想，道："那你说怎么办？"

李不柱沉吟一会儿，说："眼下还没有摸清李卫的路子，不能轻易出招。依小弟之见，眼下先办好两件事。"

"你说。"

"第一件事，沿途布下眼线，只要李卫进了直隶省，就要派人跟紧了他，绝不能让他微服私访。万一让他寻到点儿蛛丝马迹就完了。"

"好，这件事我马上就派人去办。第二件事呢？"

"等李卫来了，我们要先给他一个下马威，让他先在直隶众官吏面前丢个脸面，杀杀他的锐气。斗败的蛐蛐不开牙，只要他在直隶展不开手脚，处处受制，用不了多长时间，他就得自请回京。到时候，直隶还是咱们的天下。"

李柱器皱了皱眉，说："这下马威怕是不好下吧。虽说总督与巡抚分管不同事务，谁也管不了谁，但他毕竟是正二品大员啊！"

"大哥，这些日子你暂代直隶总督一职，李卫来了肯定要与你交接事务，到时候你就……"

李柱器听罢，舒了一口气，道："好，就依三弟之计。"

第二章　张良计与过墙梯

　　李卫到直隶保定的时候，已经是十月初了。这时保定的天气刚凉了下来，正是秋高气爽、天清云淡的季节。这一路上秋风送爽，吹走了李卫连日的疲惫。

　　因前任直隶总督是病故在任上，总督事务暂由李柱器代行，所以一切交接事务，都要找李柱器进行。李卫一心要早点儿上任处理事务，所以到了总督府，放了行李，将家里人略做安置，便直奔巡抚衙门见巡抚李柱器。

　　李卫到了巡抚衙门，递了帖子。门政见是新任总督来了，不敢怠慢，立刻将帖子送了进去。不一会儿，便传出话来，巡抚大人请李大人进去。

　　李卫正看着门前那幅暗淡无光、不知道多少年没有上过彩的照壁发愣，听到有人传话，便随着门政走了进去。待李卫转过照壁才发现，不光是这堵照壁奇怪，整个巡抚衙门都是一副灰蒙蒙的样子。辕门已经倒在了一旁，随着风吹一边摆动，一边吱吱呀呀地响；院内到处是乱草，马粪成堆，却也没人收拾。等到了签押房，又见门前那柱子已经漆落斑驳，好一副穷酸样。

　　李卫见到这番场景，不由得暗笑，心想我李卫也算是穷得一清二白的人物，没想到这一位还在我之上。真是山外有山，天外有天。但就是不知这位巡抚大人骨子里是清的还是浊的。

李卫正寻思着，李柱器已经迎了出来，口里连声道："总督大人一路风尘，辛苦了！"

李卫行个礼，道："哪里，哪里。"

说话间，李柱器已经将李卫引进签押房。此时，屋中已经坐了三四个官吏，见了李卫都站起来打招呼。

李卫抬头看见这几个官吏的穿着，顿时有些忍俊不禁。李柱器穿得衣衫褴褛本不奇怪，李卫对此人的习惯也早有耳闻，但屋里的这几位官吏穿得也是相当寒酸。有一位四品官穿得比李柱器还要惨不忍睹，帽子上的翎管明显是用一个烟料嘴子代替的，那帽子也不知是从哪儿捡来的，破了十几个窟窿，就像老鼠啃过一般；再看他身上，袖子上有一个大洞，露出内衣的颜色；身上还有一片布料落下来，飘飘荡荡，实在是让人忍不住发笑。

李卫强忍住了笑，与几个人见了礼，这才落座。李柱器坐了下来，却不再说话，只是拿眼睛盯着李卫，从头上看到脚下，再由脚下看回到头上，上上下下打量个不停，把李卫看得直发毛。

李卫被看得有些尴尬，只好躲避李柱器的眼光，端起茶来喝了一口。

李卫这边刚放下茶杯，就听到李柱器说："总督大人，你刚刚上任，想必还不知道兄弟到任之后，有个新章程吧？"

李卫摇头道："什么章程？并未听说。"

"本官到任之后，欲澄清吏治，整饬官方，所以晓谕各官，要崇尚节俭，不着浮华。"

李卫听了，笑道："我也看到了。自大人来到保定之后，百官果然是突然变得节俭得很。就眼前这几位，穿得比乞丐也强不到哪里去。"

李柱器语气一变，带着些责备的语调道："可是总督大人，你看你穿的这身衣服，怎么也有八成新吧。"

李卫听得一愣，低头看看自己的衣服："我，我穿的也是旧衣服啊。"

"这也能算是旧衣服吗！"李柱器看了看李卫，又道，"一丝一缕，恒念物力维艰。总督大人作为一省大员，竟这样浪费奢侈，为何就不能做众官的表率呢？"

李卫没想到李柱器见面伊始就给自己颜色看，拿着清官的板子往自己身上打，觉着既可笑又可气，想要驳几句，却又找不到合适的词。李卫想了一会儿，想起来李柱器的话中有一句他没听懂，小心地问道："请问抚台大人，什么是'一撕一缕，恨了屋里的剪'？"

"兄弟的意思是，你穿着这身衣服，应当想到这里边一丝一线都得来不易，当然不能随便浪费。"李柱器说罢从袖子里掏了半天，掏出一张手谕来，对李卫道，"看来总督大人还要多念些书才是，我先给你念念我刚给直隶百官下的手谕。"

李卫一听李柱器要念手谕，立刻慌了，急忙道："啊，这个……我说抚台大人，还是不要念了吧。我读书不多，最害怕听这些个文绉绉的东西。你这么一念，岂不是等于给我念紧箍咒吗？"

李柱器把脸一沉，道："什么紧箍咒？这是让你们懂得如何做一个清官、做一个好官的道理。我念给你听，方能让你记忆深刻。"说罢，对在座的几位官吏道："你们虽已经读过，这里不妨再听一遍，也可加深记忆，更理解本官的苦心。"

那几名官吏哪里敢说"不"字，皆连连称是。

只见李柱器清了清嗓子，念道："本部院以廉勤率属，不尚酬酢周旋。于接见僚属之时，一再告以勤修己职，俯恤民艰，勿饰虚文，勿习奔竞，严切通饬各在案。至于衣服奢华，酒食征逐，尤宜切戒。本署院任京秩时，伏见朝廷崇尚节俭，宵旰忧勤，属在臣工，尤宜惕厉。近三年来，非朝会大典，不着貂裘，当为同官所共谅。若夫宴饮流连，最易愒时废事；况屡奉诏旨，停止筵燕，饬戒浮靡，圣谕煌煌，尤当恪守。为此申明前义，特启寅僚，无论实缺、候补，在任、在差，一体遵照。如竟视为故事，日久渐忘，即系罔识良箴，甘冒不韪。希恕戆直。此启。"

李柱器这篇文章虽然做得花团锦簇，可怜李卫就像听天书似的，愣是一句都没听懂。加上连日奔波劳累，一边听着天书，一边上眼皮不住地和下眼皮打架，渐渐地合上眼睛，趴在桌子上睡着了。

李柱器只顾着卖弄自己的文章，竟没看到李卫睡得正香，直到李卫打雷似的响起了鼾声，他这才放下手谕，脸色一黑，皱起眉头，对护兵道："还不赶快把总督大人叫醒。"

护兵走了过去，轻轻推李卫，道："总督大人醒醒。总督大人您别做梦了，这可是在巡抚衙门呢。"

李卫睡得正香，护兵又不敢使劲儿推这位皇上钦点的二品大员，所以连推了几下都没有推醒。那边李柱器等得不耐烦，骂道："好一个废物！快些把总督大人叫醒，难道让总督大人睡到明天天亮吗？"

那护兵急得没办法，急中生智，从头上拔了一根头发，塞到李卫的鼻孔中撩动了几下。这招果然奏效，李卫连打几个喷嚏，醒了过来。他睡眼惺忪，看了看周围，咂了咂嘴，又打了一个大大的哈欠，伸了一个大大的懒腰，忽然问道："我这是在哪儿？"

在座的几名官吏实在是忍不住了，发出轻轻的笑声。只有李柱器沉着脸，道："总督大人，你可真有出息啊！"

李卫这才想起来，自己正在巡抚衙门里，"嘿嘿"笑了两声，道："大人，我是个粗人，您这些个文绉绉的东西，我听着就像老和尚念经似的，一句也听不懂，反而越听越瞌睡。加上这些天赶路太辛苦，所以就睡着了。还请大人见谅。"

李柱器重重地"哼"了一声，将手谕递过去，道："这个给你，回去让你的师爷念给你听。至于验凭记档，交接上任一事，我看还是再等等吧。"

李卫一听这话，着了急，一拍桌子站起来，道："大人，您这可是不对了。我这个官是皇上让我做的，不是您让我做的。凭什么不给我记档，凭什么不与我交接？"

李柱器并没看李卫，捻着胡子，语气平静地说道："皇上让你来做直隶总督，本部院也没说不让你做这个官。只要你像个做官的样子，我自然不会为难你。"

"那你说，怎么才是做官的样子？"

"你面前的这几位就是表率。"

李卫抬眼看了看面前的几位打扮得像乞丐的官吏，冷笑道："不就是穿一身破衣裳吗？好啊，我穿！今个儿我李卫算是真长见识了，长大见识了！当官还有比谁的衣服更破的。"说罢一转身，大步流星地走出签押房。

李卫一回到府上，什么话也不说，立刻把夫人唤来，让她从行李中找破衣服、旧衣服。别看李卫做官做得清，但平时十分注意自己的穿着，穿了几年的旧官服还都保存尚新，既不旧，也不破，甚至连个补丁都没有。李卫和李夫人两个人在屋子里翻腾了半天，把衣服全抖搂出来，就是找不到一身能穿到巡抚衙门去的破衣服。

李夫人一边找一边埋怨道："这些衣服已经够旧了，你还要找多旧的？再旧还能旧到哪儿去？"

"不行，不行，还不够旧。"李卫一边在行李中翻腾衣服一边道，"你没瞧见直隶这帮当官的。真不知道他们是从哪儿找来的破烂，一个比一个穿得寒碜。我当了一辈子清水衙门官，还真难找出几件像他们穿得那么破的衣服来。"

李夫人一屁股坐在床上，道："可累死我了，不找了，再找也是这几身衣服了。干脆就穿这身衣服上去，看他能怎么着！家里就这些衣服，难道还去买身破烂衣服不成？"

李卫听了这话，停了手："哎，你这个主意出得好。不如就去买一件旧官服，又省钱，又省事。你去把顾祥叫来，和我一起去估衣店。"

李卫穿着便服带着顾祥出了府门，一路打听卖旧衣的地方。其实保定的估衣店并不难找，城南中街一带都是绸缎庄、裁缝店和估衣店，是有名的成衣一条街，沿着街两边大大小小的店都开着买卖，街上人来人往，熙熙攘攘，大多都是来看衣服、买衣服的。也有"挎大篮的"，身背一只大竹篮，沿着街巷叫唤道："旧衣服卖钱喽！收不要的旧衣服喽！"喊了十几声，也没有人答应，不由得叹道："如今巡抚老爷来了，这行当也难做了。"

李卫听了这话，不明白是什么意思，当下也没有深想，带着顾祥，走过几家成衣店，见前面一家店面，高挑着估衣的幌子。走近看檐上的牌匾，写着"庆元"二字，正是一家收售旧衣服的估衣店。

李卫带着顾祥走进去，只见店伙计一脸笑容地迎了上来，道："二位客官，是要买衣服吗？"

李卫问道："你这里有旧官服卖吗？"

伙计笑道："哎，原来是官家的二爷，您可算问着地方了，咱这里的官服算是全街面上最全的。朝冠、吉服冠、补服、蟒袍，从二品到九品的，您要哪一样？要几品官的？要多大样式的？"

李卫头一次听人家叫自己二爷，笑道："二品官服，各样给来一套。给我……我家老爷买的，他的身材和我差不多。"

"好嘞，您稍等，我这就给您拿来。"

"伙计，越旧越好啊，新的不要。"

不一会儿，店伙计捧出两套旧官服，放在桌面上，道："这位二爷，您瞧这两套衣服怎么样？"

李卫拿起瞧了瞧，道："还是不够旧啊，有没有再旧一点儿的，最好是破洞多一点儿，补丁多一点儿。"

伙计道："客官，我先把价钱给您说清楚了。这两套没补丁的官服一共是八两银子。你要更破的官服，我店里也能拿得出，不过钱要加倍。"

李卫和顾祥一听这个价钱，都被惊得睁大了眼睛，诧异地看着伙计。

顾祥嚷道："你说啥？八两银子！这么破的衣服，你居然要八两银子？"

李卫也惊问道："伙计，你当我没买过官服啊。按照行情，就是去买两件全新的官服也不过要四两银子，这两件旧衣服，你就敢要八两？"

伙计听了，知道两个人是刚到保定，不懂行情，故意卖了个关子，道："越破越值钱，再破一点儿的还要十六两银子呢。"

顾祥奇怪地问道："你没有说错吧，衣服哪有越破越值钱的。你这里又不是古董店，不就是卖旧服的估衣店吗？"

伙计笑道："二位爷，您还不知道行情吧。这两天旧衣服都卖疯了，到处都在抢着买。本店里还算是全的，别的店都断货了。现在啊，新官服一两银子都不好卖，旧官服最多能卖到十两银子。您要是不要，我也不愁八两银子卖不出去，过两天还要涨价钱呢。"

李卫一听算是明白了，合着要装个清官的样子也得花大价钱，嘴里道："能不能再便宜点儿。"

伙计摇摇头，道："您放心吧，我这里是明码实价，一文钱也没多要您的。五成新的要八两银子，三成新的要十六两银子，您看要多旧的？"

李卫想了想，道："还有更旧的吗？"

伙计道："本店还有一件镇店之宝，要不要拿来给您瞧瞧？"

"拿来吧，也让我见识见识。"

伙计道声"稍等"，又去了后边。不一会儿，他拿出一个包袱来。他把包袱打开，拎出一件破破烂烂的官服，顺手拍了拍那官服，只见上面的尘土立时飞扬起来，呛得李卫和顾祥直咳嗽。

伙计道："这件又旧又破让老鼠咬过的官服要二十两银子呢，大人只要舍得出银子买，穿上这个去见巡抚大人，一定是官运亨通，将来还要谢小的呢。"

李卫捂着鼻子，瓮声瓮气道："二十两银子就买这么一件破东西，我还要谢你？不是你疯了，就是我疯了。"

顾祥也接话道："要说旧衣服，我们府上多的是。我喂猪穿的那件，比你这件还要破哩。"

"您家大人府上的旧衣服要是肯卖，看货论价，越旧越值钱。官服每件不少于五两银子，拜客穿的袍褂每件不少于二两银子。您有多少，我们收多少。"

李卫听店伙计这么一说，突然灵光一现，顿时想出了对付李柱器的主意，不由得一乐，对伙计道："你说的真的？一件旧官服最少能卖五两，旧袍褂也能卖到二两？"

"是啊，这个价钱不低了，您卖不卖？"

"卖，卖。"李卫连连点头，"不卖是傻子。"

李卫一回到府上，便让家里的男丁把所有旧衣服全收拾出来，统统打包一股脑地送到了估衣店。一共一百一十二件袍褂，十七件官服，其中有现在穿的二品官服，也有以前用过的没有来得及卖掉的三品、四品的旧官服。讨价还价一番，一共卖了四百多两银子。李卫用这些银子，给家里每人新置了三身新衣新鞋。李卫府上所有的下人都穿上了新衣服，这可是李卫府上这么多年来的头一遭。下人们不知所措，还以为李卫捡了金子呢。

不光是家里人，李卫也给自己添了两身簇新的二品官服。

第二天一大早，李卫就去了巡抚衙门。来到巡抚衙门官厅之上，只见一群穿着破烂的官吏正坐在椅子上等着李柱器召见。他们见李卫从头到脚一身新衣地走了进来，都不禁吃了一惊。

李卫却像没事人似的，跟众官吏打招呼道："各位大人，来得早啊。"

这些人以为李卫是发了失心疯，纷纷皮笑肉不笑地回道："早早早。李大人也早啊。"一边说着一边不住地打量李卫这身新衣服，各个心里都是一团疑问。

李卫见了不由得一乐，故意问道："各位在看什么？"

"没什么，没什么。"众官吏讪讪地走开，但目光仍是离不了李卫那身新官服。

李卫不顾他们的目光，径自走到一旁坐下喝茶。这时，李柱器让人传话，请李卫进去。

李卫将茶碗一放，随着护兵一同走入签押房。

李柱器正在屋子里坐得端端正正，突然见李卫穿了一身簇新的官服走进来。那官服比昨日的还要新上好几分，颜色鲜明，光彩照人。他不由得大吃了一惊，问道："你……你……你穿的是什么？"

"二品官服啊，九蟒五爪袍外套着锦鸡补服。我没有穿错吧？"

李柱器恨恨道："总督大人啊，你让我怎么说你呢？昨日我刚刚向你讲了要俭朴要艰苦的道理，怎么转眼就忘啦？你今天穿了这么新的官服，如何能做直隶众官的表率？我一直就听别人说你是一个好官，什么没有家财只有忠心。哼，我看你也只是徒有虚名而已，是不是好官还在两说。"

李卫轻轻一笑，不等李柱器让座，自己先坐下了，然后才道："大人，这你就有所不知了，不是我不穿旧衣服，是我另有苦衷。"

"咦，你能有什么苦衷？穿这么新的衣服你还苦啊？"

"大人请听我给您解释。我前日听了您的话，感触颇深，回了家就让人去买旧衣服。谁知这旧衣服不但不好找，就是有了我也买不起。"

"这是什么缘故？"

李卫微微一笑，道："自从巡抚大人提倡节俭，禁止奢华，又下了手谕，通省之下，谁敢不听？都纷纷除新买旧。估衣铺里的旧衣裳一时供不应求，旧衣服的价钱一涨再涨。我本来想到市面上用新衣换几件旧衣，哪知道市面上旧衣反是新衣的数倍价钱。我自己没有积蓄，哪里还能买得起。至于身上这身新衣服，是我深知'一丝一缕，恨了屋里的剪'，所以格外爱惜，穿着也格外当心，穿在身上也有十多年，到如今还和新的一样。比起那些花重金买旧衣的人，大人您说，谁更清正一些呢？"

这一回李柱器反被李卫顶得不知说什么好，只是口中道："这个……这个……"

李卫见李柱器这副样子，不由得暗暗得意，又道："如果您非要让我穿旧衣服，那不是逼我去纳贿贪污吗？我实在是不敢答应。"

李柱器此时已经是让李卫气得七窍都生了烟，嘴里连声说道："你……你……说得好！"

"既然说得好。"李卫站起来，从袖中掏出官凭文书，"那就大人验罢官文，记档交接吧。"

李柱器虽然很不想交接，却也想不出什么理由来。而且，虽说巡抚总制百官，但也只是从二品，总督可是正二品，从官位上看，李卫其实是比他大的。况且，如果和李卫因为上任的事闹僵了，闹到皇上那里去，是他不占理，反而吃亏。

李柱器僵在那里，想了一会儿，才道："好，总督大人说的这些话，我倒是头一次听说。一定要派人下去查一查，绝不能涨了这股风气。"说罢，将李卫的官凭文书接过来："大人不必着急，今日我便与你交接清楚。"

第三章　风流债

李柱器先给了李卫一个下马威，欲逼李卫服软。李卫则在其后杀了李柱器一记漂亮的回马枪，反倒占了上风。李柱器不得不和李卫在巡抚衙门勘验了官文。待交接完毕，才刚过午时。

李卫因先输后胜，顿时觉得心情十分舒畅，走路都觉得轻快得很。走出巡抚衙门的大门，李卫坐上绿呢大轿，一路回了总督府。刚进了家门，李祥上来道："老爷，任先生来了，正在后院厢房歇息。"

李卫一听是自己的师爷任逢春来了，顿时精神一振，问道："何时来的？"

"听说昨日就来了，在城外住了一夜，今早上进的城。"

"来得正好，我正有事要请教他。"

李卫说罢便直奔后院厢房而去。进了后院，见任逢春搬了一把椅子坐在院当中，手里拿着一本书，一边晒着太阳一边读书，十分惬意。

"原想您安顿了家里的事怎么也要十天半个月才能过来，没想到这么快就到了。"李卫一边走进院中，一边笑道。

任逢春听到李卫的声音，忙把书放下站起来，道："家父称国事为重，让我先来保定帮您，所以就暂时把家里的事放一放，直奔这里了。怎么？我看您心情不错，在巡抚衙门遇到什么好事了吗？"

李卫听任逢春提起巡抚衙门的事，不禁一阵得意，随后把这两日在巡抚衙门遇见的事说了。说到李柱器被李卫抢白之后又窘又怒的样子，两个人都哈哈大笑。

两个人谈笑了一阵子后，任逢春提醒道："李大人，我昨日并未进府，其实并没有在城外住着，而是在城内逛了一日，又住了一夜客栈。我昨日在保定城内听到、看到的事情，加上您今日所说的话，我觉着李柱器此人好像有点儿不地道。"

"皇上也是这样说的。如果他只是一个沽名钓誉、脾气古怪之人，而为官尚算清正，皇上也犯不着派我来查他。可到底他这个人是真清还是真贪呢？我现在还是没有看出来。"

"得想个办法查查他。"任逢春低头看着地，一副若有所思的模样。

"那您说怎么个查法？"

任逢春还没有回答，就听一阵呜咽之声渐渐近了。他与李卫一起转过头向院外看去，只见李卫的祖母、李夫人和顾祥走了进来，那一阵呜咽之声正是李夫人发出来的。

此时，李夫人已经哭得眼眶发红，满脸泪痕，一边用手帕擦着泪，一边还埋怨似的看了李卫一眼。这一眼把李卫看得莫名其妙。再看李祖母，脸上又像笑，又像哭，一脸的皱纹都挤到一块儿了，却不出声。顾祥跟在两个人后头，着急地又是比画又是使眼色。可李卫还是没弄明白，这三个人是唱的哪出戏，于是问了一句："这是怎么回事？"

李夫人又恨恨地瞪了李卫一眼，道："你自己做的好事，还不知道吗？"

"我……我知道什么啊？我才来保定，能做什么事？"

"你在别的地方做得还不够啊，还要来保定做？"李祖母拿拐杖指着李卫道。

"我在别的地方又做什么了？你们说什么呢？我怎么一句都听不懂？"李卫一脸茫然，"还有，夫人，你哭什么呀？别哭了，逢春先生在这里，看着像什么样子？"

李祖母一把将顾祥推到前头，道："顾祥，你给他讲讲，今个儿咱府上来什么人了？"

顾祥张了张嘴，不知如何说，吞吞吐吐道："这个……其实……也没什么大事。"

"没什么大事那是什么事？你倒是快说啊，你要急死我啊。"

"那我可说了啊，说了您可别慌。"

"我李卫没做亏心事，有什么慌的？"

李夫人把嘴一撇，哽咽地说道："你们男人啊，难说！"

顾祥舔了舔嘴唇，道："哦，老爷，是这么一回事。外头来了一个小媳妇，长得挺标致的，还带了一个七八岁的小男孩，说是老爷的小姜，带孩子认爹来了。"

李卫一听就怒了："放屁！放屁！放屁！哪里来的疯子？你去叫保定的知府将她给锁了，送到公堂上，问问是哪个浑蛋指使的？这种事也能赖到本大人头上来！"

"慢着。"李祖母将拐杖一伸拦住顾祥，"顾祥，你问清楚了没有，他们是在哪儿认识的？是怎么认识的？不要把真的当假的给糊涂办了，让李卫这小子当了陈世美。"

"什么陈世美啊？祖母，你看我李卫像那种人吗？"

"你住嘴。顾祥，你说！"

顾祥答应了一声，说道："听那小媳妇说，她是十年前在开封和老爷认识的，后来就有了肚子。正好那时老爷要调任浙江省，老爷就走了。临走前将她赎了身，还给她留了一千两银子。还说，无论生下是男娃还是女娃，连大人带孩子都是老爷的。只是不便让家里人知道，所以先留在开封。"

李夫人"哇"的一声又大哭起来："我竟一直不知道原来你是这样的人，可惜我思盈姐姐死得早，没人能管得了你。都说你是不读书的真君子，原来也是个装样子的假货。"

李卫真觉得自己是跳到黄河里也洗不清了，大声道："你给我闭嘴！我李卫哪能做下这样的事！我不认得什么小媳妇，这一定是有人成心捣乱。"

李祖母却将语气一转，道："孙儿啊，依祖母看，这事情也不算是坏事。"

众人一惊，都不解地看着李祖母。李夫人听了这话，哭声一停，也一脸迷茫地盯着李祖母。

李祖母笑道："不是说还给我带来了一个曾孙子吗？这可是李家的一条根，不能随便就断了去。李卫，你要真做了这事，可不能负心不认。"

李卫无语道："我的祖母啊，您这不是添乱吗？十年前我在哪儿啊，我不是在闽浙当总督吗？成天忙着修海塘，缉盗贼，怎么会跑到河南去和一个女子处了两三年？"

李夫人一听暗暗高兴，急忙追问道："那就是没这回事了？外面那个自称是你相好的女人，是个假相好的？"

李卫恨恨道："当然没这回事了，这事你们也不问清楚，就来瞎闹？"

李祖母遗憾地叹了口气，道："原来是假的啊。可惜了，少抱一个曾孙子，要是真的就好了。"

李卫迈开步子就往外走："算了，顾祥，你也不用去叫知府了，我亲自出去瞧瞧。我倒要看看，是谁这么大胆子，抱个孩子就说是我的。"

此时，前来认亲的女子正坐在门房的大炕上，脸朝窗外等着李卫。她带来的孩子手里拿着一个大烧饼吃着。李祥坐在一旁，呆愣愣地看着母子二人。

女子转过头来，看小男孩吃得狼吞虎咽，叮嘱道："慢点儿吃，别噎着，没人跟你抢。眼看就要做少爷了，还是这副讨吃鬼的德行。"说罢回头又看着李祥道："哎，你没看到你家少爷吃东西吗？给倒一杯水啊，你们这些下人，真是没眼色，也是让我家老爷放纵坏了。"

李祥不知这位是真夫人还是假夫人，心里头不服气，面子上却不敢顶嘴，站起身一边倒水，一边嘴里轻声自语道："这还没认亲呢，倒摆起谱来了。要是真认了亲，我们当下人的还没活路了呢。"

李祥倒了水，刚递了过去，却见门帘一挑，李卫带着顾祥走了进来。

李卫一走进来就气冲冲地大声道："哪个是要认亲的媳妇？"

女子站起来道："我就是。你是谁？"

李卫走到她面前，上下打量了她一番，这才问道："你认识李总督吗？"

女子把脸一扬，"哼"了一声，道："这个还用你问吗？你去问你家老爷去。十年前我和他好得如胶似漆的，就是扒了他的皮，我也认识他。"

李卫本来是一肚子气，一听这话倒给气乐了："嘿，你倒是真不含糊啊，大话说得挺满，牛皮吹得挺足，你认识我吗？"

女子斜眼看了看李卫，有些不屑地说："你是谁啊？哦，你是我家老爷的管家吧，穿的衣服倒不错。还有这些下人，穿的都是一身新，看来我家老爷这两年赚了不少银子啊。"

女子哪里知道，李卫全家的新衣服全是用旧衣服换的。

李卫听了这话，发出一阵冷笑："我就是你要找的李总督，你看看，我是十年前和你好得如胶似漆的那个人吗？"

"呸！"李卫的话刚说完，就被那女子吐了一脸的唾沫，"你想得倒美！瞧你这张柿饼脸，哪处能看出当官的福相？你也配吗？还想占我的便宜，做你的春秋大梦吧。"

李卫抹了抹脸上的唾沫，说道："哎，这倒怪了啊，刚才是你要死要活地非要与我李卫认亲不可，现在又成了我占你便宜了。我告诉你，我就是你要找的李总督——李卫，行不更名，坐不改姓，从小到大，就叫这个名。既然连我的样子都没见过，你就是冒认官亲！"李卫说罢对李祥和顾祥道："把这个人给我送到保定府衙去，给我好好审审，到底是谁让她来这里捣乱的？"

女子一听这话，也是吃了一惊，嘴里喃喃道："李总督，李卫？难道我找错人了？"

李祥早就看这女人不忿了，一听是个假冒官亲的，怒气顿时冲了上来，捋胳膊挽袖子地走了上来："原来你是个假冒的啊，你没事抱个孩子逗我家老爷玩啊，你给我滚！"说话间已经到了跟前，拉着女子就往外拖。

女子的孩子倒是伶俐嘴甜，见他娘要吃亏，上去抱住李祥的腿，道："大爷，大爷，别欺负我娘啊。"

顾祥本来要上去搭把手，把这女人送到官府去，见这孩子叫得凄惨，倒是犹豫了。却见那女子一边挣扎着，一边喊道："我不信！我早就打听清楚了。我家老爷在这里做大官，是个二品总督。你们别想蒙我！"说完，又朝院里边喊："李柱器，你个陈世美！你要赶我走啊，没那么容易，我跟你没完！"

李卫一听女人大喊李柱器的名字，顿时有点儿明白了，连忙冲李祥道："慢着！先放开她。"

李祥停了手，那女人以为自己说对了，一阵冷笑道："还不把你家主子叫出来？"

李卫走过去问道："你刚才骂了一句什么？"

"陈世美！怎么了？"

"我问你骂的是谁？"

"骂你这个不开眼的管家和你家老爷，怎么了？"

"我是李卫。"

"李卫怎么了，不就是个管家吗？"

李卫摇摇头："怎么就跟你说不清啊。"他低头看了看女子带来的孩子。只见那孩子生得肥头大耳，白生生的一张面孔，两只小眼睛滴溜溜乱转，天生的一股子聪明劲儿。李卫看着看着突然恍然大悟，"啊"了一声，道："哎，你们说，这孩子长得像谁？"

顾祥仔细看了看："眼熟。"

李祥也看了看，道："是眼熟。"

李卫笑道："你们都是随我上过两次巡抚衙门的，李柱器送客的时候，你们都见过他。你们说说，这孩子像不像李柱器？"

李祥一拍手，叹道："哎，听老爷这么一说，还真像啊。"

顾祥也乐了："可不是嘛。我看这个小媳妇是把李总督给认作李抚台了。"

女子听李卫三个人说话，也似乎是明白了，知道自己找错了人，走错了门，却不知这事该如何收场，傻子似的愣在那里，一声不吭。这时，李卫转过头问她："你们吃饭了吗？"

女子此时心里有些发虚，说话也不泼辣了，老实回道："一天没吃了，孩子刚才吃了半块饼子。"

"李祥，去厨房给他们娘俩弄点儿饭。顾祥，给他们打水洗洗。一个女人家出门在外，还带着一个孩子，真是不容易。"李卫叹了一口气，又弯下腰拍拍孩子的脑袋，道："孩子，别着急，一会儿吃了饭，本大人亲自带着你和你娘，找你亲爹去。"

第四章　李卫送亲

李卫一边留母子二人在府中吃饭休息，一边却忙了起来。他叫人把做红白喜事的吹鼓手请来，又找来了送新娘的花轿，又出钱让人买了鞭炮。一切准备妥当，便将寻亲的母子二人扶上了花轿，一声锣响，几串鞭声，吹吹打打、喜气洋洋地向李柱器的巡抚衙门而去。

总督府这边冷不丁送出一个新娘子，一路上大张旗鼓，热热闹闹，自然引得一干百姓围观。等到了巡抚衙门前，看热闹的已经聚了有上百人。李卫又命人点起鞭炮来，只听"噼里啪啦"一阵乱响，鼓乐齐鸣、小孩喊、大人叫、有人吵、有人闹，巡抚衙门前顿时乱得如集市一般。

巡抚衙门前的几名门政和护兵见了这阵势，不知是出了什么事，急忙下来寻问。却听司仪猛地吼了一嗓子："巡抚姨奶奶到，快让巡抚大人出来接亲！"

巡抚衙门的门政班头陈二听得纳闷，问司仪："巡抚姨奶奶？"

司仪解释道："我也不知道，有人出钱让我喊的。她不是你家大人的姨奶奶吗？"

陈二顿时来了脾气："什么乱七八糟的！你们是哪儿的？谁让你们来这里瞎嚷嚷的？"

几个人正说着话，只见花轿的轿帘一撩，先蹦出一个小男孩来，接着一个三十岁出头、长相俊俏的女子走了出来。

女子袅袅地走到陈二面前，摆出一副正房夫人的架子，道："去，告诉你们家老爷，就说他在开封娶的二房红玉带着孩子来认爹了。"

陈二连同身后的门政护兵一起都愣了："什么认爹？什么二房？这是哪儿跟哪儿啊？"

陈二正不知怎么办好，突然看到李卫从后边走过来，他认得李卫是新任总督，以为是他在跟自家老爷开玩笑，走过去笑道："原来是总督大人和我家老爷开玩笑啊，搞得和真的似的。"

红玉听了瞪大了眼睛，道："什么和真的似的，就是真的！快给我叫李柱器出来，让他接我进府。瞧瞧他找的这些下人，一点儿机灵劲儿都没有，就是缺调教。"

陈二听了这一顿数落，更是摸不着头脑，抬眼看李卫，却听李卫也催促道："还不快去，就说你家姨奶奶红玉来了，让李大人快出来接亲。"

陈二心里虽然仍是纳闷，但看李卫说得和真的似的，又有几分相信，不敢再耽搁，急忙跑进去向李柱器通报。

李柱器正在书房教七岁的儿子写字，听到外边吵吵闹闹，像是有人家办喜事，对在书房侍候的下人道："你去看看，外面是谁家办喜事？怎么不知道巡抚衙门口是要回避的？让他们快些离开。"

下人答应一声，闭门走出屋去。

不一会儿，李柱器听房门一响，又有人走了进来。

李柱器不耐烦道："还不快去，啰唆什么？"

李柱器回头却见是李不柱一头大汗地跑进来。李不柱回头将门掩上，心急火燎地走到李柱器跟前，低声道："大哥，不好啦。"

李柱器见李不柱这副模样，也紧张起来，问道："什么事？把你吓成这个样子。"

"您还记得十年前您在开封当知府的时候，认识个女子叫红玉吗？"

李柱器不知道李不柱为什么突然间提起这件事，随口道："都多少年的事了，还提她做什么？"

"如今她找上门来了，还带了一个男孩子，满世界嚷着要认夫认爹的，现在就在府门口。您听到外边的鞭炮声和锣鼓唢呐声了吗？那是红玉坐着花轿在门口闹呢。"

李柱器立刻慌了，拿笔的手一哆嗦，毛笔"啪"地掉在地上："这不是给我添乱吗？快，快，快，你赶紧从账房先支一百两银子，先把她带到客栈去。"

"来不及啦，红玉是让李卫送来的。外面已经闹得不成样子了，聚了上百号看热闹的人。红玉在门口点着名地喊你出来接。这会儿，恐怕嫂夫人已经知道了。"

"哎哟喂，这不是要我的老命吗？"李柱器急得直跺脚，"李卫，你这招还真够邪的！"

正说着，书房的门"哐"的一声被人用力推开。李家兄弟二人一起看去，只见李夫人带着几个丫鬟婆子风也似的冲了进来，一进门就指着李柱器的鼻子骂道："你干的好事，整个保定都要知道了！"

李柱器忙不迭地解释道："夫人息怒，夫人息怒，这是没有的事，是李卫和我闹着玩呢！我现在就找他算账去。"说罢便抽身要走，但哪里能走得脱，李柱器被李夫人一把揪住，连掐带捶，痛得李柱器直叫："夫人听我解释，我真没有做这种事。"

李夫人哪里会管李柱器的解释，心里发着狠，一把将李柱器耳朵揪住，道："谁信你的鬼话，平时看你一副正人君子的模样，没想到居然做出这等事，外面已经有人带着孩子上门认亲了，你还在狡辩，你还真是能耐了！"

李柱器不敢还手，只能嘴硬道："快快松手，我堂堂朝廷大员，让你这样弄，岂不是让人看笑话。"

周围的丫鬟下人也在一旁出言相劝，好不容易拉住李夫人，将李柱器松开。

李柱器得了自由，一本正经地整了整衣冠，道："你这话说得奇怪，来的女人是个什么样的都没有问明白，却一定要让我认这个亲。"

李夫人撒完了泼，又开始抽抽噎噎地哭起来："我不管，你赶紧叫人给我把她撵走。你要敢去见那个女人，就先拿绳子来勒死我，再去拿八抬大轿把那女子抬进来。"正说着，她抬眼看到儿子正躲在角落里，眨巴着大眼睛瞧热闹。李夫人走过去一把将他搂住："我们娘俩一起死给你看，横竖你有了那个儿子，也可以不要我们了。"

李柱器方才挨了打并没有什么，但他就这一个儿子，疼爱得要紧，听李夫人这么一说，顿时有些生气，恨恨道："儿子是我的，你一个妇道人家不要随便插手。"

哪知李夫人并不吃这一套，朝着李柱器吐了一口唾沫又道："你说是你的就是你的，难道不是我十月怀胎生出来的？我是他的娘，我就能管他。"

李柱器的儿子见父母吵架，再加上李夫人的哭闹，顿时委屈地哭了起来。

李柱器见屋里闹成了一团，心烦得要命，又听门外还在噼里啪啦、又吹又打的，顿时气不打一处来，快步走到门口，对站在门口的下人喊道："你们还愣着做什么？快出去将那个女人赶走。让她放明白点儿，快些离开保定。如果再在这里冒认官亲，纠缠不清，我就把她送到衙门那里好好地审问一下，到时候可有她受的。"

门口的下人答应一声正要走，却听李不柱喊道："且慢！"

李柱器回头看看李不柱，见他三步并做两步走了过来，在李柱器耳边轻声道："大哥跟我来。"

李柱器被李不柱扯着走出房门，向外走了十几步来到一处僻静之处，才停下来。

李柱器着急地问道："怎么了，为什么拦着我？"

李不柱看了看四周，轻声道："我看那女人也不是等闲之辈，单靠吓是吓不住的，咱们得想个稳妥的办法。现如今又来一个李卫和您对着干，可不要把事情弄大了，到时候反而不好收场。"

李柱器听了淡然一笑："她一个女人家，怕她什么。她若是不走，还要在前面闹，就送她到牢房里待一段时间，然后递解回原籍。"

"不瞒大哥，这样的话还用大哥提醒我吗？我刚刚已经在门口和她讲过了。但她说，她为你守了这么多年，吃了这么多苦，怎么能这么轻易地就被打发了。若是您不收留她，她就去顺天府那里告状。"

"京城里的老爷难道还会管我的家务事吗？"

"她说顺天府不接就去告御状。还要用轿子抬了去您的老家，领着孩子认祖归宗。只要您不怕丢脸，不怕升官有碍，她就和您没完。"

李柱器听完这一句，不由得浑身一阵发凉："这个泼妇，比我家那口子还要狠。这可如何是好啊？三弟，你也知道，当年我虽然和她要好，但因为有你嫂夫人，我也没想过要纳她进门。后来她有了身孕，当初正好我还没有儿子，自然是想要一个，就先答应了下来。为她赎了身，又替她在河南落了户，买了几亩田。后来我做官多年，儿子也有了，又听说她过得挺滋润，这才放下心来。其实这个女人也够泼辣，方才你也见了，一点儿也不比你嫂夫人差。你瞧我现在家里闹成这个样子，要是让她进了府，那以后还有我的好日子过？你无论如何要替哥哥我想个办法，把她打发了。"

"大哥，我方才探那女人的口风，好像也不是个不明事理的。她也知道要进府当姨奶奶是不能的，只不过是知道您做了大官，想讹几个钱罢了。"

李柱器咬着牙道："只要她肯出价，那就不怕。你去探探她的口风，要多少？"

李卫和任逢春一直在门口等着看热闹，见大门一开，李柱器带着李不柱走了出来，后边还跟着几个丫鬟婆子，一起站在台阶之上皱着眉头看着底下的红玉。

李卫笑着迎了上去，道："大人，我李卫可是做了一回慈悲菩萨，给您送了一妻一子，您说怎么谢我？"

李柱器看着李卫，恨得牙根直痒痒，真想上去咔嚓一口，把李卫的脖子咬断，但看见眼前这一锅乱粥的样子，得尽快平息了才是，只能是狠狠地瞪了李卫一眼，道："下官真是多谢李总督了！"

李卫接了一句"不谢"。却见李柱器已经三步并做两步，绕到李卫身后，来到红玉面前。

红玉乍见了多年未曾谋面的李柱器，心里顿时有些动容，方才还跟李柱器府里的下人们摆着架子，此时却眼睛一红，不由得流下泪来。

李柱器怕红玉在外边再说出什么陈芝麻烂谷子的事来，急忙道："一路辛苦了，快到里边说话。"说罢，朝身后的丫鬟婆子使眼色道："还不快把她请进去。"

几个丫鬟婆子都是事先交代好了的，早知道该怎么办，一齐围上去，嘴里虽是客气着，手上却下着狠劲儿，有的拉有的拽，转眼工夫就把红玉连同孩子一起弄进了府去。

李柱器也不理李卫，和李不柱紧紧地跟在后头，一进了门，"哐"的一声，就把门关住了，把李卫晾在了外边。

那些个吹鼓手本来还想一路跟着进巡抚衙门，说不定还能讨个赏钱，刚跟到门口，却被关到了门外，顿时好不尴尬。大家停了乐器，其中一个领头的见李卫还在，直奔过来笑着问道："总督大人，您说这是什么事啊？哪有送亲的队伍被关在门外头，只把新娘子接进去的。"

李卫知道他们是想讨两个赏钱，便从袖中掏出一锭五两的银子，道："吹了这一路也辛苦了，这是本大人给大家的赏钱。"

领头的接了银子，顿时眉开眼笑，作了个揖，道："谢总督大人，还是您大方。"

李卫哈哈一笑，对任逢春道："逢春先生，今天这场戏演得真热闹，改天咱们再过来给巡抚大人道喜。"

李卫和任逢春二人大笑着往回走，转过了两条街，任逢春才道："李柱器这个清官，果然是装给别人看的。"

李卫冷笑道："连自己的夫人和儿子都不敢认，还做出这一档子浑蛋事，说什么俭朴，讲什么清廉，我看纯属瞎掰。这一回把红玉送到他府里，也够他折腾几天的了，也让大伙儿看看他的真面目。"

"但此人是否有贪赃纳贿、勒索民财的事，还在两说。既然皇上叫您细细查访，一定要盯紧了他。"

"我已经安排李祥这几日好好打探，若让我发现他真的手脚不干净，那他在直隶就甭想再有好日子过了！"说罢，李卫忍不住一声叫板："驸马爷啊！"接着一边走，一边唱起了包公铡美案的唱词，"驸马爷近前看端详，上写着秦香莲她三十二岁，状告当朝驸马郎，欺君王，藐皇上，悔婚男儿招东床，杀妻灭子良心丧，逼死韩琪在庙堂。将状纸押至了爷的大堂上，咬定了牙关你为哪桩？"

李柱器将红玉安排在前院厢房，自己却不露面，让李不柱去与红玉讲价钱，自己就在隔壁院子里等消息。

李不柱去了约半个时辰方才回来。他轻轻推门进来，又回身将房门掩住。

李柱器急忙迎上来，道："三弟，事情办得怎么样？"

"这女的答应给钱就走，但价钱却要得狠了一些。"

"她要多少？"

"六千两银子。"

"这么多？"李柱器不由得咂了咂舌头，"你就没跟她讲讲价钱？"

"怎么没有讲？她刚开始狮子大张口，要一万两银子，兄弟再三和她讲，才降到六千两。"

李柱器一屁股坐到椅子上，脸色极为难看："当初我为她赎身买地，也花了将近三千两银子。若是她当初把钱存到钱庄上，现在连本带利也有四千两了。再加上现如今她又向我要的六千两，就是一万两。她到底要干什么啊，居然要这么多银子。"

李不柱知道李柱器是舍不得银子，心中暗笑，嘴里劝道："大哥，话不能这样讲。现在不单单是她一个人，不是还有一个男孩吗？若真是咱李家的骨肉，也不能委屈了他，好歹他也姓李。再说，这女人一天不拿钱，就一天不走。任由她留在保定闹，对大哥的名声颇为不利啊。"

李柱器仍不肯松口，说道："话虽是这样说，但六千两银子数目太大。

你我做一笔生意，卖一回缺，才能得多少钱？她就来要六千两！"

李不柱早就有了主意，道："提起生意，我倒想起一个人，这个人倒是可以替大哥出这笔钱，不用大哥掏一两银子。"

李柱器听了这话，身子一挺，坐直起来，道："天下还有这样的便宜事？"

"您还记得您初来直隶时，有个叫布嘉闲的候补道台要向您买缺吗？"

"这个人是个笨蛋。银子我是喜欢的，缺也不是不能卖给他。但他在光天化日之下，众目睽睽之中，拿着五千两银票跑到官衙问我要官，这不是要我好看吗？当时我便泼了他一脸茶，让他滚蛋了。怎么，这个人还在保定没有走？"

"这人是个纨绔子弟，初来官场，不懂规矩，大哥不要和他计较。不过，这一回倒可以用得着他。"

李柱器眼珠转了几转，盯着李不柱道："你的意思是——让他替我把这笔钱出了？"

李不柱一挑大拇指，道："大哥聪明！让布嘉闲再添一千两银子，一共六千两银子，给他一个相当的缺份。钱不是您拿的，事情却有人替您办了。您还是一个大清官，岂不妙哉！"

李柱器吁了一口气，笑道："好办法，真有你的，明天你就去办。还有这个红玉，不能留她在府中过夜，一会儿从后门领出去，找个客栈安置了。此事要办得神不知鬼不觉，知道了吗？"

"小弟明白！"

第五章　真假李卫

李卫"送亲"已经过了两天了，李柱器那边却安静得一点儿动静都没有。李卫专门去了两回巡抚衙门，明着是谈公事，暗地里想探口风。但李柱器照常上衙门办事会客，脸色如常。虽说是外头已经将这事传了个遍，但巡抚衙门里却像从没发生过这件事一样。李卫听着官厅里等着召见的官吏们仍是谈天说地，好像有一肚子说不完的话，但就是不提这件事。李卫实在憋得难受，想起自己派出去打探的李祥已经两日没着家了，也不知发生了什么事，这心里免不了烦躁起来。

这日早晨，李卫在自己的衙门里处理完了公事，就直奔任逢春住的西花厅而去。

李卫进了西花厅，却是屋中空空，不见任逢春的人影。问了门房的下人，才知道任逢春昨日吃了中饭就出去了，到现在也没回来。李卫不由得心里一空，怏怏地向自己的后院书房走去。方走进后院，却见任逢春从书房出来，二人正好打了一个照面。

"哎，我正找您呢。"二人同时脱口而出，随后二人不由得一笑。

任逢春道："您先说。"

李卫道："逢春先生，你昨天是去哪儿了？怎么一夜没有归家？红玉这件事，并非是看热闹，我是怕李柱器真学了陈世美，来个三官堂追杀秦香莲，那红玉可算是倒霉了。"

"这个红玉可要比秦香莲厉害得多，您就放心吧。"

李卫听任逢春话中有话，遂问道："你打听出什么来了？"

"我昨日听说李柱器的夫人要去城外普善寺上香，便去凑个热闹，顺便打探一下李柱器府里的消息。"

李卫听到这话，赶紧问道："打探得怎么样？自从红玉进了府里，就没一点儿消息，不知李柱器是个什么意思？"

"我扮作吃斋的居士，与李柱器府上的人聊了几句，打听到您送红玉的当日下午，李柱器就让人把红玉打发走了。"

李卫好奇地问道："这是什么缘故？我看红玉也不是一个好招惹的人，难道就这么好骗？"

"红玉是聪明人，她应当知道李柱器是绝不肯认她的。我猜她一定是讹了李柱器一笔银子，所以才走了。"

说话间，李祥走了进来。李卫见了骂道："好你个李祥，叫你打听事，两天不见你的人影。再不见你，我倒要让保定的知府派人去找你的尸首去了。"

李祥笑了笑，走上前来，道："我这两天没回来，可是没白跑，我全都给打听清楚了。"

李卫赶紧问道："你打听清楚什么了？"

"红玉被安排到中盛街的得意客栈，我就住到了隔壁。之前我来保定打前站的时候正好住在这家客栈，知道这家客栈的耳房和西厢房的上边是相通的，说话声极易传过去，便住到了红玉隔壁的耳房里。这期间有一个人找过红玉两次，他们说的话我都听得清清楚楚。"

李卫觉得自己好像知道了些不为人知的内幕，心下一阵紧张："他们说了些什么？"

"这个人姓布，是个候补官，别的话他都没跟红玉说，只是说他要替李柱器出钱打发走红玉。一共出了六千两银子，今天一大早，红玉就带着儿子走了。”

任逢春听了叹道："六千两银子，好大的一笔买卖。"

李祥有些遗憾地说："可惜这条老狐狸做得滴水不漏，竟拿不到他的罪证。"

李卫骂道："呸，果然是个贪官，皇上果然圣明，没看错这个人。可惜他这一招做得太阴，竟抓不着他的证据。"

任逢春抬头看看天，又低下头来："他贪赃受贿绝不只是这一笔，仔细查下去，既然他的狐狸尾巴已经露出来了，就不怕抓不住这只老狐狸。"

李卫点点头，说："请问先生，下一步我该怎么办？"

"直隶省下属所有州县，您都得转一遍，名为视察，实为查案。"

"这个……"李卫想了一下，又道，"我看得微服私访才行。这在直隶当官的估计和李柱器的关系匪浅，明着来恐怕查不到真东西。"

任逢春摇摇头，说："要真真假假，假假真真，这样才能掩人耳目，不然您突然失踪，下去私访去了，岂不是让李柱器怀疑。而且，他要是参您一本，说您擅离职守，不知所踪。虽然皇上那边不会为此罢了您的职，但局面也将变得十分被动。"

李卫有些糊涂了，问道："这个真真假假，假假真真是什么意思？"

"明着您坐八抬大轿，带着仪仗出城。待出了保定，暗中来个金蝉脱壳，另派一人装成您的样子，四处随便走访一番。直隶这帮下级官吏都是近几年新上来的人，没有人能认得您。待微服私访完毕之后，您再重坐仪仗，回到保定，神不知鬼不觉，任他李柱器再聪明，也决想不到您会如此行事。"

"逢春先生的计策果然是高，堪比当年你父任先生！"李卫激动地走了几步，回过头来，"好，咱们就给李柱器来一个真真假假，假假真真，好好查查他这个'清官'。"

李柱器得知李卫要下去巡访府道的消息，立刻快马放出几名心腹出去，提前将此事交代于几个与自己关系密切的府道州县。这些个官吏得了消息，急急忙忙地开始准备起来，张罗着应付李卫的检查巡访。他们哪儿知道，真正查访他们的却是一个假李卫，而真的李卫一出保定就换了便装和任逢春向相反的方向微服私访去了。

李祥与李卫身材相仿，模样还有几分相似，便扮作了李卫的模样。可他毕竟只有三十多岁，虽是染白了头发，装上了胡子，仍是显得有些面嫩，好在下头这些官吏从未见过李卫，官吏们心里都诚惶诚恐，生怕李卫查出点儿什么来惩办自己，哪里还有心思分辨真假，倒也容易蒙混。

李祥大张旗鼓地摆着仪仗来到广平府，早有接风的官吏得了信在城外候着。李祥等八抬大轿子一停，从轿子出来，只见大大小小金顶子白顶子的一众官吏立时涌了上来，一齐拜倒在地，领头的官吏高声喊道："广平知府梅江卫领全府官吏为李总督接风。"

虽然李祥跟着李卫见的世面多了，但毕竟是头一回"当官"，乍见了这阵势，也有些发蒙。他稳了稳心神，端起架子道："都起来吧。"

梅江卫率众官吏站了起来，笑道："大人一路劳累，下官已经在府衙之内，摆下一桌酒席，都是家常饭菜，并未铺张，还请大人赏光。"

李祥想了一会儿，说："本大人出巡有条规矩，就是……就是……就是……"李祥一连说了几个"就是"，还是没有想起来任逢春教给他的那几句文绉绉的客套话，干脆直截了当地说："吃什么不如吃个实惠，有包子没有？猪肉大葱馅的，再给来几头大蒜，一瓶老陈醋。"

梅江卫听了假李卫这话不由得一愣，早听说李卫说话粗鄙，今日亲耳得闻，果然是非同凡响。想到此处，他赶紧笑道："猪肉大葱馅的包子，并非难寻之物，自然有的是。大人请到府上说话。"

一干人众星捧月般将李祥送到广平知府衙门，李祥随便训了几句"本大人此次巡访，是关切民生，体察民风，督促百官"之类的套话，众官吏这才散去。留下知府、同知、首县陪着李祥一同入席。按照李祥"要实惠"的吩咐，什么热菜、凉菜、荤的、素的一律不要，桌上直接端上来两大盆猪肉大葱馅的包子，一人一碟剥好的大蒜，一坛子老陈醋放在桌当中。几个人一边吃包子，一边啃蒜，倒是"别有风味"。梅江卫等人一辈子都没有这样吃过饭，也算是开了眼界。

几个人边吃边谈，聊天的内容无非是直隶的名胜以及广平府的民风。梅江卫寻个机会，向李祥问道："总督大人，您什么时候开始查账呢？"

李祥刚咬了一口大蒜，正辣得过劲，急忙又咬了一大口包子，在嘴里一边嚼着一边道："不忙，明天你让人把账本都放到我房里去。"

梅江卫笑道："大人怎么不在大堂里查账，倒让放到房里去？几百个账本，七八个书吏，在房里能施展得开吗？"

李祥好不容易把包子咽下，笑道："这你就不懂了。账本往明面上一摆，用你的人随便比画两下算盘珠子，那能查出个什么来。我告诉你，明天把账本放我房里，我只用我的两个钱粮师爷，三个人把门一关。中午送饭放到门外就行，我们自己取。两日之后，自见分晓。"

李祥毕竟跟着李卫久了，虽然真本事并没有学到手，但这端架子以及糊弄人的本事却学得像极了。这一番话真就把梅江卫吓得一个愣怔，暗道：好一个李卫，果然是名不虚传。

第六章　小鬼打架

李祥假扮李卫在直隶南边的广平府查账，而真李卫已经和任逢春到了北边的涿县。

到了十一月初冬时分，天气冷了下来。未落尽的秋叶刷刷地往下飘，一路上都是残枝败叶，和着刚被雨水浸润过的泥土，散发出阵阵清爽的味道。

李卫和任逢春扮作赶考举人的模样，各骑一头毛驴缓缓行走在官道之上。

二人走到一条三岔道口上，忽听见一阵急匆匆的马蹄声响，转过头一看，右边的一条路上，一个身穿官服的官吏骑着一匹大白马飞也似的奔过来。两个人急忙停住了驴给官吏让路，但官吏的马跑得太快了，一阵风似的从二人前头掠过，泥点子溅起四五尺来高，李卫和任逢春的脸上顿时多出几个麻点子。

李卫掏出手帕擦干净了脸，奇怪道："这人到底有多急的事？刚下过雨的路又湿又滑，这么跑不要命了？"

话音未落，却听不远处传来马的一声长嘶，李卫和任逢春二人转头向左边望去，见刚刚的官吏已经在一辆马车旁边勒住了马。幸亏这人马上的功夫强，那马骤停之下，居然站得稳。

官吏从马上一跃而下，李卫这才看清，这个官吏三十岁出头的样子，身形干巴精瘦，身穿五蟒四爪官袍，套着绣鹨鹕补服，头戴素金顶大帽，跑得气喘吁吁。

这时，那辆马车停了下来，走下来一个穿着便服的中年男子，四十岁上下，瘦长脸、青缎袍子、黑马褂，看走路的样子，也像是个做官的。

中年男子下了车，向追上来的七品官吏一拱手，笑道："原来是汪老弟，怎么还专程跑过来，这是要送老哥一程吗？你太客气了吧。"

七品官吏听到这话却满面怒色，一把将中年男子揪住，骂道："呸！我还送你？我恨不得要了你的命！"

中年男子被骂得愣了一愣，不解道："兄弟这是什么意思？老哥我什么地方得罪你了？账目不是已经与你交清了吗？"

李卫通过二人的对话得知，原来这位七品官正是涿县刚刚接任的县令汪忠岩，而中年男子是刚刚从涿县知县任上丁忧卸任归家的刘正刀。

此时，汪忠岩听了刘正刀这话，嘴里发着狠说道："你甭跟我揣着明白装糊涂。昨日正是开征夏季钱粮的时候，可兄弟发下公文，一天内只来了一个人交粮，派人一打听，原来钱粮已经被你征去十之八九。"

"那又怎样？"

"我说兄弟，要知道咱们做官的，就靠着一年中的三节两赋赚些外快。本来今年这次夏赋应当是在我上任之后才收的，你却提前在你的任上跌价收赋。原来要收四吊钱的，你只收三吊八；原来要收二两银子，你却只收一两八钱。你还以十天为限，过期不候。百姓们一听降赋了，并且只限十天，哪个不想占便宜？争相交粮纳税！几天时间，就让你收了个干干净净。十成赋税只给我留了一成多，你让我怎么活？"

刘正刀听了微微一笑："我不还给你留了一成吗？好歹让你上任之后，有二三百两的零花钱。"

汪忠岩顿时气极，怒道："这点儿银子还不够我塞牙缝呢！"

刘正刀仍是一副和颜悦色的样子，他拍了拍汪忠岩的肩膀，语重心长地说："江大人，咱们打开窗户说亮话，我此举也是没有办法。我这一回不是任期满换任，而是丁忧去官。我当初是花了八千两银子才弄到这个好缺的，可刚上任三个月就摊上这个倒霉事。我做出此举也是没有办法的事，汪老弟你也只能怪自己运气不好。"

汪忠岩拍了一下刘正刀的手，咧了咧嘴角，说："姓刘的，你这话可就不对了。你这缺是花钱买来的，我的缺就是白给的吗？倘若是该着你任上收赋，我什么话也没有。可我是六月初九上的任，六月十五才是收夏赋的时候，凭什么你五月就把粮赋都收了。孔子曰，君子爱财取之有道。你老哥的这笔财，可取得太没有道理了。"

"那你要怎样？"

汪忠岩义正词严地说："你得给我交出来。念在你只上任了三个月，兄弟也不把事情做绝，好歹也得三七开，你三我七。"

刘正刀听到这话，终于变了脸："你倒要得狠！我告诉你，要钱没有，要命一条。"

汪忠岩用手指着刘正刀，说道："好啊，刘正刀，你不怕我告到上边去？到时候你可别后悔！"

刘正刀一听这话，倒是笑了："提前收赋，并非我一人之意，这也是上边体恤我的意思。你老弟要告，只管告去，你看谁肯接这个禀帖。"

"你以为我要告你这个吗？你看看我手里拿的是什么？"说话间汪忠岩从袖子里掏出一封信，在刘正刀面前晃了一晃，"这是我花一百两银子，从一个你辞退的下人老吴头那里买到的一封信。信中可明明白白写着，你是五月十三接的讣报，可却是五月廿八才报的丁忧。这叫什么？这叫匿丧！只要我把这个送上去，凭谁也保不了你。你啊，就等着被参免职吧。"

汪忠岩说罢，也不等刘正刀回答，拔腿就要走。

刘正刀没想到汪忠岩还有这一招，顿时慌了，口气立马软了下来，一把将汪忠岩拉住，道："好兄弟，我刚才说的话您别放在心上。这封信，您可千万别交出去。我也是欠的外债太多，一时间筹不到这些钱，这才出此下策。您是一任三年的官，何必和兄弟我争这一时之长短呢？"

汪忠岩回过头："别跟我扯这些没用的。我就问你一句话，你掏不掏银子？"

刘正刀犹豫了一下，道："那兄弟你说，这银子该怎样掏？"

"我汪忠岩也是够意思的人，也不赶尽杀绝。这一回你收了大概两千三百两的银子，你给我留两千两，其余的零头算我送你的路费。"

刘正刀掂量掂量，还是想少吃点儿亏，对着汪忠岩笑道："能不能对半开？一人一半。"

"不行！"

"那四六行吗？"

"不行！"

刘正刀嘴已经咧得像刚吃了苦瓜似的："那，那就按你前头说的三七吧。"

汪忠岩看看刘正刀，不屑地说："刚才还行，但现在不行了！"

刘正刀这回没辙了，但要他拿三百两银子的零头又实在不甘心，他低下了头，半晌没言声。

汪忠岩等急了："你有话没话倒是出个声啊，我可没闲工夫等你。"

话音未落，只见刘正刀一抬头，突然一把将汪忠岩手中的信夺下，背过身子就要撕毁。

汪忠岩急得一蹦三尺高，连叫带吼地窜过去摁住刘正刀的手："你真是个小人，居然给我来这手阴的。"

两个人扭作一团，打了个不亦乐乎。

刘正刀反正是理也没了，脸也不要了，一边夺信一边道："我是要银子不要命，你给我松开，不然我和你拼命。"

汪忠岩也不示弱："拼命就拼命，我也是不要命要银子的人，索性大家都不过了。"

刘正刀的家人见了急忙劝架，但两个人已经打红了眼，哪里还能劝得住。

正打得热闹的工夫，却听见旁边有人高喊一声："两位住手！"

刘正刀和汪忠岩听有生人喊话，一齐停了下来，但仍扭在一起，那封信被四只手扭成了麻花状。二人转头，见两个举人模样的人牵驴走了过来。

汪忠岩没好气地说："原来是算命的。我们当官的说正经话呢，你们瞎起哄什么？给我滚开！"

李卫冷笑道："好一个正经话。方才听二位说，你们的这个缺，都是买来的。我也是个举人出身，靠着算命攒了不少钱，也想买一个官当当，不知要花多少钱，走哪条路子啊？"

刘正刀这边正忙着夺信，却凭空插来一个不识趣的，真是又好气又好笑。他眉头一皱，道："你是什么人？光天化日之下居然敢说出这般胡话，给我拿下送到学政那里去受训。"

几名下人听了立马就往上冲。

任逢春怒喝一声："看谁敢？这位是直隶总督李卫大人！"

几个下人一听是总督大人，停了向前的步子，但又辨不清真假，一齐回头看两位县太爷。

刘正刀和汪忠岩两个人此时也蒙了，四只攥着信封的手一抖，登时松开了。那信得了自由，顺着风飘飘摇摇地落到李卫的脚前。

李卫弯腰将信拾起来，往袖子里一塞，笑道："得，这证据让我拿了。二位准备拿多少银子赎啊？"刘正刀虽早就听说李卫出了省城要巡查各府道州县，但上边传下来的话不是说总督大人坐着八抬大轿，打着执事仪仗出的城吗？而且是一路向南，先去了冀南，怎么两天的工夫就到了冀北？他想到此处，上前一步问道："你敢假冒朝廷命官？"

李卫笑了笑，将一个红绫布包丢了过去。

刘正刀接了个满怀。他打开红绫布包，一个大印露了出来。他只看了一眼，冷汗立时便下来了，颤着声道："大印是真的，真的是总督大人。"话还没有说完，他两腿一软，已经跪了下去。

汪忠岩等人一看这阵势，知道对面这个李卫是真的无疑，也一起跪下。

汪忠岩诚惶诚恐地说："下官汪忠岩不知总督大人微服私访，多有冒犯，望大人恕罪。"

刘正刀上前一步将大印还回，又退回去跪在地下："卑职刘正刀有眼不识泰山，方才言语多有得罪。"

李卫冷冷地看了他们一眼："你们除了打官腔，讲银子，还会不会说些人能听懂的话。"

汪忠岩和刘正刀有些不知所措，只好一个劲儿地说："方才不知大人驾到，多有冒犯，还请大人见谅。"

李卫截住他们的话头，道："废话我不想听，你们说点儿实在的。还是刚才我问你们的那句话，你们要买一个涿县县令这样的缺，要花多少钱？走的是哪条路子？"

汪忠岩与刘正刀听李卫要追究他们的底子，不由得互相看了看。

刘正刀向汪忠岩轻轻地摇了摇头，汪忠岩会意，立马向前跪着行了两步，说道："总督大人，下官这个县令是吏部分发到省，再由省里挂牌选任，一步一步走过来的，哪里有买缺一说。"

刘正刀也跪行两步，道："总督大人，卑职是两榜的进士，是下过科场的，辗转也做过几任县令，怎会用银子来买缺呢？"

李卫一听两个人跟自己要赖皮，亲口说过的话，当面就敢不认账，大声呵斥道："你们可真是忘性大，自己刚说过的话，转眼就忘记了。刚才不是都争着说自己的缺是花大价钱买来的吗？难道说出的话就像放屁一样，说出来就不承认了？"

汪忠岩急忙道："下官刚才的确没说这句话啊，不过下官刚才的确是放了一个屁。"

刘正刀也跟着说道："总督大人，您说我刚才是放屁，那就是放屁。可卑职确确实实没说过买官的话啊。"

这两个人一唱一和，方才还打得要死要活，此时却突然默契得像一对双胞胎。

李卫一时竟被顶得没有话说了，不由得大怒："我活了五十岁了，还真没见过这么不要脸的啊。"

任逢春见了这阵势，知道再问也无益，轻声对李卫道："大人，这些个贪官，都是些混账泼皮，没有证据，怎肯轻易认账？我看小惩他们一下也就罢了，不要打草惊蛇。"

李卫点点头："只有这样了。"他转头对汪忠岩与刘正刀二人说："既然不是为了买缺的事，那你们刚才是为了什么打架啊？"

汪忠岩和刘正刀一齐说："我们是闹着玩呢，闹着玩。"

"好，你们两个县太爷，两个大老爷们，跑到这里来打架玩了。不好意思，李某打扰了，你们继续闹着玩吧。"

汪忠岩和刘正刀又一齐说道："不敢。"

李卫走到两人面前怒吼道："不敢什么！你们买官卖官，贪银受贿，匿丧不报，欺瞒上官，还有什么不敢的？"

汪忠岩和刘正刀被李卫这一声怒吼吓得一抖。

李卫在两人面前走来走去："你们敢耍我，是不是？好，现在给我继续打，本官就坐在这里给你们做中正。不打出个输赢来，谁也不许走！"

汪忠岩和刘正刀犹犹豫豫地站了起来，互相看了一眼，谁也不敢轻易动手。

李卫又吼了一声："给我打啊，快打！"

汪忠岩和刘正刀二人低着头，不敢吱声。

李卫看着二人的表现，云淡风轻地说："我数三下，如果汪忠岩不动手，我就免了你的职。刘正刀，你要是不动手，凭着刚才那封信，我要让你一辈子都别想再做官。"

汪忠岩一听李卫要罢免自己，悄声对刘正刀道："兄弟对不住了，我这个官值一万两银子呢，说什么也不能让免了。"汪忠岩说完抬手就给了刘正刀一个耳光。

刘正刀捂着自己的脸，气愤地说："你真打啊，下手还真够狠的。"一边说着，一边向汪忠岩扑去。

两个人又扭打到了一处。

夕阳西下，百鸟归林，一轮红日挂在西边的地平线上。

汪忠岩和刘正刀已经打了有大半个时辰，二人此时已经是鼻青脸肿，满身是泥，气喘吁吁，体力不支。但李卫仍然没有叫停的意思。他找了块干净的石头坐下，嘴里叼着草棍，手里还晃着那封扭成麻花状的家信，说道："怎么还没分出胜负啊？谁赢了这封信就给谁。快点儿，太阳快下山了。"

汪忠岩和刘正刀实在是受不了了。汪忠岩一边扭住刘正刀的脖子一边悄声道："四六分，说定了，我六你四。你给我一千两百两银子，我假装认输，家书还你。"

刘正刀此时已经是气喘如牛，听了这话连声应道："好好好，我掏一千两百两银子，你认输！"

两人商量完毕，汪忠岩叫声"哎哟"，假装跌倒在地。刘正刀一把摁住他，骑在他身上，笑道："这回你可要认输了吧。"

汪忠岩大喊："我认输，我认输。"完了又轻声道："你别蹬鼻子上脸了，意思意思就行了，你还真往我身上坐啊。"

刘正刀兴奋地回头向李卫喊道："总督大人，总督大人，他认输了，信归我了。"却发现李卫和任逢春已经骑着驴走远了，那封信被丢弃在路旁，一阵风儿吹来，那信飘飘荡荡地飞了起来。

刘正刀急忙站起来去追，连扑了几下都没有扑到，那信向路旁的草丛中飞去，刘正刀跌跌撞撞地追进草丛中。

汪忠岩已经站了起来，身后沾着厚厚的一层烂泥，他看着李卫和任逢春夕阳下远去的背影，深深地叹了一口气。

第七章　糊涂县令

涿县再往北便是房山县。

房山县的县令是刚刚从省里分发上任的胡图。他本是康熙六十年三榜同进士出身，到了这一年已经在官场上混了十几年了。因为办事实在是糊涂，办一个差事砸一个差事，时间久了，名声在外，竟没有人再敢用他，所以多少年来只从八品官升到七品，便再没有动过。

胡图虽然办事糊涂，巴结上司的功夫却好得很。这一回放到房山县，知道本省巡抚李柱器是个好清名的官，为了仰承宪意，竟也决心做一回青天大老爷。于是让人发下公告，晓谕乡里，大概意思是：以往向来是"衙门口，八字开，有钱无理莫进来"。但本官一向是清如水，到任以后，决不收原被告一文钱的礼。各位如有冤情，尽管前来告官，本官必秉公而断，绝无受贿钱财之举。

老百姓们听说县太爷坐堂不要钱，哪一个能不愿意？无论大事小情，纷纷递上诉状，让这位青天大老爷公断。

胡图见公案上的状子渐渐多了，便选了个吉日开堂审案。

这一日巳时坐堂，第一件案子是张三和李四为争一只鸡。张三说李四偷了他家一只鸡，但李四说鸡本来就是他家的，两个人都在公堂上喊冤。

胡图也不嫌案小，细细问道："张三，既然是你家的鸡，如何就跑到了李四家？"

张三道："小的家和李四家的院子只隔着一堵墙，小的家里的那只鸡不老实，总是爱乱飞乱扑腾。今天飞到李四家，便让他逮住了。"

胡图说："这么说你们是邻居？"

张三和李四点头称是。

胡图笑道："既然是邻居，这案就容易办了。俗话说得好，远亲不如近邻。是邻居就要和睦相处嘛，单为了一只鸡这么小的事，伤了邻里的关系，实在是大大的不值。你们说对不对啊？"

张三和李四不知胡图是什么意思，一齐叩头道："县太爷说得是。"

胡图把胡子一捻，笑眯眯地说："既然你们都认为本县说得是，我看这只鸡是个让你们邻里不和的孽障，我便替你们除去吧。陈班头，你去把鸡拿到后头厨房。"

陈班头答应一声，上前将鸡取走直接向后厨房走去了。

张三和李四一看着了急。

张三道："县太爷那是我的鸡啊，您拿走了算怎么回事？"

李四也道："老爷您要吃鸡，也不能吃这只鸡啊。"

胡图听了登时将脸一板，道："废话！我不吃你的鸡还吃谁的去？我吃这只鸡是为了让你们邻里和睦，你们应当感激才是。还不给我退下。"

张三和李四一看县太爷变了脸，知道这只鸡一定是要不回来了，只好自认倒霉走下堂去。

第二个上堂来打官司的是李大告王二偷割了他三亩麦子。胡图一听立刻大怒道："这还了得！来人，将王二拖下去先打二十板子。"

被告王二急忙喊道："老爷，小的还有下情要禀。"

胡图把眼一瞪，道："打完再说！"

待王二被打完带上来，胡图才问："王二，你不是有话要说吗？你现在说吧。"

王二道："县太爷，小的之所以要割李大的麦子，是因为李大强占了我的地，小的没他家人口多、势力大，争不回来，所以才有偷割麦子的事。"

胡图听了又是怒从心头起，指着李大道："原来是你错在前头，真是恶人先告状。来人！把李大拖下去打二十板子。"

李大急忙道："小的冤枉啊，小的有话要说。"

胡图哪里听得进去，只说道："打完再说。"

李大被打完带了上来，胡图又问道："李大，你方才说你也有话要说，你现在说吧。"

李大心想，一上堂原告被告各先打二十板子，这案子断得真是奇了。他虽然心里这样想，嘴上却不敢说出半点不满的话来，只说道："老爷，王二说是我占了他的地，那是胡说啊！地契在小的手上，怎么能说是小的强占了他的地呢？"

胡图这回明白了，道："原来是王二在撒谎，险些被他骗了。来人！把王二拖下去再打二十板子。"

王二一听又要打二十大板，急忙喊道："老爷，我还有话没说呢。"

胡图并不理会，还是那句话："有什么话打完再说，打完再说。"

二十板子过后，王二已经被打得路都走不了了，被架了上来，扔在堂上。

胡图看了看他，慢悠悠地说道："王二，你现在说吧。"

王二都快哭出来了，他吸着一口气道："禀大人，李大的地契是假的，我自己原有真契，因为丢了，所以李大才敢造假欺人。但当年卖地的原主和中人还在，可以证明。"

胡图一听这话，"啪"地一拍惊堂木，怒道："好你个李大，竟敢假造地契，来人！"

众衙役一听，知道又要打李大了，二话不说，直接将李大架起来，道："老爷，您是又要打李大二十板子吧？"

胡图道："猜得不错，把李大拖下去打二十板子。"

李大顿时急了，扯着嗓子喊道："老爷，您能不能让我把话说完再打啊？"

胡图一挥手，说："打完再说，打完再说。"

过了一会儿，李大被架了上来，扔在堂上。

李大趴在地上，呻吟不断。

胡图对李大说："李大，现在你说吧。"

李大好不容易抬起头来，忍着痛道："青天老爷，小的不说了。"

"为什么不说了？"

"再这么说下去，小的和王二都要被打死了。"

胡图一听，伸手指着王二，道："既然他不肯说，那你说吧。"

王二吓得直摆手："小的也不说了。照您这么审，就是把我俩打死，也未必审得清。"

胡图道："那你们还告不告了？"

王二苦着脸道："小的情愿息讼。"

李大也道："小的也是，不敢劳烦您审案了。"

胡图哈哈一笑，道："好，那就签字画押吧。"

这样一连审了五个案子，已经到了午时。胡图退堂吃过了中饭，下午接着坐堂再审，哪知道一上堂便有稿案送上来几十张禀帖，稿案说道："这些人因为县太爷实在是个青天大老爷，审案子是再公平不过了，所以都不愿意再打官司了。这里都是息呈，请老爷过目。"

胡图看了一眼，得意道："这些息呈老爷我都准了，现在巡抚大人正讲究清讼，既然都不愿意打官司了，那本县治下就是政通人和，将来升官指日可待。"

说话间却听到外边又有人喊冤，胡图听了，急忙道："到底是房山县的百姓健讼，本老爷还得受累再坐一回堂。"说罢，叫人将喊冤人带上来。

不一会儿，有两个青年男子被带了上来。一个叫王五，是个五大三粗的壮汉。另一个叫马六，一条腿受了伤，走路一拐一拐的。

二人走上堂来，一齐跪下。

原告马六说："县太爷，这王五不讲理，将小民的左腿打伤，您看看。"

马六说罢掀起裤腿将伤口露出。

这一回胡图并没有"打完再说"，而是问王五："你为什么打他？"

王五气哼哼地说："回老爷的话，我们本是为一件小事互相骂了几句，本来也没什么，可是他不该骂小的祖宗，而且一骂就骂了二十多遍。所以小的火了，把他痛打了一顿。"

胡图听了，笑着对马六说："这个案子再容易不过了。既然王五踢坏了你的左腿，我现在就命人打他的左腿。来人，将王五摁住，用板子只打他的左腿。马六你把你的左腿也伸出来，让衙役看着打。"

几个衙役上来立时把王五摁住，一边看着马六伸出来的左腿，一边用板子用劲儿敲王五的左腿。

王五不服，向上喊道："大人断得不公啊，凭什么他骂我的祖宗，您就不管。"

胡图道："老爷我说不管了吗？打完再说，打完再说。"

衙役的板子在王五的腿上打了十多下，直到王五的腿伤和马六的腿伤差不多一样了。胡图才让衙役停手，对王五道："王五你过来，马六骂你祖宗骂了多少句？"

王五一拐一拐地走过去，道："骂了二十多句吧。"

胡图一皱眉不高兴道："说清楚到底是多少句，说不清楚就是欺骗老爷，还要找打。"

王五一听还要打，急忙说道："二十二句，是二十二句，老爷。"

胡图点了点头，说："好，你现在就骂他祖宗二十二句，骂完了你们就两清了。"说罢，又扬扬得意地自夸道："像我这样的老爷，断案是再公平不过了。"

胡图的话音方落，却听堂下有人大声道："再公平也没有这么断案的，照你这么个断案法，还有老百姓敢找你求讼吗？"

说话间，从堂外走进来两个人，前头的人看起来五十多岁，身穿一件古铜截衫，外头只套了一件黑缎盘蝴蝶套扣儿的背心，一张圆脸，两眼炯炯有神，闪着精明的光。后头一人二十多岁，酱色江绸棉袍外罩石青丝面的绸褂，白面长脸。二人都是头戴镂花银座，上衔金雀，一副举人的打扮。正是李卫和任逢春二人。

因公堂审案向来是允许百姓在堂下旁听的，二人已经在堂下听了许久。直到听到这个案子，李卫再也忍不住了，喝了一声径直走到堂上来。

胡图见两名举人走上堂来，也不生气，反而笑道："原来是两个外乡人。你们是进京赶考的举人吗？正好可以将本老爷断案如神的名头在京城里传一传。"

李卫冷笑一声："胡明府断案的本事，我已经见识了，不过断案如神倒不见得。"

胡图奇怪地说："难道你没有看到吗，今日我才坐了几回堂，便让这些小民心服口服。所谓'道之以政，齐之以刑'，天下无不可治之百姓。"

李卫本是要狠狠地训胡图一顿，但听了这句话，却有些蒙了，转头对任逢春道："逢春，这小子虽然断案糊涂，倒是挺会掉文。他刚才说的什么？我怎么一句也没听懂。"

任逢春笑着摇了摇头："这是孔圣人的教导，从这家伙的嘴里说出来还真有些怪异。"

胡图本是扬扬得意，一心要在两位进京的举人面前露脸，但这两名举人居然不买账，反而一个说他"断案糊涂"，一个说他"怪异"，顿时把他气得胡子直翘，伸手将惊堂木在桌上一拍，大声道："好大的胆子！竟敢在公堂上污辱朝廷命官。你们以为有功名在身，本官就治不了你们吗？"

任逢春走上前，说："难道老爷没听过孔圣人的这样一句话吗？'道之以德，齐之以理，有耻且格'。县太爷今日所为，不但不能算得上是断案如神，反而与孔孟之道背道而驰了。"

任逢春拿出孔圣人来压胡图，但胡图毕竟也是三场科考出来的，谈起孔孟之道也是津津乐道，他听了这话摇头晃脑地狡辩道："君明臣直，而政简刑清，致治等于成康。老爷我案无留牍，庭无滞狱，难道不是个清明之官吗？"

"行了，行了……你烦不烦。说了半天，本大人还是不知道你要说什么？"李卫说着走到胡图的面前，"我问你，你是怎么当上这个县令的？是哪个睁不开眼的给你挂的牌？要知道朝廷让你来当县令，是让你造福一方的，不是让你祸害百姓的；是让你给乡亲们做主的，不是让你来断糊涂案的。知道什么叫断案吗？像你这样，每件案子都各打五十大板，还把百姓的鸡拿回自己家吃，这叫断案？你这是拿着公案在开玩笑。你还要我们给你到京城去宣传！我到京城宣传你什么？就说你断的这些个糊涂案子？说你断案断得老百姓都不敢来打官司了？你丢不丢人啊？"

李卫这一番长篇大论，把胡图气得是七窍生烟，他指着李卫道："我是正儿八经的三榜进士，你不过是一个多年考不上进士的老举人，你居然敢这样跟我说话？你信不信，我现在就能把你下到大狱里去。"

"你先别想着把我下到大狱里去，我先收拾收拾你吧。"李卫从怀中把官印掏了出来，往案桌上一放，"我是直隶总督李卫，把你们典史叫进来。"

胡图一听是总督大人，立马就变了脸色，他颤颤巍巍地将桌上的官印捧起来，细看了一遍，确认是直隶总督的官印无疑，双腿一软，跪倒在地上，连叩了几个响头，求饶道："大人，卑……卑职不知道是……是……总督大人微服巡访，多有冒犯，还请大人恕罪。"

大堂上的衙役书吏一听是总督大人驾到，也都呼啦啦地跪倒一片。

李卫看都不看胡图，自己走到大堂上的案桌之后坐了下来，道："都起来吧。"

胡图刚要起身，却被李卫叫住："哎，哎，胡知县，我可没让你起来，你倒是挺自觉，你接着跪着。陈班头，去叫你们的典史上来。对了，你去把后厨房的那只鸡也拿到堂上来，再把张三和李四都给我叫回来。本大人要亲自审案。"

总督大人到县衙审案，这可是个新鲜事。众衙役一心想着要开开眼，齐声答应一声，立刻分头去办。

不一会儿，身穿官服的典史走了进来。见了李卫跪倒在地，道："卑职钱卜利见过大人。"

二人见过了礼，李卫看了看胡图，对衙役道："摘了他的顶戴，剥了他的补服。"

胡图一听要剥自己的官服，以为李卫要罢自己的官，吓得又叩了一个头，道："总督大人，您就饶了我吧，我不能丢了这个官啊！我这个官才当了不到三个月啊。"

李卫冷眼看了看胡图："不到三个月怎么了？"

胡图吞吞吐吐地说："我……我……我……"

"你是不是想说，你买这个缺的银子还没有捞回本来呢？"李卫接过胡图的话。

"这个……没有此事，没有此事。总督大人，我再也不敢了，您可别罢我的官啊。"

李卫不再理他，从衙役手里接过补服顶戴，对钱卜利道："钱典史，本官命你暂时署理知县，你把你的补服顶戴脱了，换上这个七品的。"

钱卜利没想到李卫叫他来是这么一件事，不由得一惊："总督大人，下官不过是一个未入流的杂佐之官。上面还有县丞、主簿和吏目，都比我品级要大，我怎么敢担当这个重任？"

"我看你一定能担当得起。"李卫斩钉截铁地说道，"我方才在堂下听你说，你家县太爷断案断得太糊涂，就凭你这句话，你就比他强得多！接着。"李卫将胡图的七品顶戴朝钱卜利丢去。

钱卜利急忙伸手接住，嘴里喊道："谢大人。"

这时，陈班头从堂外走进来，禀报说："李大人，张三和李四带到。"

李卫点点头，道："好，你先把他们分别隔开讯问，问问他们平时喂鸡吃什么饲料？问清了，再一齐给我带上来。"

陈班头答应了一声走下堂去。

李卫回头看了看胡图："你还待在这儿干吗？回去歇着吧，听候省里的公文处置。"

胡图苦着脸答应一声，唉声叹气地走下堂去。

李卫待他下去了才对钱卜利和任逢春道："你们请坐。且看看我李卫是如何审案的。"

这时，陈班头领着张三和李四走上堂来。张三和李四跪倒在地。

张三抬头看了看，嘴里道："怪啊，就这么一会儿工夫，堂上就换老爷了？"

李四接口道："管他呢，反正咱也没鸡给他吃了，换就换吧。"

二人正在下头交头接耳，却听李卫在上边问道："陈班头，他俩说了鸡是喂的什么饲料吗？"

陈班头回禀道："回大人的话，张三说是豆粕，李四说是谷糠。"

李卫说："将鸡当堂剥开，验罢胃中之物便知。"

陈班头将随身的佩刀抽出，剥开鸡肚，仔细验罢之后，上前对李卫道："大人，是豆粕。"

李卫点点头，一拍惊堂木，厉声道："李四，你偷占张三之鸡，还强词夺理。这只死鸡判归张三所有，李四再赔张三一只活鸡，算作你的罚金。你可服气？"

李四见李卫断得如此清楚，着实吃了一惊，哪里还敢抵赖，只一个劲儿地叩头道："大人断得清楚，小的甘愿受罚。"

张三听得也是佩服之至，连声称道："这位才是青天老爷啊！"

李卫审完了案子，又让典史钱卜利与县令胡图交接了事务。一切完毕之后，天色已晚，当日就歇在县衙之内。因胡图是巡抚保荐，又在吏部记名的县官，李卫也不能随便动他，只是写了禀帖到京，决定等回了保定再与巡抚李柱器商量这事。不过李卫已经猜到，这位胡图县令的根基一定是比较深的，李柱器要保他也说不定。想到此，李卫不由得对任逢春说道："可惜我已不是当年假扮钦差的穷小子李卫了。要是在当年让我遇了这些买缺的赃官贪官糊涂官，我一个一个给他们'蜻蜓点水''平沙落雁''贴家官'，看他们还招不招，哪里用得着这么费事？"

任逢春给李卫倒了一杯茶，放在桌上，说："此一时，彼一时，当年您是光棍一个，现在您是朝廷二品大员，牵一发而动全身，若是还按着当年的路子愣打愣撞，恐怕不但事情办不成，还得吃大亏。"

李卫叹了口气，说："先生说得有道理，那您说说，咱们该怎么办？"

任逢春想了一会儿，才道："知己知彼，百战不殆。如今咱们得先摸清李柱器贪墨卖缺的路数，方能出招。"

李卫点点头："先生说得是，可怎么样才能摸清李柱器的路数呢？"

任逢春不由得也皱起了眉头："是啊，李柱器老奸巨猾，要摸清他的路数还真是不太容易。"

第八章　歪打正着

　　李卫微服私访查到了李柱器确实存在卖缺的嫌疑，却苦无证据，又摸不到李柱器的卖缺路子，与任逢春商量了一路仍是没有结果。与此同时，李祥却过了一回二品大员的瘾，一路上大小官吏好吃好招待，倒是威风得很。

　　两路人马在保定城外三百里会合，李卫重新坐上了八抬大轿，摆着仪仗大张旗鼓地回到保定城。

　　李柱器一会儿听说李卫在南边巡视，一会儿又听说李卫在北边微服私访，实在是搞不清李卫捣的什么鬼，不禁有些心惊肉跳，急忙派亲信分头去查。但亲信刚刚出城，李卫却已经进城来。最后李柱器也没有搞明白，李卫到底是微服私访还是光明正大地巡视。

　　李卫和李柱器两下里互相搞不明白对方的路数，又各怀心思，但见了面却是十二分的热情。李卫在巡抚衙门见过了李柱器，李柱器又是嘘寒又是问暖，最后还留李卫在巡抚衙门里吃饭。直到下午申时，李卫方打道回府。

　　回到家里，李卫先向李祖母请了安，又和李夫人坐了一会儿，然后将府中之事查看了一遍，因心中有事，一切办完之后，便独自向后院书房走去。

　　此时已经是掌灯时分，天色暗蓝，初冬的风"呜呜"地响着，带着一阵阵寒气。

李卫一边向后头走一边打着主意，想着要先将这几天总督府积下的公务文书大略地看一看，到晚上起更的时候再请任逢春来一起商量暗查李柱器卖缺的事。不知不觉间他已经走到了后院，一推门进了书房，却见李祖母已经端端正正坐在了房中的椅子上。

李祖母看见李卫笑道："祖母在这里等你半天了，你可算是来了。"

李卫诧异地问道："祖母，有事您差人吩咐一声，我便去您房里，怎么劳动您来我的书房了，这天冷的，当心吹着。"

李祖母没有回答李卫的话，却道："你渴了吧，祖母给你倒杯水。"说着起身要倒水。

李卫一把将祖母按回到椅子上："我来，我来！您这样我可担待不起，哪能用得着您？"

李祖母脸色一沉："我宠我孙子还有什么担待不起的？让祖母倒！"

"好，好，好，您倒，您倒。"

李祖母起身倒了水，李卫喝了一口放在桌上，不知李祖母是什么意思。李卫正要开口问，李祖母又道："怎么不喝完？快喝，别一会儿凉了。"

李卫奇怪地看了祖母一眼，仰头把水喝了。

李祖母又道："还要不？"

"够了，不渴了。"李卫连连摇头。

"看你出的这一头汗，别让风吹着。来，祖母给你擦擦。"李祖母说着掏出手帕给李卫擦汗。

"祖母，您今天可是不对劲儿啊。是不是病了？"李卫伸手探探祖母的额头，"没有发烧啊。"

李祖母仍自顾自地向孙子献殷勤："哎，你的扣子开了，祖母给你系上。"

李卫低头一看，不禁苦笑道："祖母，您系错了，上扣给扣到下边去了。您这老眼昏花的，干不了这事。"

李卫将扣子重新系好，将李祖母搀到椅子上，笑道："祖母，您也别跟我在这里打太极了，弄得我头疼。有什么话您就直说。您总这么着，我还真受不住。"

李祖母叹了口气道："其实也没什么，就是想起我的娘家人了。"

李卫皱了皱眉，道："我看您是真糊涂了，您不是没娘家吗？"

"我怎么没娘家？我娘家姓林，祖籍在苏南扬州。当年我爹爹赌输了钱，便把我卖出去当童养媳，我跟着那家人辗转来到苏北铜山。没到一年，那个没圆房的小丈夫就病死了。这家人骂我是丧门星，又把我卖给了你祖父。你祖父只用一担南瓜，就娶了我。我是恨死了我的娘家人，所以以前才和你说，我娘家人早都死绝了。可是，这人老了，就又恋乡了。以前娘家人来了，我就冷着脸说不认识。现在娘家来人了，我还偷偷地给他们送东西。你说这是怎么了？有句老话说得好啊，毕竟血浓于水啊。"李祖母说到伤心处，老泪横流。

李卫也有些黯然，递过去手帕，安慰道："祖母，这也不难。您要想娘家人，我就让人接他们过来陪您。虽然您认识的那些人都已经老的老死的死，但他们的后辈还在，和他们说说家乡话，也是好的。"

"其实祖母不是这个意思。我是想看着我娘家人也出个像你这样有出息的，那不是给我们林家长脸吗？"

李卫这才有点儿明白了，他笑道："祖母，您这话里可是有话。"

李祖母也笑了："你这孩子，也是够机灵的。我就不和你藏着掖着了，有话直说了吧。我娘家有个叫林进友的亲戚，是我堂弟的第五个孙子。"

"这个亲戚扯得够远的啊。怎么？他是不是来求您办个什么事？"

"人家也没求我，就是随口那么一说。"

"我那个堂弟随口说什么了？"

"不是你堂弟，是我堂弟。他说他的孙子，就是我刚才提到的林进友，人家可是两榜进士出身，先放了甘肃的县令，后来升了州同。但是因为性格太耿直，得罪了上司，结果三年大计的时候，说是不合格，被打回吏部重新考核分发。在吏部又被耽搁住了，竟然半年了还没有分发。你说这孩子冤不冤？所以我就想着你能不能给他想个办法，分到直隶省，安排他个实缺，也算给我在娘家人面前长了脸。"

李卫的头顿时摇得跟拨浪鼓一样："不行，不行，不行，不行……祖母，您这不是要害我一世清名吗？我要是给他一个官做，您老人家是在娘家人面前有脸了，我可是在皇上和天下百姓面前丢脸了。我什么都能答应您，但随便任用亲戚，不唯贤用人，这个我做不到。"

李祖母脸上的笑容顿时僵了："好，你个没良心的，你现在成大官了，也不管你祖母的死活了。我既然和你不是一条道上的，那我现在就离开这个家，回我娘家去，你自己留着脸面吧。"

李卫本来是绷着脸，一听这话却又笑了："得了吧您，您都八十多岁了，离家也有三十多年了，现在才想起来回娘家啊。"

"现在想起来也不算晚，回去还有几年活头。要跟着你，没几日就要被你气死！"

李祖母说罢站起来就要走，李卫真怕祖母赌气离家出走，一把将她拉住，说道："祖母啊，不是孙子不听话。可您孙子我做了一辈子的清官，您也做了一辈子的清官的祖母，咱们不能就因为逞一时之快，为了在娘家人面前的那张脸，就把这个'清'字扔了，捡个'赃'字往头上戴啊。"

李祖母转过身来，说道："你怎么知道林进友他不是个清官呢？我问你，他要是个大清官，你用不用他？"

李卫想了一下，说："这个……就算他为官清正，勤政爱民，那他也不能来直隶！"

"为什么？"

"就因为他是您的娘家人，我得避嫌。"

"嗬，刚才你要'贤'的，现在又要避嫌；刚才你说这个亲戚扯得远，现在又说是我的娘家人，我看你这是诚心不想帮祖母这个忙。当年你出生的时候，长得那叫一个小，要不是我没日没夜地守着，你说不定就死哪儿去了，没想到你竟然是个不听话的不孝子。我还是回娘家去算了。"李祖母狠狠地将脚一跺，向门外走去。

这时，李夫人推门走进来，她本来熬了一锅汤给李卫送过来，却见李祖母沉着脸正向外走，急忙将汤碗放到一旁的桌上，搀着李祖母道："祖母，您这是跟谁生气啊？"

"你跟我一块儿回我娘家去。"

"回您的娘家？"李夫人奇怪地问道，"祖母，我侍候您三十多年了，才听说您还有娘家啊。"

"怎么没有？我娘家姓林，在扬州呢！你要不要去看看？"

"好啊，扬州是个好地方。那我陪您去。"

李卫见这娘俩一唱一和，倒也拿她们没办法，赌气道："好，你们就去吧。我是管不了您了，祖母大了不由孙了！"

"那正好不用你管。"李夫人搀着李祖母出了门。

李卫想了想，不放心地跟出门喊道："夫人，你在扬州可要照顾好祖母啊。临走在账房多支些银子！"

李卫知道李祖母的倔脾气上来了谁也劝不住，除非自己真破了规矩把那个什么叫林进友的远亲弄到直隶来做官，但那是万万不可的。本来是想看看公事的，被李祖母这么一搅和，李卫是看不进去了，只觉得气闷得很，只好坐在椅子上一杯接一杯喝水。

这时天已经大黑了，外边更声响起，已经是人更时分了，李卫突然想起已经约了任逢春来商量事情，这个时辰也该到了。刚想到此，只听外面有人叩门道："东翁。"

"是逢春先生，快请进。"

任逢春一推门，进来便说道："我刚才看到老太太收拾东西要去扬州，口口声声要回娘家。您就真放心让老太太走？"

李卫听任逢春提到此事，不由得叹了一口气："那有什么办法？我祖母就是这么一个倔脾气，跟我一个样儿。再说了，我就是拦得住她的人，也拦不住她的心。我要是不帮那个姓林的安排职位，她还不得天天跟我闹？有夫人跟着她，应当不会有事。让她到乡下养几天也好。"

任逢春突然站起来，道："东翁，学生这里先告个罪，认个错。"

李卫奇怪道："我祖母要回娘家，你告什么罪？认什么错？这又是哪儿跟哪儿啊？"

任逢春轻笑了一声，道："刚才我进书房找您，正听到您和老太太说话，因为语气说得急，我怕有什么大事，就没有走。所以，你们说的话，我都听到了。"

"哦，那没什么。反倒是让你见笑了。"

"老太太说的这个林进友，我在五年前倒是有缘见过一面。我看此人言谈举止不像是个攀龙附凤之辈，反倒觉得他稍显迂阔。方才听老太太讲，林进友被吏部摁了半年没有分发，可见此人也是一个刚直之人。"

李卫仍旧有些不忿道："不管他是什么人，走这个歪门邪道就是不行。既然你说他是个好官，我可以给吏部打个招呼，不要再为难他了，把他随便分到一个什么省，别的我就管不了了。更不可能让他来直隶，给他一个实缺。"

任逢春又是一笑，道："依我看来，此人不该去别省，反而正该来直隶。"

李卫不解地看了任逢春一眼，问道："先生是什么意思？我听着倒糊涂了。"

"您不是摸不清李柱器卖缺受贿的路子吗？如果林进友来到直隶，向李柱器买缺，这条路不就探出来了吗？"

李卫这才恍然大悟，一拍脑袋，道："对啊，我怎么没想到这一招。我这就派人去吏部找田文镜，把林进友调到直隶来。"

第九章　吃腥的猫

直隶省易州。

冀北深冬腊月的天气是刺骨的寒冷，此时虽未下雪，但寒风嗖嗖地刮在人脸上如同刀割一般。酉时刚过了半个时辰，天就黑了，但风仍是不息，反倒刮得更猛了。满天的星斗升上来，在寒风中不停颤抖着。

林进友尽管穿了大羊皮袍子，坐着暖车，仍是觉得丝丝寒意一点点渗进身体中来。他恨不得赶紧找到客栈住进去，好暖暖身子。

幸好易州的城门尚未关闭，林进友的马车进了城，找着了驿站。林进友将官凭交于驿卒验了，道："我是去直隶上任的州同，你先给腾一间屋子再拿一盆炭来，可冻死我了。"

驿卒仔细将官凭看了，脸上挂起了笑意："哦，原来是林大人。小的早就等着你来呢。"

林进友听了驿卒这话，奇怪道："什么意思？我一个六品州同，值得你巴巴儿地等吗？"

驿卒听了却笑道："小的哪有这个身份，驿站里边有贵人等着您呢，都等了您三天了。您快里边请。"

是什么贵人竟在此地等了自己三天？林进友越发摸不着头脑了："贵人？

我在直隶不认识什么贵人啊？"

驿卒依旧淡定地说道："您见了就知道了。林大人请跟我来。"

林进友跟着驿卒向后院走去。

直隶省易州正处在南北交通要地，南来北往的官吏甚多，所以几乎间间屋子都不得空，到处都有灯火人声，好一番热闹的情形。

林进友跟在驿卒身后走过三四重院子，方见灯火稀了。朝南一间正院，门口挑着两只大灯笼，下边两名穿皮袍的戈什哈守着。看样子似乎是高官所住之地。

驿卒走过去和他们打了声招呼，戈什哈点一点头，便放二人进去。

林进友随驿卒走进院子，走到正房檐下停住，驿卒进去禀报，林进友在檐下等着，心里仍是猜不透这个贵人到底是谁。正在疑惑间，他突然听里边有一苍老却有几分熟悉的声音："快让他进来。"

不一会儿，驿卒走到林进友身边，说："林大人，老太太叫您进去呢。"

林进友走进屋子，一股暖气直扑到身上，将满身的寒气都化了开来。借着灯光，只见堂上坐着一位满头花白的老太太，穿一件青绉绸的羊皮褂子，外套着天马风毛套扣坎肩，正笑眯眯地看着他。林进友这才明白，这位贵人原来就是李卫的祖母。

林进友急忙走过去拜倒在地，道："原来是叔祖母啊，请受侄孙一拜。"

李祖母笑着对旁边的下人道："快把他搀起来，多少年了，难为我这侄孙儿还记得我啊。"

林进友站起身来，道："前些年我调任的时候，路过浙江，还去拜望过您。虽只此一面，终生难忘。"

李祖母满脸慈爱地道："坐下说话。给我侄孙子取杯热水来，这大冷的天，瞧冻得这脸。"

林进友坐在李祖母身旁，端起下人递过来的杯子抿了一口，道："叔祖母，您不是在保定吗？怎么来到易州了？"

"这回到易州不为别的事，就是专门来找你的，已经在这里等了你三天了。"

林进友奇怪道："等我？"

李祖母笑眯眯道："是啊，等你商量大事啊。"

"商量大事？"

"让你立大功！"

林进友愈发不明白了："立大功？"

"对啊，想不想立功？"

"叔祖母，您这几句话把我弄糊涂了。我还没上任呢，能立什么大功？"

李祖母说道："你别急，我慢慢跟你说明白。"说罢先赏了驿卒二两银子，又让下人出去守了门，这才将李卫打算让林进友假装买缺，打探巡抚李柱器的卖缺路子，寻找贪受贿银证据的计划讲了。说完又道："这可是你给咱林家长脸的机会，你去不去？"

林进友听了低头略思索了一下，抬起头面带难色："叔祖母，这个事情为私，是帮表哥一个大忙；为公，是为国为民除去一害，侄孙本当尽力而为。但我多年来在朝堂上屡屡受挫，常被人笑作愚顽不化，我……我恐怕担不起这个重任啊。"

"咱林家从来就没出过笨人。"李祖母拄着拐杖站了起来。林进友急忙将李祖母扶住。

"不用你扶，我身子骨还硬着呢。"李祖母甩开林进友的手，继续说道，"就怕是没聪明人带着。你说我孙子李卫聪明不聪明？"

"总督大人当然是聪明人了。"

"那是因为他见天跟着我，所以聪明。你哪，也是没遇上聪明人帮你。现在，你叔祖母我，你表哥李卫，加上一个赛过诸葛亮的逢春先生，一共三个聪明人带着你，你还不聪明到天上去？"

林进友听了苦笑一声，方要说话，却听有人在身后道："还有一点，您还没说呢。"

林进友扭头望去，见屋后转出一个人，穿着一身便服，五十多岁的年纪，圆脸豆眼，正是李卫。

林进友急忙上前施礼道："总督大人！"

李卫点点头，道："你先听我把话讲完。想当年我李卫假冒钦差，劫法场，破岳子风被害案，与康熙爷的几个皇子周旋，和高相爷斗法，整治扬州的盐商，那都是傻小子出乱拳，没个章法。可是为什么后来我就赢了呢？那些赃官贪官就输了呢？除了我有一个聪明的祖母外，我还占了一个'正'字。从古到今，是邪的永远压不了正的。只要行得正坐得端，冥冥之中总会有人在助你，正心诚意可以制魔，太阳一出来大雾就散。坏蛋，就是坏蛋，总归不会有好下场。你还怕他什么？"

李卫的这几句话似乎打动了林进友，他沉吟道："大人和叔祖母讲得都有些道理。"

李卫走过去拍了拍林进友的肩，道："林进友，你方才不是说你当官这么多年受了不少窝囊气吗？"

李卫的这句话正好触动了林进友的心事，他不由得黯然道："正是。小的为官多年，真是一天痛快日子都没过过。"

李卫点一点头，道："那你就不想出出这口恶气，干一件风风火火的光彩事？一个人活得怎么样才有意思？其实就活两个字——痛快！你要想痛痛快快地活一辈子，痛痛快快地做官，做一个好官，做一个有本事的大清官，你就跟着我李卫干，准没错！"

林进友从来没听过有人跟他说这些话，如今被他们这么一番"教训"，顿觉醍醐灌顶，意气风发，感慨道："陈公眉有言，听君一席话，胜读十年书。我方才听大人和叔祖母的一番话，何止是胜读十年书，简直是醍醐灌顶，心窍皆通啊。"

李卫道："怎么样？干还是不干？给个痛快话！"

"干！当然要干！我也痛快一回！"林进友激动得朗声道。

从易州到保定路途并不远，林进友和李卫分头走路，快马加鞭，只用三天的工夫便到了保定。因要装作不认识李卫，林进友自然不能去总督府借宿，就在保定城内先寻了一处小院租下，安顿妥当，好好地睡了一觉。第二日，他便起了个大早去上院禀见巡抚李柱器。

这日正是李柱器传见下员的日子，众官吏们来得都齐，只见一大群穿着破旧官衣的官吏在等着班禀。有的坐，有的站，有的闲聊，有的在打招呼，一片嘈杂人声。

正热闹的时候，门口走进一名年轻的六品官吏，一身簇新的官服显得整个人威风凛凛，脚下的朝靴颜色鲜艳，走起路来就像一阵风似的。

众人一看这个官吏是个生面孔，穿得一身崭新的官服更是与众不同，一时间人声忽寂，一齐上下打量他。

这个走进来的年轻官吏正是林进友，他见众人一个劲儿地看自己，笑道："各位大人，你们这是看什么啊？难道没有见过六品官服吗？"

一名官吏走过去，问道："这位兄弟，你不觉得你和我们穿得不大一样吗？"

林进友看了看，奇怪道："好像我比你们穿得光鲜一点。不过，你们也穿得太破烂了吧！难道直隶官吏如此之穷，连身像样的行头也置办不起？"

官吏急忙将林进友拉到一边，悄声道："兄弟，我看你是新来的吧。"

"刚刚分发到省，正要禀见巡抚大人。"

"你来保定的这一路上，就没人告诉你直隶省的规矩吗？"

林进友故作不知地说："直隶省里有什么规矩与别省不同吗？"

官吏神神秘秘地低声道："咱们这位抚台大人，最看不惯人吃好的、穿好的。谁穿得越旧越破，他越器重谁。你刚来就穿这么一身新衣服，恐怕要触霉头。"

林进友笑了，一拱手道："多谢老哥提醒。不过我有的是钱，难道还要藏着掖着？"

官吏听了直摆手："你可千万别和巡抚大人提钱字。"

"难道巡抚大人就不喜欢钱？我就不信了。"

官吏见林进友愣是不听劝，一甩袖子从林进友身边走开，嘴里道："嘿！

哪来这么一个愣小子，愣是不听劝。"

另一个官吏撇撇嘴，道："劝他做什么？碰两回钉子，他就知道你的好了。"

这时，听到下人拿着手本子进来喊道："巡抚大人传新到六品州同林进友进去。"

林进友答应一声，随下人走上前去，对着李柱器行礼。

李柱器举目一看，见林进友一身簇新官服，而且随身带着的饰物都是经过刻意修饰的，闪着耀目晶光。不由得拿眼睛盯住他，从头上直看到脚下，看来看去，看个没完。

林进友见李柱器这个样子，也不敢开口询问，只好由着他看。两个人站在那里，直过了小半炷香的工夫，李柱器才从鼻子里"哼"了一声，说了一句"坐"。

二人坐下，李柱器拿着林进友的手本看了看，道："你的原籍是江苏扬州？"

林进友答应道："正是。"

李柱器将手本放下，身子一仰，道："扬州盐商有钱啊。"

林进友回道："其实那些盐商都是安徽人，扬州本地人倒是没什么钱。不过，下官家中虽不是做盐生意的，却在江苏一带做丝绸生意，也薄有家私。"

李柱器若有所思地看了看林进友："哦，其实扬州人还是很会做生意的。安徽人赚天下人的钱，扬州人赚安徽人的钱，总归钱是要落在扬州人的口袋里。"

"大人说得甚是。"

"如今做官的倒比经商的多了许多。就说直隶省吧，到处都是候补官。保定随便一条街上，揪出十个穿绸马褂的，一个是现任官，两个是做生意的，剩下的全都是候补官。虽说直隶是个大省，但毕竟僧多肉少，哪里有那么多缺给这些个候补老爷们。本抚台选官只能是唯才是举，唯德是举，只有德才兼备之人，本抚台才能让他放心做官，以讨猾除奸，兴养立教，方能造福一方，不负圣望啊。"

林进友听着李柱器话里话外有些着不对味，小心地问道："大人的意思是？"

李柱器一指林进友道："你看看你，穿着这么好的衣服，打扮得这么阔气，所谓浮靡追奢，流连废事，就你这样的还能为百姓做主，为皇上分忧吗？"说罢，不等林进友回话，已经端起茶来。旁边的下人立刻喊道："送客。"

林进友十分尴尬，只好站起身来。李柱器也站了起来，却不送客，只走到门口，头略一点便回去了。

林进友吃了李柱器一顿讥讽，心上十分不悦，心里像打翻了五味坛子，不知是个什么味。他坐轿回到了自己的府院，刚在书房站定，还没来得及坐下，下人走进来说有人来见，已经等了一会儿了。林进友没好气道："今天什么客也不见，给我回了。"

说话间，却听有人笑道："林大人好大的脾气，竟要赶客人走。"

林进友回头一看，见是李卫的师爷任逢春已经站到门外，林进友与他几天前在易州见过一面的，所以认得。

林进友急忙将任逢春请进来，肚子里的气却一时消不了，将那六品涅玻璃顶的大帽子摘下来狠狠地掼在桌上，道："这个赃官明明是个真小人，却装成一副君子的模样，果真是个伪君子！"

任逢春冷冷地说："正因为此人狡猾得很，所以才让你来探路子。他要是敢明面上拿人家的银子，总督大人早就收拾他了，何苦要劳烦老兄呢？"

林进友一屁股坐到椅子上，有些迷茫地说："可是去哪儿找他贪赃收银的路子呢？"

任逢春淡定地说："你的鼻子下头不是长着一张嘴吗？你不会问吗？"

林进友抬头问道："问谁？"

"别忘了你的身份，你可是来买缺的，自然要问卖缺之处。"

林进友听了这话，似乎有点儿明白了，却又有些畏难："可卖缺之处又在哪儿呢？"

"我送你一句话，你自己慢慢参透。"

林进友一抬头："什么话？"

"既然猫儿要吃肉，你就不妨多露出些腥味来。"

林进友一时难将此话领悟，他低下头来重复着这句话："猫儿要吃肉？露出些腥味？什么意思？"林进友正打算细细地问一问，却见任逢春已经走出了屋子。

第十章　求官之路

大清每年岁末，都要由钦天监择吉日封印，奏明皇上后颁示各官署遵行。官署例于十二月十九至二十二日之内择期封印。从封印到开印，为期一个月，这是清代衙门中最逍遥自在的日子。一封印，就表示一年的公事完毕了，有事也要等明年开印后再办。封印之日，各部院掌印司员，必邀请同僚，欢聚畅饮，以酬一岁之劳，其热闹程度不亚于年节。

往年保定每当封印已毕，各处万骑齐发，百轿相连，酒馆茶楼，人满为患，均无隙地。不过，自李柱器来到直隶省做了巡抚，这一年的年节却显得分外冷清，谁也不敢大肆张扬，摆酒设宴，以防让李柱器逮着自己浮靡尚奢、酒食征逐的把柄。所以这个时候一向盼着官家往来多挣几个钱的酒楼茶楼，生意反倒比往常淡了。

正月初五的时候，保定下起雪来。片片如鹅毛般大小，纷纷扬扬地落下，只半个时辰的工夫就把整个保定变成了个白玉城。

大约午时前后，保定有名的醉仙楼陆陆续续地来了几顶二人抬的暖轿，轿子到了楼前并没有停留，而是径直抬进了后院，将人放下之后，又悄悄地抬走了。轿中人都穿着便服，进了醉仙楼什么话也不说，直奔楼上三层而去。伙计们都认得是老主顾，见了面只道一声"里边请"，别的话却也不多说。

这些人一上了楼，便有两个壮汉将楼口守住，但凡有上楼的生人只说是这一层已经叫人包了，请多担待，找别的地儿一样吃酒。整个三层弄得神神秘秘的，不知上面是什么人。

不一会儿，酒宴传了上去，都是些保定少见的名菜，红烧鲍脯、红烧鱼翅、红烧大乌、红糟鱼肉、松鼠黄鱼、芙蓉干贝、蓑衣丸子、狮子头、佛跳墙、炝青蛤，外带二十年的贵州陈酿茅台酒，让人看着直咋舌。

楼上一共是三个大房间，此时全被打通了，东边和南边是八扇玻璃大窗，十分敞亮，西窗开着一小扇窗户，风吹进来，桑皮窗纸"呼啦啦"地响。三个大火盆烧得极旺，屋角摆着两盆绿油油的花叶万年青，颇具春意。一席一共五个人，都是三四十岁的年纪，一边吃菜喝酒，一边闲聊着，却看不出是什么身份。

约莫到了日中时分，外面的雪更大了，风助雪势，天地间乱舞梨花，扯棉丢絮，白茫茫的一片。楼上这席人吃酒看雪倒是别有情趣。

席间一个瘦高男子道："干坐着吃酒看雪尚不尽意，不如行个酒令助助兴如何？"

几个人听了都点头应承，其中一个人道："王兄说得好，我且起个酒令，都以眼前这个雪景吟两句诗，其中还要带一个雪字，各位说如何？"

瘦高男子听了说道："这个倒雅，大家都是科场里出来的，料想也不算难。不过既然李老哥出的令，自然该先作诗。"

李老哥听了点点头，道："千里黄云白日曛，北风吹雁雪纷纷。"吟罢，端起一杯酒喝了，接着对旁边一位，道："连卫兄，该你了。"

连卫点点头，先给自己斟了一杯酒，才道："大雪纷纷何所有，明月与我何相见。"

李老哥听了说道："这个不应景，大白天的哪里来的明月，罚酒三杯。"

连卫不服道："只说是要带一个雪字，又没说一定要应景。"

李老哥却一定要罚他的酒，连卫偏偏不喝。

正在热闹间，突然一名伙计"噔噔噔"地快跑上楼，走到众人面前，道："各位大人，楼下有个戴白顶子的官吏，没看清是六品还是五品，硬要闯上来，拦也拦不住。"

一席五个人顿时吓得站了起来。

姓王的瘦高男子惊声说道："别是巡抚大人派来查访的吧。"

李老哥是这里的常客，倒是冷静，指着屋子的东边，道："快，里面有个暗室，一起去里边躲躲。"

几个人慌里慌张地走进暗室，方将门掩上，一名身穿六品官服的年轻人闯了上来，嘴里嚷着："凭什么不让我进，大爷有的是钱！你们难道不是做生意的吗？"

几个伙计和守门的下人见此人穿着官服，不好硬拦着，只是跟在后边说着好话："三层已经让人包了，您换个地儿吧，别让小的们为难……"

"我不信，要请多少人啊，竟能把整层楼都包了？"

那年轻人正是林进友，说话间他已经走上楼来，转过几个屏风，见了那桌子残宴，却笑道："嗬，这么大间屋子，只放一张桌子，是谁摆这么大的谱？"

几个伙计无言，正琢磨着该怎样把这位官老爷请下楼去，却听屏风后头有人说话："原来是林兄。"

说话间，有一个人从屏风后转了出来，正是当初在官厅上劝林进友的那位官吏。

林进友见是熟人，行个礼道："原来是李大人啊。"

二人说话间，又见几个人从屏风后边转出来。林进友不由得奇怪："嗬，你们人不少啊，怎么吃了一半，全跑屏风后边去了。"

这些官吏们尴尬地笑了笑，一个一个地回到原座坐下。

姓李的官吏吩咐道："再添一把椅子，拿一副碗筷来。"

伙计答应一声，不多时添上椅子碗筷。林进友坐下道："不知几位大人搞的什么名堂，怎么见了我如鼠见了猫一般，还要躲来躲去的？"

姓李的官吏苦笑一声，道："当今巡抚大人要戒绝奢华，俯恤民艰，既不让穿得好、吃得好，还派人暗中查访。我们平时想打打牙祭，解解馋，也只有出此下策，多花些银子，包下一层楼来，悄悄地吃。"

瘦高男子也道："别看我瘦，我是一日离不了肉，一日离不了酒。自从巡抚大人来了之后，我家吃饭都得一顿饭分成两顿吃。先在厅堂里做样子摆些粗茶淡饭，然后回书房偷偷地吃。"

林进友听了很是不解："各位都是手里拿着大印的实授官，从来就没有断过差使，按说应当是上眷极好的，怎么还怕被巡抚查？"

"唉，你是有所不知啊，正是我们这些手里拿大印的才怕呢，要是候补的反而没了顾忌。"坐在林进友身旁的一个黑脸官吏道。

"咦？大哥这么说，又是怎么回事？"

黑脸官吏凑过来悄声道："现在这个巡抚，厉害得很，一个不注意，就会开了你的缺，撤了你的任。自他到省，不知道有多少官吏，因为吃穿用度被撤了差。反倒是候补的官，很少受处分。"

"照这么说，巡抚大人倒是个好官。"

"好个屁！"姓李的官吏刚夹了一块鲍脯，听了林进友的话，边嚼边说，"他把一个一个当差的都撤了职、罢了任，你当他是为了警醒官吏，勉励上进吗？他撤了别人的差，手里就有了缺份；有了缺份，就能卖钱。"

林进友听了此话，心中一喜，暗道有门，遂问道："这么说，老兄知道巡抚卖缺的路子？"

姓李的官吏自知失言，急忙将话打住，给林进友满上一杯："不说这个了。喝酒，咱俩干了。"

林进友端起面前的酒一饮而尽，追问道："老兄，我也想买个缺，请问是怎么个门路，可否为兄弟指教一番。"

姓李的官吏含糊道："不敢当，不敢当。来，咱俩有缘，再喝一杯。"

林进友将酒杯一挡，道："李大哥，第一杯酒我可是干了，兄弟问的话，您还没答呢？"

姓李的官吏笑着说道："你干了这杯，我一定为老兄指路。"

"好！"林进友爽快地又将酒一饮而尽，"怎么样？您现在可以说了吧。"

姓李的官吏却笑道："我不知道。"

林进友把酒杯狠狠一放："您不知道还让我喝什么？您要食言而肥吗？"

姓李的官吏伸手拉住林进友，道："林兄莫怒，我方才说的是为你指路，我不知道，可有人知道。"

"谁知道？"

姓李的官吏指了指瘦高男子，说："他知道。"

林进友拱拱手："王大人，兄弟也想早日补缺，摸几回官印过过瘾。请教您，这买缺应当走哪条路子？"

瘦高男子笑着给林进友倒满酒："你先干了这杯酒。"

林进友也不多说，接过酒来一饮而尽："您该说了吧。"

瘦高男子喊一声"爽快"，也把面前的一杯酒饮尽了，道："要为你指点迷津不难，但俗话说得好，酒席上的朋友是喝出来的。今日得会，是你我有缘，不喝个尽性如何能放过你？来，你我换过大杯，干过三杯，再谈缺份之事。"

一旁的几个官吏也道："这位王大人可是巡抚跟前的红人，但凡好差使，都让王大人得了。今日你要是和王大人喝好了，缺份一事，自然少不了你的。"

几个官吏频频劝酒，林进友应接不暇，几杯酒下来，已经是醉眼迷离，嘴里仍不住地说道："王大人，下官初到直隶，还需您为我指点迷津啊。"

瘦高男子将一杯酒举起，道："来，咱们再碰一杯，碰了后我与你好好聊。"

林进友醉笑道："这可是最后一杯了。"话未说完，他只觉天旋地转，眼前一黑，身子倒了下去。只听得耳边依稀有人说了一句："真是个傻小子，有这么买缺的吗？明目张胆啊！"另一个人说道："京城里刚来的愣头青，不知是什么背景。这种人咱们以后少招惹，我看他迟早要出事。"

林进友醒过来的时候，是躺在一间卧房之中。他挣扎着坐起来，四下打量着："这是哪儿？我怎么睡这儿了？"

身边侍候的一个中年人见林进友醒了，端过来一碗水，道："这儿是清风客栈，昨晚您喝多了，是您的朋友把您送到这儿的。"

林进友这才想起来昨夜的事，临醉倒前的那两句话又清晰地响在耳边。心想，看来这些人还是防着自己，想从这边要套出买缺的路子恐怕是不可能了。想罢，林进友兀自摇了摇头，一边穿衣服一边道："店钱多少？我给你结了。你再给我叫一顶小轿，我现在就要回去。"

中年人笑道："不多，一共十个大子，昨夜送您来的客官已经替您结了，还赏了一钱银子。客官，您刚醉醒，见了风怕是要头痛的，要不您再稍歇一会儿，我给您熬一碗醒酒汤。"

林进友突然想起件事情，问道："哎，你做伙计多少年了？"

中年人笑道："我是这里的二掌柜，做这行有十年了吧。您是官府的人，哪能够怠慢？"

"那你打交道的人可多了去了，是否认识朝廷上的人？"

"大人，来往的官吏基本都住在驿站，住客栈的少，只有不愿意泄露身份的人，才会住在这里。既然不愿意泄露身份，我们也无缘相识。而且客栈都是流水客，又能熟到哪里去？客官，您找当官的做什么啊？再说您不就是当官的吗？"

"那你说做什么生意能够认识朝廷的人多一些呢？"

伙计想了想，道："要说和官家打交道最多的，一个是钱庄，一个是饭庄，您要找他们或许有门。"

林进友听了清风客栈伙计的建议，先找了有名的裕德票庄。票庄掌柜一听说是要走门路买缺的，不由得笑道："大人这句话要是早问半个月就好了，现在问可是晚了。"

林进友忙问道："您这是什么意思？"

"咱们现在的这位中丞大人，面子上虽然清廉得很，骨子里也是个见钱眼开的人。前几个月里，从钱庄子里划到他老家和京城的银子也有七八万两。那时候，您要是托我打点打点，我还能有些门路。但后来李总督来我这里查过一回账，就和这位中丞大人闹翻了。幸亏中丞大人做账做得巧妙，才没有把事情弄大。但后来他就不在钱庄里放银子了，就是有些银子，也不过是千八百两的款项。您说您不是晚了吗？要是早几个月，您泼出去七八千两银子，小的管保您能拿个实缺。小的从中也能赚些抽头。"

林进友一听有些失望："像你这么说，李抚台还就不收礼了？"

票庄掌柜把嘴一撇，道："要我说，吃素的改吃肉容易，吃肉的要改回去吃素难。您再想想办法，指不定还有门路。"

第十一章　周瑜打黄盖

　　林进友一连忙了十来天，找遍保定有名的饭庄和钱庄，却没有找到任何门路，大家都说："自从这位抚台大人来到直隶，发布了一个要节俭清廉的公文，就做不成当官的生意了，十天半月的没个官客，哪里还有什么门路？就是有几位老客偷偷摸摸地来尝个鲜，却也是从不让外人知道的，要结识他们更是难上加难！"

　　林进友耳朵里灌满了这样的话，不由得大为泄气，心中更是烦乱之极。

　　这天，林进友方走出了一家饭庄，却不知再向何处而去，长叹一声，一个人在大街上浑浑噩噩般漫无目的地走着。也不知走了多少路，忽然听见耳边有人在喊他："客官心事重重，必有遇难之事。不如来算一卦，算不准不给钱，算准了再多也不嫌。"

　　林进友被这人一喊惊醒了，抬起头看了看，发现自己不知不觉间已经走到保定城边。他如梦初醒，又看那卦摊前喊话的算命先生，是一个又瘦又高的中年人，穿一件青布面袍子，竹青衬衫，稳当当坐在卦摊之后，昂头笑道："客官如有心事，只管算来。是想测字、摇卦、抽签、解梦；是看面相、手相、臀相、骨相；还是四柱、八字、六壬、十方风水、姓名字号，都可一一算来。"

林进友听了走过去，道："你自己说自己算得准，不知是王婆卖瓜呢，还是真有本事？"

算命先生道："您不算又怎么知道？"

林进友道："那你给我测个字吧。"

算命先生点点头，一边拿出笔墨纸砚一边道："客官要测什么？求财、求子、求官，还是测运、测灾、测婚？"

林进友伸手将笔拿在手中，饱蘸了墨，写了一个大大的"官"字："我要测测官运。"

算命先生将纸拿起仔细地看了看，说道："字写得虽然不错，但这个'官'字的帽子戴得太上了一点，恐怕有飘的意思。还有'字不出头，蹭蹬乖蹇'。您看您写的这个'官'字，最下边写得太正，恐怕官途不利。"

林进友听了心有触动："那照您的说法，我在直隶省就得不到缺了？"

算命先生察言观色，见林进友眉头一皱，心知这笔生意有得做，笑道："这个嘛，命随人心，并非就是一成不变的。"

林进友用探询的目光看着算命先生："先生可有解？"

算命先生露出一副胸有成竹的样子，道："自然有解。"

"这么说，你能帮我弄到缺？"

"心诚则灵。"

"怎么弄？"

"您先说我算得准不准啊？"

"废话，未来的事，谁知道！"林进友说完又突然恍然大悟，"我明白了。"

林进友从袖中掏出五两银子："这是门包费，事情成了，还少不了您的引路费。"

算命先生露出不解的表情："门包费？引路费？"

"先生如果没有些本事，敢在这里算'官'运？"

算命先生一挺胸："我当然有本事了。"

林进友凑近了，低声道："既然先生有这个本事，那你什么时候带我见抚台大人？银子是通过抚台大人的哪位亲信转交啊？"

算命先生一愣："您说的是什么话？我带你见抚台大人做什么？我要能见得着抚台大人，还用得着在这里摆摊算命吗？"

林进友却不依不饶地说："我知道你是真人，一定是抚台大人卖缺的眼线，我正好要买个好缺干干，还麻烦先生给引见引见。"

算命先生这才明白林进友说的是什么事，不由得吓了一跳，先向两边看看，然后低声对林进友道："客官这话可不敢乱说，弄不好，还要连累小的吃官司。"

林进友急了，大声道："你方才不是说能帮我弄到缺吗？你不是抚台大人卖缺的眼线又是什么？怎么嫌我给的银子少啊！只要事成，将来少不了你的。"

算命先生急忙捂住林进友的嘴："我的大爷啊，你能不能小声点儿？我哪是什么眼线。我告诉你，你可别害我，你这话要是让抚台大人听见了，怕是你我都要吃不了兜着走。"

"你这人怎么这样呢，不是你说可以帮我买到缺的吗，你是不是不相信我？我告诉你，我有的是钱！"

林进友这边说着话，那边算命先生早就吓得脸色土灰，匆匆忙忙地收拾起摊子来。

林进友看着算命先生的举动，问道："你这是要做什么？"

"做什么？你啊，我看你是疯了！"算命先生边收拾东西边说，"我再跟你多说两句，咱两个一块儿坐牢。我先走了。"

算命先生背着家伙狂奔而去。

林进友看着算命先生的背影，也明白过来，不由得笑道："唉，真是病急了乱投医！我怎么会想到这人是卖缺的眼线？可李柱器买卖官缺的眼线究竟在哪儿呢？"

林进友正寻思着，背后被人拍了一下，接着传来一道低沉的声音："你就是林进友吧？"

林进友转过身："正是在下。"

话音未落，一条大铁链子"哗"的一声套在林进友的脖子上。眼跟前的几名官差已经将他团团围住："跟我们走一趟。"

林进友吃了一惊："你们这是什么意思？我犯了哪条王法？"

官差头领冷着脸道："你四处招摇买缺，整个保定都嚷嚷个遍，连巡抚大人都知道了。巡抚大人亲自下的手令，要把你捉到总督衙门审问。对不住了，林大人，跟我们走一趟吧。"

林进友一听是要去总督衙门，脱口问道："总督衙门不是李卫大人在做总督吗？"

"是啊，怎么了？"

林进友听了，将心略放了一放，道："没什么，走吧。"

"什么？李柱器把林进友捉起来了？"李卫听了这个消息，登时惊得从椅子上蹦了起来，"他为什么捉林进友？"

李卫的亲信经历司经历陈飞恬道："听说是林进友求缺送贿，让抚台大人知道了，派人将他捉了。因为倒卖官缺属于省内大案，要由您亲自坐堂。所以一捉起此人，就立即往这里送。恐怕一会儿就要到了。"

李卫一听这话，更是奇怪了："怎么？他还要和我一块儿审林进友？"

"看样子是。总督大人，您是正二品官员，巡抚只不过是从二品官员，怎么感觉巡抚大人比您还器张？"

"唉，虽说我官位比他高，但我们分管不同事务，本就算不得谁管谁。况且他在直隶省待的时间比我久，说话做事自然比我要有底气了，这就叫强龙压不过地头蛇。难道李柱器知道我派林进友查他根底的事了？"李卫想到此处，不由得心一沉。

一直坐在旁边未发话的任逢春沉吟了一下，道："我看未必。不过是林进友出现的时间太过突兀，他心中有所怀疑，所以要拿他将您一军，探探您的虚实。不然的话，他不会大张旗鼓地要与您共审。"

"原来这条老狐狸，想探我的口风。没门！"李卫说罢又坐下了，抬头望着天花板发了一阵子呆，过了一会儿，才转头对任逢春道："听您这么一说，我不但心里有底了，还想出一个将计就计的法子来，指定叫李柱器糊里糊涂怀疑不到我头上。"说完李卫从椅子上站起身对陈飞恬道："走，咱们瞧瞧去。"

三通鼓响之后，总督府的衙役上堂站好队列。李卫和李柱器也一前一后来到总督衙门大堂之上。

因李卫是主审，李柱器坐在左边陪审的位置，二人互相谦让一番，毕竟李卫官大一级，就先坐下了。待李卫坐到公案之后，李柱器皮笑肉不笑地对李卫道："总督大人，我是头一次看你审案，这一回可是要看看你的本事了。"

李卫也嘿嘿一笑，道："李大人尽管放心，您还不知道我李卫是什么人吗？我审案向来都是至清至明，从来没有徇过情，枉过法。"

李柱器冷笑道："那就好。"

李卫也冷笑道："您就瞧好吧。"说罢，将惊堂木一拍："带林进友上来。"

经历司在堂上喊道："带林进友！"

两旁衙役"威武"一声，林进友被带了上来。

李卫与林进友在易州一别之后再次相见，却是在这个地方，二人目光一触，都是百感交集。李卫定了定神，问道："你就是那个满世界嚷嚷着要买官的林进友？"

林进友平静地答道："正是下官。"

李卫的声音变得威严起来："你可知道贿赂长官，买卖官缺是什么罪吗？"

林进友抬起头，道："下官知道。可是普天之下，不都是这么做吗？"

"这么说来，就是承认你欲行贿长官，买缺求职喽？"

林进友满不在乎地说道："是啊。"

李卫突然一声怒喝："大胆！你不顾国法，沿街喧叫，招摇买官，无耻之至，污我大清诸官的脸面。像你这样的人，本官决不能轻饶。不过，念在你并无贿赂之实，当堂痛责一百，一年内不得补缺。"李卫说罢，已将一支签扔下来。

一个衙役将签捡起，另几名衙役上前将林进友拖下去。

林进友见李卫动真格的，不由得着了急，大声喊道："总督大人啊，您真要打啊。"

李卫喝道："当然是真打了！我李卫打人，还从来没假的打过呢。给我狠狠地打。"

林进友不知李卫何以真要下重手，一个劲儿地大喊着"我冤啊"。但李卫却不为所动，冷冷地看着他被衙役拖了下去。

李柱器眼见这件案子，如电光石火般一下子就审完了，一时没明白过味来，过了半天方看了看李卫，道："总督大人，这就审完啦？"

李卫点点头："哦，审完了。"

"这么快？"

"我问完了，他也全承认了，然后我就打他板子。您还要怎么样？"

"这个……好像……也太快了点儿吧。"

李卫恨恨地看了李柱器一眼："难道您还想砍他脑袋？可大清律例上没有这一条啊。"

李柱器听出李卫口中的讥讽，不由得十分尴尬，解释道："我的意思是，你不问问这个人背后有没有人指使啊？"

李卫并不看李柱器，一边将桌上的文书收起，一边道："他花他自己的钱，为他自己买官，谁吃饱了撑的指使这事？"

李柱器又是一阵尴尬："也是。"

此时，李卫已经站了起来，扭头对李柱器道："抚台大人还不走吗？难道还有什么要问要审的吗？"

李柱器想了想，实在是没什么话可说了，只好道："没了。"

李卫淡淡地说道："那就退堂吧。"

经历司喊道："退堂……"

众衙役退下，李柱器颇有些狼狈地走下堂来。

林进友凭白挨了一百大板子，直打得他双臀鲜血淋漓，哀号不已。虽然林进友一直活得窝囊，从来没有做过什么主，但好好先生自有好好先生的好处，所以从来也没有人找过他的麻烦。这一回挨打是他打娘胎里出来，头一次吃这么大的苦头，皮肉上的痛自是受不了，心里更是委屈得不得了。

打完之后，林进友被管家老常叫了一顶轿子抬到家中，一进卧房便趴在床上放声大哭。老常怎么劝也劝不住。

林进友哽咽道："李卫啊李卫，你好无情。我帮你做事，你却给我一百大板！我从小到大，什么气没受过，可我还真没受过这个里外不是人的窝囊气！"

老常拿了五倍子、赤石脂配下的止血药给林进友擦上，道："老爷，自您跟这位李大人到直隶以来，每天忙里忙外的，一刻也不得闲，比您当年做县官累多了。到了不但没捞上个一官半职，反而被打了一百板子。您这又是何苦？我看，您这官当得还真不如我们当下人的省心。我劝您不如回老家算了，守着那几亩地两间铺子也饿不死，还能过些安稳的日子。"

林进友长长地叹了一口气，道："你不明白啊。我自当官以来，一直当的就是窝囊官、受气官。虽然不贪不占，不行贿上官，不盘剥百姓，但从来只有装聋作哑扮糊涂的份，从来没有痛痛快快地做过一件事。我哪里算得上一个好官，只是一个傀儡官罢了。在易州，总督大人和叔祖母一席话让我深为感动，人生在世，若不能扬眉吐气，堂堂正正地做一回大事情，那就是枉活一世。如若能办几个贪案，杀几个赃官，能学李卫的样子，在朝廷中闯他一闯，闹他一闹，那才叫大痛快，那才叫做官的样子。可惜啊，我是成事不足，败事有余，现在就连总督大人也瞧不起我。堂上这一百板子打得好，倒把我给打醒了。要做糊涂官，我不肯；要做大清官，我不能。看来我也只配去守着几亩田、几间铺子去过安稳日子喽。"

"我看这一百板子，还没有把你打醒。"突然有人说了一句话，然后门帘一掀，一个老举人模样的人走了进来。

林进友和老常打量了这人一番，虽是觉得有些面熟却想不起来在哪里见过。林进友趴在床上，道："晚生有伤在身，恕不能起身相迎。不过，这位老哥是谁？怎么不通报一声便擅闯内室？"

老举人只一笑，随手将门关住，搬了把椅子走到床前坐下，道："怎么？你倒想收拾东西回老家了？"

林进友见这人也不认生，倒是随便得很，心里更是奇怪："我认识您吗？"

老举人笑眯眯地看着林进友道："你难道忘了易州的一席长谈吗？一个人活得怎么样才有意思？其实就活两个字——痛快！要想痛痛快快地活，痛痛快快地做官，做一个好官，一个有本事的大清官！"

林进友怔了一下，仔细看去，才发现此人正是乔装了的李卫，他顿时吃惊道："您是李……"

李卫做了个噤声的手势，林进友急忙压低了声音，道："原来是总督大人。"说罢就要起身下床行礼。

李卫将林进友摁住："你是带伤之人，不要拘礼。你还是趴着说话吧。"

林进友只好又趴下，却叹息了一声，道："唉，我是干不了这痛快事了，只能卷铺盖走人，还能有什么办法？"

"那你是不敢了？"

林进友听了这话，却是冷笑一声："总督大人小看我了，胆气我有的是。"

李卫点点头，说："有胆气就行，这才算是个大老爷们。只要你不怕，咱们还可以从头再来。"

"可我……"林进友说到此处，语气又显得沉闷了许多，"我是心有余而力不足啊。您……不是也嫌弃我了吗？"

"哼！"李卫的脸沉了下来，语气中带着些责备，"亏你还是读过书、下过场的人。真还不如我这个只听过书的人。"

林进友听了这话，却十分不解，他抬头疑惑地看着李卫。

李卫坐直了身子，道："三国里头有个赤壁大战听说过吗？"

"这是二十三史《三国志》里头的。"

"里面有个周瑜打黄盖的事，你知道吗？"

"这个是《三国演义》里的东西。"

"知道周瑜为什么打黄盖吗？"

林进友一愣，随即恍然大悟，笑道："我明白了，我是黄盖，您是周瑜，李柱器是曹操。"

李卫的脸色这才回转过来："明白了就好。这出周瑜打黄盖的戏，就是打给李柱器看的。你好好养伤吧。还有上次逢春先生给你的话，你弄明白了吗？"

林进友想了想，道："我记得逢春先生说'既然猫儿要吃肉，你就不妨多露出些腥味来'。不过，逢春先生的这句话，可比孔圣人的话难懂多了。我还是不太明白。"

李卫笑了笑："其实这句话是我让逢春先生带给你的，我给你一讲就明白了。李柱器是猫，你手中的银子是肉，你要是嚷嚷着到处找猫，那这只猫不但不敢接近你，还要抓你两爪子。你这不就是让猫给抓了吗？其实，你只要把你的银子露出来就行，不要到处提找猫的事。只要这只猫闻着腥味，自然就会自己找上门来。"

"我明白了。可是，我这一回只带了三百两银子，这几天在保定倒腾了一些，还剩两百多两银子，我怎么能让这只猫闻着腥味呢？"

"这事你不用操心，我已经给你想好了。"李卫说罢，从袖子里掏了半天，掏出一沓银票来："这些年我做官的养廉银加上其他杂项收入有一万七八千两，做直隶总督也有将近九千两的收入。除去这些年府里的开销，只攒了一万两千三百五十两银子。本来是准备留着我致仕之后养老的，今个儿我全拿出来给你了，你可要好好用它。"

林进友听了这话，看了看李卫手中的一沓银票，顿觉胸中一热，鼻子发酸，一把将银票推开，道："这钱，这钱我不能接。我要是使光了，您致仕之后可怎么办？"说着他从床上爬了起来，趿着鞋站在了地上。

李卫也站了起来，面色冷峻地说："只要国运昌盛，你还怕我老无所养吗？你拿着，这是为国办事，为民办事，我李卫决不能在这上头小气。"

林进友的泪水夺眶而出，不能自已，只说了一句"大人啊"，下面的话却再也说不出来了。

李卫抓起林进友的双手，道："林进友啊，只要你把这件事办好，我这一万多两的养老银子就花得值。"

林进友对着李卫深深地鞠躬："李大人，我林进友算是跟定您了。不查出李柱器贪赃之事，我决不离开直隶。"

第十二章　英雄救美

林进友自从同李卫一番促心之谈之后，像是换了一个人似的，再不提买官缺之事，而是频频出入于勾栏瓦肆之间，大手大脚地花银子，又结交了几个酒肉朋友，整天凑在一起东游西逛，招蜂惹蝶，宛若一个富家的浪荡公子哥儿。

李柱器让三弟李不柱偷偷地查了林进友的底子，李不柱报上来说："李卫是苏北铜山人，林进友是苏南扬州人。李卫家是穷了几辈子，没出过一个有钱人，林家是绸缎商人。两家是一点儿都不搭界，李卫也从来未见过林进友。"再加上李卫那一百大板，让李柱器终于认定林进友是真的要买官，而不是李卫的探子，所以倒把此事放下了。

这年直隶的春天来得比较早，刚出二月便到处是一片新绿，枝吐嫩芽，花绽芳菲。林进友一时起了兴，便约了几个新交的朋友一同到保定郊外踏青赏春，几个人吟诗诵词，曲水流觞，倒也十分热闹，直到下午辰时方才回到城内。但玩兴未尽，又到醉仙楼摆了一桌酒席。

林进友要摆酒席，自然不可能就他一人吃饭，他顺便还叫上了几个城里有名的混混儿，一群酒肉朋友在桌上谈天说地，好不热闹。

王大胖子先敬了林进友一杯酒，然后笑道："林大人真是惯战酒场的人物，我们出的这些个酒令，要是旁人都要喝上几大杯的，竟然一个都难不住您。还有这些个菜名，难为您一个一个都记得清楚，我们有些是见都没见过的啊。"

林进友正在和一名女子咬着耳朵说笑，听了这话转过头道："就这小场面你们就怕了，真是没见过大世面。正所谓'腰缠十万贯，骑鹤下扬州'，这要是在扬州，我随便进个酒楼，山珍海味都比这里多，就连姑娘也比这里漂亮得多！"

王大胖子听了，道："林大人提起这件事情来，我倒想起一个姑娘。此女是春归院的头牌，叫作小婕，那才真叫个娇媚，只要她的黑眼珠子瞟你一眼，能把你的魂儿都勾了去。而且小婕色艺俱佳，那身段，那嗓子，可是绝了！能闻其歌、观其舞者，皆乐不思蜀，不愿归家。"

"哦？"林进友听了，认真道，"保定还有这等女子？你怎么不早说呢？"

王大胖子解释道："这其中有个缘故。小婕原是苏州的，前年才跟着家人来到保定。没过半年，便让这里的一个候补道台陈凡荧看上了。但奈何小婕是卖艺不卖身的，陈凡荧想了很多办法，都没有得到小婕的欢心，但又实在不忍对小婕动武，只好用钱将小婕包下来，从此小婕便不再接客了。"

"陈凡荧是个什么人物？能有这么大的本事？"

王大胖子道："您刚到保定，不知道陈凡荧的厉害。此人虽只是个四品候补道台，却是在保定叫得响的人物。他要是在保定跺上一脚，整个地面都要颤三颤。直隶省所有三品以上的官吏都得卖他一个面子，三品以下的那些人对他来说更是形同杂役，对他唯命是从。按说他是个特旨道，又在京城里的根基很深，早该补缺上任才是。但他却从来不补缺做官，只是在直隶一带做生意。可谓是家财万贯，手眼通天。小婕被这个人包了两年，再不接别的客人。但这几日陈凡荧突然对小婕失去了兴趣，和别人好上了。小婕便重新开始接客。所以，老弟才敢向您提起此人。"

旁边的马瘦子也跟着搭腔道："林大人您还别说，自从小婕开始重新接客，春归院的生意好了不止十倍，一时间门庭若市，大家排着队的要见小婕。

有时候出重金都要排上好几天，只有有些势力的人物，方能够随传随见。"

　　林进友听了心中一动，已经觉察出这可能是条门路，嘴上却装出漫不经心的样子，问道："这么说来，小婕身边的那些常客，大都是些有背景的大人物了？"

　　马瘦子道："林大人说得不差，小婕的身边虽不敢称谈笑有鸿儒，但的确是往来无白丁。"

　　林进友趁势道："此地既有如此佳人，错过岂不可惜。今天晚上咱们就会她一会，岂不快哉？"

　　马瘦子听了不由得咽了一下口水："那我们可跟着林大人沾光了。"

　　王大胖子与马瘦子不同，也是见过些世面的，听林进友有心，便道："春归院的老鸨我熟，只要您舍得出钱，我替您安排。"

　　就在林进友出城赏春的这一日，一个着衣华贵、相貌英俊的年轻人被十几个人前呼后拥地走进春归院。这位年轻人模样看着也就是二十岁刚出头，头戴紫金冠，身穿黑狐皮袍子，外头套石青起花八团倭锻排穗褂，足蹬京式棉靴。身后除几个家仆保镖外，还有两名戴白顶子的五品官吏陪着，看样子来人都不像是本地人。

　　老鸨见了这些人的打扮阵势，知道是个阔主顾，亲自迎了上来，搭话道："这位爷看着面生，想必是头回来我们春归院吧。有什么尽管吩咐，我们一定侍候好爷。"

　　其中一个五品官吏走上前，招呼道："这位是闽浙总督德大人的二公子，你可要好好侍候着。"

　　老鸨听是总督的公子，更是殷勤备至，忙道："原来是贵人到了！里边请，后楼僻静，生人少。稍后我亲自给您挑几个好姑娘侍候。"

　　闽浙总督德沛的儿子德恒志一边往里走一边道："别人倒不打紧，你们这里的头牌小婕，我倒是很想见见。"

　　老鸨听了不由得犯了愁："公子，真是不巧。小婕现在不太方便见客，您看换个人，行不？"

德恒志瞥了老鸨一眼，道："怎么，你觉得我没资格见小婕吗？"

德恒志见老鸨站着不动，便给旁边的五品官吏使了一个眼色。

五品官吏丢出一锭金子，扔到老鸨怀里："我家二少爷说话从来还没有人敢不听的，你不想让我家主子发火吧。"

老鸨见了黄灿灿的一大块金子，用手掂了掂足有十两，急忙收起，想了想，有了主意，说道："公子稍等，我这就去叫小婕出来。李大姐，你招呼好客人啊。"

李大姐引着一行人，穿院过房，来到后楼二层一间僻静的屋子，又叫了几个随房丫头端茶送水，添炭换衣，把德恒志侍候得十分惬意。

德恒志坐在包房中等了一会儿，还不见小婕进来，有些心焦，对旁边的五品官吏道："怎么小婕还没到？老李，你去催催。"

五品官吏"喳"地答应一声，正要往外走。这个时候门被人轻轻地推开了，一个打扮得极为清新脱俗的女子带着两个姨娘走了进来。

"哪一位是德大少爷？"

德恒志打量眼前的女子，发现她不过二十岁出头的样子，身穿雪白百花缂丝银鼠袄，下面是葱绿盘金彩绣绵裙，外面穿着青缎灰鼠褂，一双顾盼流盈眼，一张含春露媚颜，真若娇花照水，菡萏临泉。

德恒志不由得看呆了，不自觉地站了起来："你就是小婕？果然名不虚传！没想到天下竟有如此佳人。"

小婕轻轻一笑，道："公子久等了，小婕先在这儿给您赔个不是。"

小婕正要下拜，德恒志一把扶住她，趁势把她拥进怀里："你这么一个可人，我怎么舍得对你发火呢。"

小婕之前已经从老鸨那里知道德恒志是个得罪不起的大人物，所以也不敢直白地拒绝，只好偷偷地将身子从德恒志的怀里直起来，然后赔笑道："我听说公子今日刚刚到了保定，我唱两首曲子，权当为您接风。"

"好好好。来人，先把酒席摆上。"

一名娘姨从墙边取出一张古琴，放在桌上。小婕走过去坐下，轻拨两声，也是她琴艺已经学到了十分的地步，这两声出来便如清泉奔流一般。小婕顿了顿，又道："公子喜欢听什么曲呢？"

德恒志道："说来我也是个读书的，看你这样子，也是个才女，自然要听个雅的。"

"那就弹个林逋的《相思令》吧。"

德恒志拊掌笑道："以此曲下酒，甚妙！"

小婕一点头，轻抚古琴唱了起来：

吴山青，

越山青，

两岸青山相送迎，

谁知离别情？

君泪盈，

妾泪盈，

罗带同心结未成，

江边潮已平。

因天色尚早，德恒志吩咐人在前厅摆了一桌酒席，与同来的两个五品官吏喝起来。小婕自然也要在一边陪着。众人划拳敬酒，舞文弄墨，十分尽兴。

眼看天就要黑了，德恒志喝得也有了几分醉意，但还没有要离开的意思，小婕心里有些不安起来。

正当小婕想着怎么把德恒志弄走时，德恒志突然拉住小婕的手，醉醺醺地说："小婕，你真是我见过的最漂亮的女子。"说着一把搂住了小婕的腰。

小婕心下一慌，想要挣开德恒志的手，却没有德恒志的力气大："小婕谢谢德大人夸奖。德大人，我看这天也不早了，要不您先找个地方休息一晚，明天小婕再给您唱曲可好？"

德恒志自然是听出了小婕的言外之意，却假装糊涂道："小婕姑娘这是在留我吗？也好，今晚我就不走了。"

小婕顿时慌张了起来："德大人，小女子虽沦落至此，却是卖艺不卖身的。还请德大人不要太过分。"

德恒志一听这话，顿时不高兴起来："我告诉你，你可别给脸不要脸！"

小婕这时已经站了起来，她向后退了几步："德大人，一行有一行的规矩，还请大人高抬贵手，放小女一马。"

德恒志听了这话，心里顿时气急难忍，拿起桌上一个酒壶朝小婕扔过去。德恒志毕竟已经有了七八分酒意，扔得并不准，那酒壶砸在墙上，酒水和碎片四处飞溅。

门口站着的"大茶壶"见了这阵仗，知道要出事，因为是小婕理亏，又不好劝，急忙抬脚奔了出去搬救兵。

德恒志发着狠继续骂道："我哪样不如人，你叫我走人！你要赶我走？你个没良心的东西，我的十两黄金可不是白给的。"

小婕见德恒志已经发怒了，也不再笑脸相赔了，冷着脸道："公子这是哪里的话，我怕的是爷吃醉了，想让您睡得安稳些，这都是我的一番好意。"

"你这个好意，我受不起。"德恒志说着就要过去动手。身边的几个人怕把事闹大，急忙将他拉住。

一个人道："二少爷消消气，不要跟这女子一般见识，俗话说得好，强龙不压地头蛇，你何苦沾惹这身烂泥呢？"

五品官吏亦道："是啊，这个小婕有一位给她撑腰的主子，叫陈凡荧，那可是保定的一霸。您不要吃了亏！"

德恒志一愣："陈凡荧是什么东西？"

五品官吏解释道："是直隶省的一个候补道台。虽是个道台，手面却是大得很。"

德恒志听了道："我怎么没听说过直隶还有这么一号人。陈凡荧？都'成了凡人'了，还给谁撑腰啊。老子今天还就要闹一闹这个春归院。"说罢，他抬手便把桌子掀了。

小婕见德恒志发起了酒疯，心里不免有些紧张起来，便要往外走。

德恒志喝道："给我拦住她。"

几个家奴一齐上前将小婕挡住。德恒志指着小婕骂道："你少在这里装清高，我告诉你，我今天还就看不上你了！"说罢又回过头来道："给我砸！"

德恒志的家奴往常都专横惯了，听了主人的命令，立时砸玻璃，摔罐子，噼里啪啦，在屋里好一阵子折腾。

两名"大茶壶"见了，急忙过来拦住，道："爷啊，您可不能把事情闹大啊。"

德家家奴正在兴头上，哪里听得进去，反倒上去对着"大茶壶"是一顿拳打脚踢。

德恒志则慢慢逼近小婕，他的脸色阴沉得可怕，双眼冒着凶光，把小婕吓得直往后退，眼看着后头没有退路了。看着德恒志狰狞的脸，小婕不禁惨叫一声。

这时，门被推开了。

林进友带着王大胖子和马瘦子走了进来。

林进友见屋里打成一锅粥了，也不知是怎么回事，急忙劝道："各位，有话好好说，不要动手，不要动手。"

德恒志转头发现是不认识的人，骂道："嗑瓜子嗑出个臭虫来——什么仁（人）都有啊！关你屁事，给我滚出去！"

林进友并没有依言"滚出去"，反而拦在德恒志和小婕的中间："此处是你们瞎闹的地方吗？你们懂不懂怜香惜玉啊。"

德恒志发出一声狞笑："好，我叫你怜香惜玉！我连你一块儿打！"说罢，撸胳膊挽袖子就冲了上去。

第十三章　引蛇出洞

正当楼上打得稀里哗啦好不热闹的时候，春归院内又冲进二十来个人，个个手里都拿着棍棒，凶神恶煞般冲进院来。为首的一个人四十多岁，四方大脸，一双大圆眼，眉毛浓浓的连成一字，如墨笔画染的一般，身着八蟒五爪袍，外罩鸳鸯补子，头戴青金石顶子，一进了院子便道："那小子在哪儿？"

一个"大茶壶"迎面过来，一边向前引着路一边道："就在后头楼上！陈大人快去吧，恐怕这会儿小婕已经吃亏了。"

"他敢在太岁爷头上动土。弟兄们，上去给我往死里打。"

德恒志虽然年轻，但终归是在风月场里闯荡久了的，知道强龙压不过地头蛇的道理，虽然在楼上闹腾得厉害，但仍派了人在外面望风。那望风的人见陈凡茭带着一伙人气势汹汹地往这里冲，急忙进去喊道："二少爷，有几十号人拿着家伙上来了。好汉不吃眼前亏，快走！"

德恒志向已经跌倒的林进友连踹了几脚，才奔出门去。刚出门，德恒志就看到陈凡茭一马当先，领着二十多个壮汉向这边冲了过来。他也吓了一跳，急忙吩咐道："别打了，今天暂且饶了这些不开眼的。"说罢领着人仓皇地从另一头跑了。

德恒志打小就爱惹是生非，被人追着也不是一次两次了，练就了一双快腿，那边陈凡荧的人赶到时，他已经带着人跑远了。陈凡荧急忙让人去追，自己又带了几个人进房查看。

房内林进友、王大胖子和马瘦子已经挨了一顿暴打，刚刚从地上爬起来。王大胖子坐在地上，龇牙咧嘴地说："刚进来就挨一顿打，真晦气。"

马瘦子却是一脸迷惑的表情："咱们是来这儿做什么的？是来找小婕的？还是来找打的？"

林进友尚未说话，陈凡荧便领着人杀气腾腾地闯进来。

陈凡荧见林进友等人是生面孔，以为是德恒志的人，便指着他们道："给我打，狠狠地打。"

一群人围了上去，对着三个人又是一顿狠揍。王大胖子、马瘦子和林进友哪里招架得住，只听房间里一阵阵哀号求饶之声。

小婕本来已经避到里屋，听是陈凡荧的声音，急忙转出来，却见陈凡荧带人围着林进友等人拳打脚踢，急忙喊道："打错了，打错了，不是他们。"

陈凡荧听小婕这么喊，知道有些不对，喝了一声："别打了。"

一群人散开，露出林进友等三人。小婕再看这三个人，都已经是鼻青脸肿，林进友还流着鼻血，不停地吸着鼻子。

王大胖子"嗷"的一声大哭起来："我招谁惹谁了？这边刚打完，那边又接着打！这才真是倒了血霉了！"

鼻青脸肿的马瘦子叹了口气，道："我总算明白了，我们就是来找打的。"

陈凡荧听这两个人的话，一时间也不知道是怎么一回事，转头看向小婕。

小婕走过来把方才的事和陈凡荧讲了一遍，又看着林进友道："要不是这位大人，我方才一定吃了大亏。"

陈凡荧这才明白，急忙将三个人一一扶到座位上，先致了歉，又道了谢，互通了姓名。陈凡荧搂着林进友的肩，道："林大人，今天你帮了小婕，我记在心里了。以后你在直隶要是吃了亏，尽管来找我，我帮你摆平。"

说话间，几人又换了一个包间，再摆上一桌酒宴，既算是为小婕压惊，又算是为林进友三人赔罪。林进友自然是被请到了正席之上，陈凡荧陪在旁边。王大胖子、马瘦子和小婕依次而坐。

只见林进友三个人满脸伤痕，林进友的一个鼻孔还塞着止血的纸卷，这景象倒是让人有些忍俊不禁。

小婕为林进友倒了一杯酒，然后举起自己面前的酒杯，说道："林大人，今天真是多亏你了，我在这里谢谢了。"说完便将自己杯里的酒一饮而尽。

林进友急忙端起酒杯，说道："小婕姑娘客气了。像小婕这样冰清玉洁的姑娘，任谁见了这样的情形都会出手相助的。"林进友喝罢杯里的酒，叹道，"本是仰慕小婕姑娘的风采，为求一曲而来，没想到却凭白挨了两顿打。不过，这打挨得值。不然，我们怎么有幸与陈大人和小婕姑娘同桌共饮呢。"

王大胖子和马瘦子也一起应声道："是啊，是啊。这顿打挨得值，挨得太值了。"

林进友将嘴里的虾丸咽下，然后道："陈大人的大名，小弟早就如雷贯耳，整个直隶省谁不知道您的大名？小弟能与陈大人相识，真是三生有幸。"

陈凡荧笑道："不过是在江湖上瞎混，自己有一些买卖，朝廷上有几个朋友罢了。能闯到今天这个局面，都是兄弟朋友们帮忙。"

"不过陈大人，兄弟有一事不明，还要请教一下。"

陈凡荧看了看林进友，道："你说。"

"我听说您是特旨道，又是被吏部记名钦点简用。这可是一般人想都不敢想的荣耀啊。可为何您分发到省之后，一直没有补缺上任，却甘愿混迹于生意场之中呢？"

陈凡荧听了轻轻一笑，道："我本来就是个生意人，但因为是做粮食生意的，便少不得与朝廷的人打交道。为了交往方便，才捐了个道台装装场面。我这道台，名字叫作'上场道台'，见了你们当官的，我也就是个普通道员；如果见起生意人来，我便是官居四品的大百姓。后来因为我在陕甘赈灾有功，才弄了一个吏部记名，还得了个钦点简用。在别人看来，这都是极风光的事，恨不得马上就得缺上任，我却对此看得极淡。所以，虽然脑袋上顶着一个特旨道和一个钦点简用，巡抚大人亦问过几回，要放我一个好缺，可我却只拿着这两个东西装装门面罢了。"

林进友见陈凡荧不肯说实话，继续试探道："虽说您是生意人，但这当官的总归说出去好听些，况且您得了特旨道，又是被吏部记名、钦点简用的。若是得缺，必是一个好缺。这样的好机会落在您的手里，您为何不做呢？"

陈凡荧一呆，接着便放声大笑，笑得满席的人都有些奇怪。

陈凡荧笑罢，才说道："你看我是在乎那些虚名的人吗？"

林进友一时不明所以，没有接话，只是呆呆地看陈凡荧。

陈凡荧拍了拍林进友的肩，道："我要去做官，最多只能做一道一府的生意，而我现在却是在做直隶全省的生意。你说哪个生意更大一些？"

林进友听出陈凡荧的话里有话，追问道："那兄弟也想做生意，大哥能不能带兄弟一把？"

陈凡荧把笑容收敛了，看了看林进友："好啊，只要你拿得出本钱来。"

"那需要多大的本钱？"

林进友虽然问得心急，陈凡荧却转了话题："今日这桌酒宴，一是为小婕压惊，二是为林兄赔罪。不谈生意，不谈生意。咱们喝酒！"

众人一齐举杯将酒干了。林进友喝罢，看了看陈凡荧，不知该如何开口继续打探。

这时，陈凡荧却主动凑到林进友耳边道："两日之后，我邀你去北郊赛马，到时候咱们再好好谈。"

陈凡荧果然是阔气，林进友应邀来到他所说的北郊赛马之处才知道，这里原来是一处数百亩地的私人林苑。里面林木花草都是精心修剪过的，跑马场的道路铺得平平整整，青草翠绿欲滴，几处房宅错落有致，众多仆役井然有序地忙碌着。

陈凡荧胯下一匹高大壮实的枣红色骏马，他身手矫健，抖动缰绳纵马狂奔。他胯下这匹骏马是西域的良马，不但高大，奔跑起来亦如闪电一般。陈凡茨骑在马上如风驰电掣一般，将其他人远远地甩在身后。

林进友挑了一匹性子好的马骑着，却跑得极慢，简直不能说是跑，而是在走。他紧紧地抱着马脖子，整个人战战兢兢，左摇右晃，落在最后边，样子十分狼狈。

陈凡茨策马奔回来，跑到林进友的身边，笑道："林大人，你这是和我比跑得快啊，还是比跑得慢啊？还不快走？"说罢，举鞭朝林进友的马屁股上就是一鞭。

林进友的马虽然性子善，脚力却是很好的，挨了这一鞭顿时负痛，疾驰而去。林进友顿时把马脖子搂得更紧了，吓得哇哇大叫。

小婕看了惊讶道："我看林大人危险！"

陈凡茨也吃惊道："糟糕，这小子真不会骑马啊。"说完，他急忙策马追了上去，将林进友的马勒住。

林进友已经吓得浑身发抖，几乎是从马鞍上滚落下来的，他抚了抚胸口，道："好险，好险！"

小婕也骑马追了上来，在林进友身边停下来，道："林大人可好？"

林进友点点头："多谢小婕姑娘关心。方才可吓死我了。"

自从上次林进友在春归院救了小婕之后，小婕便一直对林进友心存感激。虽说林进友总是一副浪荡公子的模样，小婕却认定林进友不是坏人，私底下还劝过林进友，让他离陈凡茨远点儿。

林进友自然是明白小婕的意思，但也没办法和她说出实情，只好装傻充愣。

陈凡茨利索地跳下了马，奇怪地问道："林大人，我看你可不像一个富家子弟啊。"

林进友被点中心事，不由得一惊，脸上却装出镇静的样子，道："陈大人此话是什么意思？"

陈凡茨逼视着林进友，像是要看出他的心事一样："富家子弟的家中哪有不养几匹好马玩的？我看你却是从来都没骑过马啊。"

林进友笑道："我家生在江南，只知行舟，不懂骑马，哪里能与家在北方的陈大人相比。我家中倒是买过几匹好马，但老父就我这么一个儿子，生怕我骑马出事，从来不让我碰这些东西，所以到现在竟不通马术。惭愧，惭愧！"

陈凡荧这才解了心中的疑惑，领着林进友一起到路边休息，边走边道："我听说你家在苏南扬州是做绸缎生意的，苏南闽浙都有你家的店。"

林进友吹牛道："是啊，我祖上三代都是做生意的。虽说不是很有名，但在江南一带，也确实是开了不少店面，那一带的人都是指了名要穿我家的绸缎。前些年又开了织绸机坊，没两年增到五家机坊，有近千部织绸机子，人称千机林家。"

"我一向只在北方做粮食生意，这个倒是没听说过。"陈凡荧道。

小婕在旁边听到这话，忍不住皱了皱眉，想了一下，没有吱声。

过了两日，小婕邀林进友来春归院。林进友其实知道小婕的心思，但又没有办法告诉小婕实情，心里有些愧疚，转念想到李卫交给自己的任务，只好如约前往。

林进友来到了小婕的房间，见只有她一个人在。二人说了会儿话，小婕推杯站起来，道："时候还早，林大人，我给你弹支曲子助助兴吧。"

林进友点头道："那自然是好。今日清风明月，美酒佳人，再添几曲天籁之音，人生之乐莫过于此了！"

小婕嫣然一笑，不再说话，从墙上摘下一个琴盒，捧出一张古琴来，放在琴桌之上，轻轻地拨弄一下琴弦，边弹边唱道：

　　相思意已深，白纸书难足。

　　字字苦参商，故要檀朗读。

　　分明记得约当归，远至樱桃熟。

　　何事菊花时，犹未回乡曲？

抚罢一曲，小婕从琴桌处走到林进友身边坐下，为林进友倒上一杯酒。又为林进友夹菜，道："来，林大人，咱们碰一杯。"

林进友举杯相碰，一饮而尽。

小婕看着林进友，犹豫了一下，道："林大人，小婕有一句话不知当说不当说。"

林进友看了小婕一眼，道："小婕姑娘这是说的什么外道话。"

小婕道："林大人，小女子我虽是风尘中人，但也分得清善恶。有些话小婕不便明说，但还是要多一句嘴，还请林大人与陈凡荧等人有些距离才好。"

林进友听后，皱了皱眉："小婕姑娘说的这是什么话，难道陈大人平日里对小婕姑娘不好吗？"

"陈大人这两年来自是对我极好的，但小婕是个风尘女子，不应该有的期望不会有，今日的恩宠说不定转瞬就会消失不见。"

林进友听到小婕这话，心里有些不是滋味。他想要出言安慰，却不知道怎么说。

小婕看着林进友的表情，笑道："林大人不必为小婕伤感，小婕走到今天，不怪任何人。"

林进友问道："小婕姑娘到底是为何沦落到风尘的？"

"其实小时候我家里也算是一个富庶之家，从小我便学得四书五经，琴棋诗画也有所涉猎。奈何家里突遭变故，一夜之间只剩下母亲、弟弟与我。我们三人来到保定，也没有什么手艺可以赚钱，弟弟读书要用钱，母亲生病也要用钱。正好春归院的妈妈见我可怜，琴又弹得好，便招我来这儿弹琴。"

林进友安慰道："小婕姑娘虽身在风尘，心却高远清明，日后一定会找到一个真心待你的好人家的。"

"是吗？"小婕定定地看着林进友。

林进友的心忽然有些慌张起来："那……那当然了！"

小婕被林进友紧张的样子逗笑了，随后叹气道："林大人还是别安慰我了，我此生就希望弟弟能够争气，其余的我也就不多贪了。"说完，她将杯中的酒一饮而尽，"说了半天我的事情，我还没有问问林大人呢。"

"我？"林进友指了指自己，"我没什么好说的，家中独子，从小被宠大，养成了现在这个吃喝玩乐的性子。"

小婕笑道："我看林大人只是爱玩，心地却是十分善良，要不然那天也不会出手相助。"

林进友有些不好意思地说道："小婕姑娘休要再提之前的事了，这都是我应该做的。"

"我看林大人的性格也不太适合当官，况且家中又不缺钱，何必来直隶委屈自己呢？"

"小婕姑娘，你有所不知，这个官哪是我想当的，是我爹非要我当的。从小我就不是读书的料，可我爹非要给我请五六个教书先生，好不容易考取了功名，来了直隶，却只是个候补州同。前些日子，家里来了信，说是如果我当不上官，就不用回去了。哎呀，这把我愁的。"

小婕奇怪道："令尊何以如此在乎你是否当官呢？"

林进友解释道："这还不是因为我家世代经商，可这商人的地位低啊！我爹吃了几次亏后，就发誓一定要让我成为大官，好让他出回风头。可我来直隶这么久了，到现在也没当上官，眼看我爹就快要停了我的银钱，我可怎么办啊！"

"如果你只是想当个官，说不定我可以帮忙。"

"你能帮什么忙？"

小婕笑道："不是我，是陈凡荧陈大人。不过我可以和他说一下帮你，他好像认识巡抚大人，说不定可以帮到你。"

第二日，小婕便派人请陈凡荧过来。陈凡荧一听是小婕来请，顿时有些受宠若惊，隅中刚过便来到春归院。

小婕与陈凡荧聊了一会儿，才提到林进友的事。

陈凡荧皱了皱眉："小婕，你怎么突然对林进友这么关心啊？难不成你对他有什么想法？"

"陈大人，我与他不过是认识数日，加上他之前救过我，所以才想着还他这个人情罢了。"

"真的？"

小婕心里顿时有些慌，嘴上却冷静道："当然了！再说我看你最近和他关系也不错，就当帮朋友的忙，这对你来说想必也不是什么难事吧？"

陈凡荧点了点头，道："也是，好吧，我会留意的。"

第十四章　试探

　　几日后，陈凡荧找来李不柱和另一个买卖官缺的老掮客梁必胜一起商量林进友买缺这件事。

　　李不柱听了此事，满不在意道："这个买卖并不大，也就是几千两银子的事。何必这么着急？"

　　梁必胜年近五十岁，看起来十分儒雅，行事风格也道貌岸然，对于风月场上的事向来不屑一顾。听了陈凡荧的话，他笑道："陈大人这是被美色迷昏了头，不然也不会为这件不大不小的买卖来找咱们。"

　　李不柱亦道："什么事情只要一沾上个'色'字，是最容易坏事的，我看我们还是从长计议吧。只要林进友还在直隶，不怕他的银子跑了。"

　　陈凡荧不想在小婕面前栽了面子，所以一心想要办成这件事。听二人反对，并不甘心，嘿嘿一笑，道："三老爷，我不是这个意思。我是看这个林进友的家底子厚实得很，早一点儿做成这笔买卖，以后说不定还会有大赚头。"

　　李不柱若有所思："我虽然查过此人的身份，与李卫似乎并没有什么瓜葛。可就这么让他进来，是不是太冒险了些？"

陈凡荧语气低沉地说道："我早已经想出一个主意，几天内就能查出他是真有钱还是假有钱，到底有多厚的家底。"

李不柱不由得大感兴趣："是什么办法？"

陈凡荧没有说话，用手指蘸着茶水在桌上写了一个"赌"字。

李不柱见了，笑道："真是一个好主意，他要真是眼线，手里肯定钱不多，那一定撑不了多久。"

梁必胜别的毛病没有，却是极好赌的，见了亦是眉开眼笑："这活儿就交给我吧。兄弟我最好这一口。"

林进友一听梁必胜要邀他玩牌，顿时慌了神。他知道凭他这赌技和李卫给他的那些银子，一旦进了赌场，一天几千两银子的出入，根本就不是他能受得住的。他急忙将此事写了一封信让老常先找到了李祥，由李祥再转交给李卫，请李卫尽快想一个应对的办法。

李卫收到信后，让任逢春念给他听，听后不由得大笑道："没想到李不柱和陈凡荧还能想出这么一招来，也算难为他们了。不过，他们这回可是抱着铁耙子亲嘴——自找钉子碰。"

任逢春听了不解道："东翁这是何意？"

李卫伸手将桌子上的两只紫红的揉手核桃抓起在手里转动着："要论赌，我还真没碰到过能赌赢过我的人呢。"

李祥听了，道："可他们是要与林大人赌，不是和老爷您赌啊。老爷自然是赌场上的常胜将军，但若是林大人去赌，怕是要输得多赢得少。"

李卫道："你叫他只管放开了去赌。我自有办法。"

任逢春道："那是什么办法？"

"逢春先生，我说你写。这回我李卫也当一次诸葛孔明，给林进友献一封锦囊妙计！"

暗夜，李不柱经营的赌场内，一片灯火辉煌。

这间赌场不算大，但布置得十分雅致，墙上有名人字画，家具也古色古香，还有一些仿制的古玩摆在台面上。

屋内摆着四张桌子，有人在打麻将，有人在摇摊。十分热闹。

林进友、陈凡荧、李不柱和梁必胜四个人围着桌子打着麻将。

林进友自得了李卫的"锦囊"之后，顿时气定神闲，一口将玩牌的事应承下来。这回他端坐在牌桌之前，虽是三圈下来已经输出去二百多两银子，脸上神色却是丝毫不动。他打出一张牌，道："五条。"

下家陈凡荧立刻接过来："不好意思，碰和。"

林进友皱着眉头道："怎么又输？自上来就没有赢过！"

陈凡荧不理林进友的抱怨，只是催道："掏银子，掏银子。庄家四归一加一暗杠，八翻八十两银子。"

林进友把面前的筹码一推："怎么不是八翻就是十六翻？这么一会儿的工夫，三百多两银子出去了。"

梁必胜虽然这局输了，但总论下来却是赢得最多的，他得意扬扬地洗着牌，道："知道我外号叫什么吗？叫赌圣，赌中圣人。你跟着我多输几两银子，就出师了。"

陈凡荧装作好人，道："林兄弟赌技不精，你们可得照顾着点儿，不要赢得太狠了。"

李不柱斜眼看了陈凡荧一眼，道："陈兄这句话就错了，赌场之上无父子。若是做生意当然是要相互照拂的，独独在赌场上不能讲这个。"

正说着，陈凡荧将手中摸到的牌看了看，道："哎，又和了，一色三同顺，各位对不住了，二十四翻，这回我可捞回本来了。"

林进友把自己面前的牌一推，有些生气地说："不玩了，今晚看来我是不适合玩麻将啊。"

陈凡荧会意，他收起筹码，道："那不如摇摊押宝，那东西靠的是运气。咱们把那边的人也叫过来，玩个热闹，林大人也不会吃亏。"

李不柱听了，站起来对周围各桌上的人喊道："各位都照应一下，收起麻将，拼起桌来摇摊。"说罢，已经有几个下人过来收拾桌子。陈凡茭等人坐到一旁喝茶等着重摆赌桌。

陈凡茭对坐在一旁的林进友道："兄弟，玩了两天。输了多少了？"

林进友扳着指头算道："第一天两千两，第二天四千两，今个儿最惨，没打几圈又输出去不少。照这么输下去，恐怕今晚上又要输上四五千两银子。"

陈凡茭笑道："老兄家有的是钱，这点儿银子怕什么？我因为摇摊一夜就输掉三条粮船，两间当铺，那可是七八千两银子的家当啊。"

林进友道："老哥是赌场的老手了。兄弟在家时家教极严，出来做官，又都在穷困地方，所以赌得极少。"

这时，摇摊押宝的赌桌已经摆起。几个人过去，梁必胜一把拿过宝盆，道："我坐庄，谁也别跟我抢。"说话间梁必胜已经摇了起来，摇罢将宝盆往赌桌上一按，喊道："快下注，快下注。我押的是白虎，各位跟不跟？"

有人喊青龙，有人喊进门，有人喊出门。

林进友也叫道："我打三门，赢了吃二配三。"

陈凡茭看看林进友，道："兄弟太胆小了吧，出这么一个稳妥的法子。"

林进友尴尬道："连输了几天，兄弟想小赢一把。"

梁必胜却笑道："那也未必就能赢。"说着将宝盆揭开来。

众人一齐看过去，惊呼道："青龙！"

庄家梁必胜看了看，对林进友道："怎么样？你的三注都被吃了，全军皆墨，放鹞子断线。"

林进友叹口气："这比打麻将还要快，一百二十两银子霎时又没了。"他见手中筹码已尽，从袖子中抽出一张银票，要去换筹码。早有侍候的伙计眼尖，走过去道："林大人，我帮您换去。"

林进友把银票又塞回了袖子里，道："我先出个恭去。"说罢迈步走到门外，又把银票拿出来，见上面写着"壹仟两整"。再往袖子里掏掏，却什么也掏不出来了。林进友不免心有些慌，自言自语道："怎么还不来？再输掉这一千两，可就要露穷了。"

就在林进友说这话的工夫，一队官兵举着火把，拿着兵器将李不柱的赌场前后门都给堵住了。

这间赌场外边既有把门的，又有在外边望风的，见事情不妙，急忙喊着暗号，提醒里边的人。守门的人慌慌张张要把门关住，这时，有一队官兵冲过来，领头的喊道："不许关门，否则以拒捕论处。"

那关门的人刚愣一愣，官兵们已经一股风似的冲了进去。

官兵刚一冲入，里边早已经得了消息了，只听有人大喊一声："各位，不好了，官兵来了。"一群人登时一哄而散，四处奔逃。

李不柱熟悉地形，拔腿溜到门外，转瞬间便消失在夜色之中。

陈凡茨走得慢些，被捉赌的官兵堵在了门口。他仗着自己在直隶熟人多，面子大，对着官兵大喊道："你们吃了豹子胆了？敢挡本大爷的路！是哪个营的？"

"城防营的和巡捕营的联手查赌，怎么了？"一名官兵闯了进来，对着陈凡茨呵斥道。

陈凡茨冷笑道："你好大的胆子，小小的城防营也敢闯我的院子？"

官兵二话不说，抬手给了陈凡茨一个大耳光："我告诉你，我最听不得人说我们城防营一个'小'字。全给我带走！"

陈凡茨捂着被打的左脸怒道："你敢打我？"

官兵反手又是一个大耳光："打你怎么了？"

梁必胜因为急着藏筹码也被捉了个正着，他见陈凡茨还要耍横，急忙劝道："好汉不吃眼前亏，何必计较这一时，别再吃了亏，到时候传出去就不好听了。"

陈凡茨听了这才不言语了。

城防营的人将这些人押到了营房，暂押到马厩里看管。陈凡茨哪里吃过这个苦头，闻了马粪味不由得皱起了眉头，对看押他的人道："你知道我是谁吗？把你们主事的叫来与我说话。"

看押众人的狱卒问道："你是谁啊？我倒要请教请教。"

陈凡荧将头一昂，得意道："我是陈凡荧，你们也敢抓我？你们的差使不想要了？"

狱卒听了把脸一沉，不屑道："对不住了，我不认识什么陈凡银、陈凡金的。我们长官说了，不听话就用大耳光抽。你给我安静点儿，省得惹我生气抽你。"

陈凡荧听了，知道自己这是遇上硬主了，也不知道这些人是谁在撑腰，便不再说话，回身找个干净的地方坐下，嘴里自言自语道："提督营的人都死到哪儿了？"

一旁的林进友问道："怎么？陈大人，您和提督营的人熟啊？"

陈凡荧与林进友道："提督营是巡抚大人亲自带的兵，以前向来是他们通风报信的，这回怎么一个都不见了，真是奇怪。还有李不柱，一眨眼的工夫就没影了，不知道跑出去了没有。若是他能逃出去，这事情倒不会弄得很大，横竖会有巡抚大人替我们摆平的。"

陈凡荧说这话的时候，李不柱已经跑到了巡抚衙门。因他是巡抚的亲弟弟，一直又做着李柱器的师爷，熟门熟路，无人拦阻。他一进了门就直奔后院上房，到了正房门前，敲着门喊道："大哥，大哥不好了。"

李夫人本就有个失眠的毛病，这几天正吃着一个好方子，好不容易能早睡一会儿，却被李不柱的敲门声震醒，她起来道："谁啊，大半夜的还有事！"又推醒李柱器道："你去看看。"

李柱器从床上走下来，到了客厅，打开门，见是李不柱，奇怪道："这么晚了，有什么事？"

李不柱踏进门去，将门关上，并不落座，直截说道："出了件麻烦事，陈凡荧的家让人给抄了。陈凡荧一伙人全被城防营和巡捕营的人捉了去。"

李柱器问道："他们凭什么捉人？"

"说我们聚众赌博。"

李柱器这才明白，不由得埋怨道："唉，我早说过，你这么干迟早要出事。"

李不柱道："陈凡茨的院子靠近提督前营的驻区，以前从来不出事的。这一回却不知怎的，提督前营那里一点儿动静都没有。"

"前些天说是冀南出了匪情，我将五营调出城外驻防。后来才知道，不过是几个强盗。现在提督营的人都在城外。"

李不柱听了，道："那可怎么办？"

李柱器想了想，道："这事我不好出面，我写个条子，你去找按察使张震云，只有让他出面调停了。"

第十五章　赌圣和赌仙

　　梁必胜被关在另一间马厩之中，他走到马栅前向外瞅，想看看能不能逃出去，却见几名狱卒带着佩刀正往他这里瞧，他只好无奈地走了回来。

　　马厩的角落里，有一个老头一直在盯着梁必胜。

　　梁必胜搬了一块镇草的石头坐到上边，自言自语道："白虎青龙，已经翻了六翻了，坐庄下来就是三万两银子。可惜了，要不是捉赌，我这笔财可发得不小。"

　　梁必胜的话刚说完，听有人在后边轻笑一声，道："一缸青龙，一缸白虎，来回地甩有什么意思？假如庄家开个二，虽有三门可吃，却吃得不多。哪里有三万，顶多一万五。"

　　梁必胜低头算了算："哎！我刚才的确是算错了啊，多算了一倍。"说罢，转头看向说话之人，发现居然是刚才一直盯着他的老头。

　　梁必胜走过去一拱手，道："你是哪位高人？看来是行家啊，我怎么没见过你呢？"

　　老头正是化了装的李卫，他笑道："我姓魏，单名一个礼字。原就不是直隶人，以前在浙江发财，因为受朋友之邀，来此游玩。今日本想好好玩一玩，没想到一开场就触了个大霉头，给巡捕营的捉到这里来了。"

梁必胜听了，道："原来你也是因为这个才进来的，有缘，有缘！"

"的确是有缘。方才听你说话，好像你有点儿本事！"

梁必胜对自己的赌技一向很有信心，不爱听这话，道："何止是有点儿本事，知道我外号叫什么吗？叫赌圣，赌中圣人！"

李卫听了一乐："巧了，我也有个外号。"

"叫什么？"

"赌仙，赌中神仙！你圣人毕竟还是个人，我已经得道成仙了。"

梁必胜不相信地看了看李卫："你吹牛吧！不过，你这个名号起得猛。正好压我一头，我当初怎么没想到。"

"怎么？"李卫道，"你是不信老哥的赌技？"

梁必胜见这个老头和自己抬杠，一嗤鼻子道："不然咱俩比比？"

李卫并不相让："好啊！比比就比比。你说吧，比什么？"

梁必胜四下里看了看，道："可惜，这里没现成的赌具。"

李卫变魔术般从怀中掏出一个筒子，三只骰子："掷骰子，敢玩吗？"

梁必胜见了两眼放出光来："怎么不敢玩？你说吧，玩多大的？怎么个玩法？"

"十两银子做底。三个骰子共一十八点，对中分，押大小，以十点为界；三分，押上中下各五个点，翻两倍；也可单押一个数，翻八倍；押中豹子翻三十二倍，听明白了吗？"

梁必胜伸手将骰筒取了过来："还是老规矩，我先坐庄。"

李卫听了一愣："咱们初次见面，哪里来的什么老规矩？"

梁必胜露出油滑的笑容："那也得我先坐庄，谁叫你的名号要压我一头呢。"

李卫点头道："那便依你吧。你既然要坐庄，我也不与你争。"

说话间，二人找了一处平地，打扫干净。梁必胜拿出骰筒，将三个骰子放入，摇了起来。只听骰子在筒中当当直响，梁必胜上下翻飞地舞着筒子，手法十分老到。摇完之后，他猛地朝地上一扣，问道："押大押小？"

"我就赌个大吧。"

"老哥，我赌个上。"

"那我只有跟个中下了。"

一个骰子最大的点数是六点，三个骰子能摇出三点到十八点共十六个点数，十点及以下为小，十一点及以上为大。但是对家如果是押更少的点，比如押上，就是从十六点到十八点。那另一个就只能跟着押中下点了，也就是压三点到十五点。不过，这样赢的概率要高一些。所以，押上的人一般都是高手。

梁必胜敢押这个数，自是胸有成竹。果然，梁必胜打开骰筒，三个骰子分别是五点、五点、六点。

梁必胜看了眉开眼笑道："一共一十六点，我赢了，你得掏二十两银子。"

李卫头也不抬道："先欠着。"

梁必胜一听这话倒愣了："老魏啊，赌场上可没有欠钱这一说啊。再说了，出了这个门，咱谁还认识谁？我到哪儿找你讨债去。"

"等我坐了这一庄再结，指不定谁欠谁的呢。"

李卫这一句话让梁必胜听得起疑，心想难道此人真有好手段？他半信半疑地将赌具递给李卫。只见李卫将骰筒舞起来，手臂左右摇晃，出神入化，那骰子在骰筒里响得如爆豆一般，梁必胜都看傻了。

李卫"啪"的一声将骰筒扣下："你要大要小？"

梁必胜道："我赌个大。"

"我赌个六豹子。"

梁必胜一听顿时蒙了："什么？你能摇出'至尊宝'？"

李卫没有回答，只说道："我可开了啊，你看好。"

梁必胜没敢吭声，瞪起眼睛仔细看去。

李卫轻轻将骰筒拿起，梁必胜看得分明，骰子的六个点都朝上。

"押中豹子翻三十二倍，'至尊宝'六十四倍。你输给我六百四十两，除去我刚才欠你的二十两，还该给我六百二十两。"李卫漫不经心地说道。

梁必胜掏出银票："好身手，我服了！"

梁必胜见了李卫的好身手，大有相见恨晚之意。二人赌了一阵子，又聊了一阵子，最后都累了。梁必胜找了些草铺在地上，二人同"榻"而眠，一起打着鼾，一个比一个响亮。

正睡得香时，马厩的门被打开了，一名狱卒走进来道："醒醒，醒醒。回家睡去！"

梁必胜先醒了，睁开眼问道："哦，这哪儿啊，这不是家吗？"

狱卒一听这话，被逗笑了："你倒是适应得快，这么一阵子已经住习惯了。我问你，你是昨晚从陈府中捉赌捉进来的梁必胜吧。"

"是啊，怎么了？"

"按察使大人传过话来，让放你们回去。你走吧。"

李卫走过去道："那还有我呢？"

狱卒打量了一下李卫："你是怎么进来的？"

李卫道："兄弟，昨晚一定不是你当班吧，难怪没认出我来。我也是和他一块儿被捉赌捉进来的。"

梁必胜看了看李卫，会了意，对狱卒道："正是，正是。他也是昨晚和我一块儿被捉进来的。"

狱卒道："既然是一块儿的，那就都走吧。"

梁必胜和李卫一同走出城防营，梁必胜竖着大拇指对李卫道："高人，高人！兄弟能与您结识一场，我这趟马厩算是没白睡。"

李卫笑了笑，拱手道："兄弟抬爱了，咱们后会有期。"

梁必胜见李卫要走，急忙将他拦住，道："您别走啊，赌仙！"

李卫回头问道："怎么着？你还有事？"

梁必胜嘻嘻一笑，道："不能白认识一场，醉仙楼，我请客！"

"醉仙楼？"李卫听了这个名字，不由得又是一乐，"呵，你真会找地方！我是'赌仙'，你让我去醉仙楼。你要灌醉我啊？"

梁必胜不好意思地说："我是诚心拜师。若是您觉着这个酒楼的名字犯您老的讳，咱们改个地方也行，但您一定要给我这个面子。"

李卫一点头："醉仙楼也不错，好！走吧。"

因为醉仙楼离得不远，二人没有叫轿子，向北走了一箭地，往东一拐没走几步便到了一条繁华的大街上。只见不远处一座酒肆高高矗立在街北，下头朱楹青阶一排儿六间门面，上头是歇山式顶子，出檐木廊临着街面，挂着四盏红纱西瓜灯，泥金黑匾上写着三个大字——醉仙楼。

李卫两个人拾级而上。因是刚到辰时，酒楼尚没有开门，不过梁必胜认得这家的老板，便叫人开了门，要了楼上一间雅座，让人捡着新鲜的菜点了七八样。不一会儿，酒菜上齐，梁必胜给李卫斟上一杯酒递过去，嘴里笑道："赌仙，您该不会是耍老千吧。"

李卫听了这话，脸色一变，什么话也不说，把酒杯往桌子上一放，起身便走。

梁必胜急忙走到门口将李卫拦住，道："别，别，我刚才是胡说，和您开个玩笑，何必当真呢？"

李卫冷着脸道："不让你开开眼，也难怪你不信。让店家拿九个骰子过来，我给你露露本事。"

梁必胜走到门口将伙计唤过来，道："你去拿三副骰筒过来。"又贴在伙计的耳朵上轻声道，"一定要新的，没动过手脚的。"

伙计答应一声，便下楼了。

梁必胜回坐到酒桌前，替自己满满地斟了一杯酒，道："赌仙，我刚才说话冒犯了，自罚一杯。"梁必胜说罢，将酒一饮而尽。

李卫摆摆手，道："不知者不为怪，一会儿让你瞧个新鲜。"

说话间，伙计拿着三副骰筒走了进来，递到梁必胜手上："梁爷，骰筒给您拿来了。"

梁必胜道："好了，你下去吧。"然后将东西递到李卫手上。

只见李卫将九个骰子倒出来，将剩下的两个骰筒扔在一边，只留一个骰筒，将九个骰子一股脑全倒到一个骰筒里。

梁必胜是个行家，见了不由得叹一声："您这是要'三筒合一'，这可难啊。"

李卫笑道："你看着，我要摇个最小。"

梁必胜不相信地说道："九个骰子全摇成一点？那您可是高手中的高手。"

李卫抬眼看了一下梁必胜，道："错！"

梁必胜听了这话，却是不解："难道还有更小的？那您可真成神仙了。"

此时，李卫已经摇了起来，九个骰子在骰筒里响得十分热闹，李卫也舞得十分好看。摇了一会儿，李卫将骰筒"啪"地立在桌上，将手拿开，道："你猜是几点？"

梁必胜沉吟道："九个骰子全摇成一点就算是最小的了，您要是有这个本事，也就是个九点，还能有再小的吗？"

李卫不动声色，伸手过去，慢慢将骰筒拿起。

只见九只骰子一个摞一个，摞成一根柱子，最上面的骰子是一点朝上。

梁必胜的眼珠子都快瞪出来了，惊讶道："一点！"接着他大喊道，"神了，真神了，您简直就是活神仙！"

李不柱虽是让城防营的给捉了赌，但毕竟有后台，不但没有事，反而把城防营的营千总训斥了一番，扬言一定要查出是谁指使的这次行动。营千总咬定了是有兄弟偶尔知道这里有赌局，所以想蹚了赌窝子，并无人指使。李不柱眼看着也查不出什么，这才作罢。

过了两日，李不柱的赌场还是照开不误。

这一夜，赌场里又是灯火通明，二十多个人聚在这里分成几堆。

赌场内陈设还是和上次一样，但这一回摆了六张桌子，有人打麻将，有人摇摊，比以前还要热闹几分。

林进友、陈凡荧、李不柱和梁必胜四个人凑成一桌在打着麻将。

霎时间，三圈打过，第四圈陈凡荧打出一张牌，下家梁必胜拿起一看，登时乐得合不拢嘴："三风刻，一十二翻，庄家再翻一番。拿银子。"

李不柱看了林进友一眼，假装担心地说："我说林兄，你的手气也太背了吧，这才过去一炷香，你已经输了两三百两银子了吧？"

林进友神色镇定地说："不过是两三百两银子的事，何必认真。"

梁必胜听了赞道："果然是大户人家出来的，口气就是不一样。"

一连几圈下来，直到四更将尽，林进友打个哈欠，说句乏了就要走。因赌场上向来是留赢不留输，林进友一共输了三千多两银子，众人自然也不好留他。李不柱派了人送他回去。

到了第二日晚上，梁必胜推说有事，没来参加这晚的赌局，其实是叫了李卫另设赌局。梁必胜带李卫去的这个赌场，是个公开的大场子，昼夜不息。一共三进院子，八间朝南的屋子打通了形成一个大赌场，一共有十多张桌子摆在里面。

李卫入了赌场，就如鱼儿入了水一般，第一圈下来就是一个"一色双龙会"，这是个六十四翻，李卫又是庄家。只这么一圈，在座的其他人每人就输去一千二百八十两银子。再打一圈，又是个"九连宝灯"，更是八十八翻，庄家再翻番，那三位又输了一千七百六十两。

众人输得是一迭声地叹气，只得不停地掏筹码。

李卫对面的人站起来恨恨地道："不打了，打一圈就输一千两银子，这也太离谱了吧。"

梁必胜并不怕输，一边洗牌一边笑道："我早说了我带来的是一个赌仙嘛，你们还不服气。"

"这牌打得真憋气，照这么打，只你一个人赢，太没意思。"

李卫笑道："那就摇摊如何？"

梁必胜道："如此甚好。"

众人都觉得气闷，于是将麻将丢下，一起到了一处摇骰子的桌面上。

梁必胜仗着自己是这里的老客，后台也够硬，硬把坐庄的人拉了下来，把李卫推上去，说道："我师父坐庄，不如玩个'三筒合一'，更热闹一些。"

众人知道是高手来了，纷纷要看李卫的本事。不一会儿，九只骰子装入骰筒之中。李卫高坐在庄上，将骰筒摇得"哗哗"直响，摇了一会儿，将骰筒扣下。

众人纷纷乱喊，有人喊大，有人喊小，有人喊豹子。

李卫抬眼望着大家，道："诸位，我赌个一点。"

众人一听都静下来，一齐看向李卫。

一个老赌徒道："这个点虽然是有的，但除非耍老千，世上还没有人能摇出这个数来。"

梁必胜瞪眼道："你可别胡说，说出的话可是要讲证据的。我信，我跟了。"

梁必胜将筹码全堆在了一起。

只见李卫将骰筒拿起，九只骰子一个摞一个，摞成一根柱子，最上面的一只骰子是一点朝上。

众人看见后，均张大了嘴巴，吃惊地看着李卫。

只这么一晚，李卫就赢了一万多两银子。回府之后，他立刻让李祥在钱庄重新换过银票，交给林进友。

林进友得了这么一笔钱后，底气更是足了许多，输起来是眼不眨心不慌。

这天晚上，林进友又和众人摇起了摊，坐庄的自然还是梁必胜。只见他把筒骰扣下，离了手，道："快押，快押。我押四出门。"

众人七嘴八舌，有的喊青龙，有的喊白虎。

林进友瞧了瞧，道："我看是个二白虎。"

梁必胜正赢在兴头上，向他建议道："你还是跟我押四出门吧，包你赢。"

林进友一笑道："我还是押我的白虎，二翻四。"

梁必胜见了，气道："我是好心，你还跟我杠上了？好，那我四翻二。"

林进友并不理梁必胜，说道："再翻在四上。"

梁必胜喊了一声："再翻在二上。"

李不柱见二人斗了起来，急忙道："别再翻了，只这么一局，三千两银子已经出去了。"

林进友面不改色地说："怕什么？您敢跟，我就敢下。我有的是银子！"

林进友说完这句话，陈凡荧和李不柱互相对视一眼，暗暗地点头。

　　李不柱见火候已到，便示意陈凡荧把林进友请到隔壁的暗室摊牌。

　　在暗室之内，陈凡荧亲自给林进友倒了一杯茶，然后才坐下，讪笑道："林老弟，你这些天一共输了多少银子？"

　　林进友满不在乎地说道："也就一万四五千两吧。不过这几日玩得真痛快！"

　　陈凡荧伸出大拇指："爽快，爽快，林老弟是个豪爽人！"

　　"不过，陈大人，"林进友转过头看着陈凡荧，"我上次托您的事，您还没忘吧？"

　　"老弟的事，我怎么会忘。"陈凡荧说罢从怀中掏出一沓银票，"你数数，一万两银子。"

　　林进友奇怪道："这是怎么回事？"

　　陈凡荧正色道："兄弟，我不把你当外人看。赌场之上无朋友，就你这赌技，以后还是少赌为妙。这些天刨去兄弟们陪你玩的辛苦钱，这个整数给你。今后，有的是你使银子的地方，没有三万五万，你还下不来呢。"

　　林进友有些明白了："陈大人的意思是，补缺的事有门路了？"

　　陈凡荧点点头："明天你先带上五千两银子，跟我去一个地方。"

第十六章　卖官玄机

第二日，陈凡荧亲自上门相邀，带着林进友坐上一辆马车，出了保定城的南门，又走了两个时辰的路，不知拐了多少个弯，才来到一个偏僻之处。

林进友和陈凡荧下了车，只见一道红墙，门前有几棵合抱的大槐树，山门上悬挂着一方匾额，上写"明皇寺"三个大字。山门紧闭不开，却从左面的一个侧门出入。但是门前甚是冷清，并无车马的踪迹。

林进友朝周围看了看，道："陈大人，您不是要带我走巡抚大人的门路吗？怎么来了这么个偏僻地方？难道这里边又有什么说法？"

陈凡荧轻轻一笑："你只管跟我进去，一会儿便可见分晓。"

说着陈凡荧在前引路，把林进友领进了门。门内是一个小院落，当头一个藤萝架。正是三月初的天气，藤萝架上面零星点缀着绿芽。院子的西面另有一个小门，进去就是大殿的院子了。院子的南面有三间屋子，正对着便是山门；东面为大殿，大殿左为客堂、右为大佛殿，一共有十二间屋子。院子里上首两个砖砌的花台，下首两棵龙爪槐。院子虽不大，倒也清静幽雅。

陈凡荧和林进友走在寺庙之中，里边没有任何香客，只偶尔有几个和尚走过，但见了他们也不说话，熟视无睹。

林进友奇怪地问道："陈大人，这个寺庙好奇怪！静得怕人，而且怎么没有人出来招呼呢？"

陈凡荧含着笑："见怪不怪，其怪自败。你只管跟我来就是。"

二人穿过几处院子，来到后寺的一间客堂。一个书生打扮的人迎面走了过来，看见陈凡荧，打招呼道："原来是陈大人啊，又带哪位朋友过来了？"

陈凡荧指着林进友，道："这位是新到六品州同林进友林大人。"转过头又对林进友道："这位是直隶一带出名的大善人，陆离。"

林进友向陆离拱拱手："陆离兄，幸会，幸会。"

陆离笑了笑，径自坐在旁边的椅子上，开门见山道："林大人此次来找我，应该是为了冀南旱情之事吧，在下先替冀南的百姓谢过林大人了。但不知道林大人打算募捐多少银子啊？"

林进友被陆离的几句话给弄糊涂了，心想自己来直隶这么久了，也没听说冀南有旱情啊？再说这才初春，这旱情未免来得有些过早了吧。于是，林进友回头看着陈凡荧。

陈凡荧没有理会林进友，从衣袖中取出银票，递了过去，道："这位林大人要为灾区的百姓捐三处粥棚，这里是五千两银子。"

陆离听到此处，眼睛一亮，接过银票，好好看了看上面的印记，这才小心收起，道："哦，林大人果然有一颗慈悲之心。"

陈凡荧哂笑道："这个当然了，林大人可是一个为国为民的好官。"

陆离将二人让入内室，拿出一本账簿和笔墨，递给林进友："林大人请。"

林进友走到桌前，拿起笔在账簿上边写下一行字：直隶六品州同捐功德善款伍仟两整，为冀南百姓设三处粥棚。

写完之后，将账簿递给陆离。

陆离看了看账簿，抬头道："林大人做的这份功德不小，将来必会有好造化。"说罢，捧着账簿径自离开了。

林进友有些不甘心，追了陆离几步，道："哎，怎么走了？拿了银子就走了？我什么话还没说呢。"

陆离回头看了看林进友："林大人留步"转身走入了里面的暗室。

林进友走回来，莫名其妙地看着陈凡荧："得，不管咱们了。"

陈凡荧笑道："既然不管，咱们就走吧。"

林进友更是奇怪，道："五千两银子啊！难道连口茶都没有吗？连坐也不让一下？你确定他是直隶省有名的善人，不是强盗吗？"

陈凡荧道："事情都办完了，何必要流连此地。"

林进友满脸不解的表情："事情办完了？这就办完了吗？"

陈凡荧悄悄对林进友道："老弟，咱们明面上是为冀南的百姓募捐，暗地里却是为巡抚大人掏钱。粥棚三个意思就是知县缺份一个。这五千两银子只是掏了一半，然后咱们就可以面见巡抚大人了。等安排好你的缺份之后，再论缺的好坏补上另一笔银子。你这首笔银子出得不少，到时一定是个好缺。"

林进友这才恍然大悟："原来如此！这里还有这么大的门道啊。"他的心中暗暗欢喜。

"候补州同林进友到。"

随着下人一声喊，林进友走进签押房，见了巡抚李柱器拜倒在地，道："卑职见过大人！"

李柱器将林进友扶起，又让了座，才道："老弟几时到省的？"

林进友见李柱器装作不认得自己，也装傻道："卑职去年腊月到的省，到现在已经候缺三月有余了。"

李柱器又问道："老弟贵庚啊？"

"二十八岁。"

"嗯，英雄出少年。"

"不敢！"

"你是两榜啊？还是捐班？"

"卑职是雍正八年的进士。"

"好，好。是正途出身，读书人啊！"李柱器说罢一端茶，下人立刻喊道："送客。"

林进友正要说自己差使的事，见李柱器端茶，颇有些不情愿地站起来。

林进友从李柱器的院子里走出来，也不知李柱器到底是什么意思，心里拿不定主意，兀自如小鹿般乱撞。刚出门，他便急忙叫了轿子，到春归院找到了陈凡荧，将事情说了，又问："这么快就见完了，我还什么也没说呢，巡抚大人什么也没问呢。这是怎么回事？"

陈凡荧劝林进友："你要说什么？巡抚大人又问什么？该说的你都跟我说了，我已经转给巡抚大人了。该问的巡抚大人也都问过了，我也都替你答了。"

林进友仍是放不下心来："那……那也太快了吧，我都没看清巡抚大人长什么样呢。"

"你看清他长什么样干吗？只要有官做就行啦。等你补了缺，再好好禀见巡抚大人，到时候少不了要与巡抚大人套近乎。"

"那你说这事有谱吗？"

"我办事，你还不放心？"

这时，有人在外面说话："请问林进友林大人在吗？"

林进友见是找自己的，问道："是什么人？"

外面人道："我是巡抚衙门里来报喜的。"

陈凡荧看了一眼林进友，笑着说："进来说话。"

那人走了进来，是一个十五六岁的小差役，他看了看两个人，道："哪一位是林大人？"

林进友道："我就是。你报什么喜？"

小差役递上一个抄本，道："林大人挂牌了，是天津府青县署理知县。"

林进友接过抄本，并没有看，而是掏出二两银子，掂了掂，扔给小差役："赏你了。"

小差役接了银子，笑着道："谢大人赏，小人祝大人步步高升。"说罢走了出去。

林进友虽是挂了牌署了缺，却不大欢喜，他转过身将抄本往桌子上一放，道："怎么是个七品知县？我可是从六品的州同。而且还是个署理知县。"

"老弟啊，这你又外行了不是？"陈凡荧站起来，望了望窗外，又收回目光，朝着林进友道，"当官就得当一个主事的官，何必在乎官职大小。你的州同只是个二把手，有知州在你上边压着，你根本展不开手脚，哪里有当知县好啊。我告诉你，青县可是个好地方，不仅有钱粮之事，还有治河事务，这可是个好缺，要是别人我还不给呢。"

林进友听了这话，对着陈凡荧作了个揖，道："既是这样说，这笔买卖还不算亏。多谢陈大人照顾我了。"

"也算是你手笔大，银子出得足够多。一分价钱一分货，老哥我在这上边从来都是要讲'诚信'二字的，怎会让你吃亏？另外还有五千两银子，你明日去寺里找陆离补上。"

"一定，一定。"林进友急忙应承道，随后奇怪道，"这个陆离怎么成日待在寺庙里？"

陈凡荧哈哈大笑两声，道："这你就有所不知了，陆离虽然不是出家人，但他最喜欢住的地方就是寺庙。用他自己的话说就是，平生做了太多亏心事，要找个清净地方为下辈子积些福。再加上明皇寺这个地方比较特殊，便于掩人耳目。所以平时找他办事的人都会去寺里。"

林进友听完陈凡荧的解释，心想陆离这人果然是一个道貌岸然的伪君子，嘴上却说："看来陆离兄果然是一个大善人啊！"

当日晚上，林进友悄悄地去李卫府上，将明皇寺买缺的事告诉了李卫。

林进友说完又道："所有的机关应该都在这座庙里边，那个账簿应该就是买缺者的名单。大人只要出其不意地把庙抄了，把账簿拿到手，便大功告成了。"

李卫沉思了一会儿，道："围庙捉人倒是容易得很，就怕是拿不到真的账簿。就算拿到账簿，上面写的可是灾区募捐，李柱器要是死不承认，那咱们之前做的事岂不是前功尽弃？"

任逢春一直默默听着，此时也道："李大人说得对。不过，只要还有买缺的人，那个叫陆离的人就还要往账簿上记名字。不如我们先派人监视明皇寺几日，记下几个去赈灾的人名，到时候将记下的人名和账簿上的人名核对，便可知道真伪。"

李卫听了点头同意："逢春先生的这个主意好。林进友，你先去上任，不要让他们疑心到你，以后还有用得着你的地方。"

李卫派人到明皇寺前监视，果然大有收获，不到一个月便抄下八个人的名字。探清了李柱器卖官的门路，手里又有了名单，李卫便开始行动了。

第十七章　查抄明皇寺

四月廿八，夜。春雨淅淅沥沥地下着，空气中弥漫着浓浓的潮气，巡抚衙门的灯笼在这样的天气中散发着晕黄的光，仿佛也被这雨水浸染了。此时，一个人影匆匆地跑入巡抚衙门的后院。

李不柱上气不接下气地跑到正房门前，"咚咚"地使劲儿敲着门，大声道："大……大哥，不好了。"

李柱器被惊醒，他从床上走下来。李夫人的失眠症还未彻底好，仍是刚刚睡着，却又被敲门声惊醒，她恨恨地骂道："你那个三弟这些天是吃了什么药？一到晚上就跑来叫门，这都几回了？还有完没完了。"

李柱器一边穿衣服一边道："你睡你的吧，说不定有要事。"

李夫人道："我不管什么要不要的。你再这么着，以后到别屋睡去。"

李柱器穿好衣服，走到外厅打开门，见李不柱穿着一身湿透的衣服走了进来，衣服上还在往下滴着水。

李柱器见了，道："你又有什么事啊？有事你白天想清楚都说完了好不好。总是半夜敲门，还让不让人睡了！"

李不柱急切地说："大哥，这一回是陈凡荧的家让人给抄了。陈凡荧一伙人又被城防营和巡捕营的人捉了去。"

李柱器听了冷笑一声，道："又是聚众赌博啊？活该！我早说过，这事不要干了，你总是不听！你们这不是给我找事吗？"

李不柱恨恨地道："好像是有人故意弄我们，不然不会老出事。"

李柱器没有听李不柱说话，只是自顾自地说道："我跟你说过多少次了，按大清律例，凡是设赌场聚赌抽头者，不分官民，一律是杖一百、徒三年。再加上这事情一旦被人捉住就是人赃俱获，翻不过来的铁案，哪里有卖缺弄银子来得保险？做人不要贪，做事要有度，这是我一向的原则。"

"大哥放心，只要我们咬住了是大家在一起随便玩玩，没有人设局抽头，那就没什么大事，最多不过是打一百板子。再说，您不是也从中得了不少好处吗？"

李柱器摆摆手："好了，好了，我写个手谕，你交给知府，叫他去领人。"

李不柱打了两个大喷嚏，掏出湿淋淋的手帕擦了擦鼻子，道："大哥，您的提督五营怎么还在城外驻防啊？不能调回来两个营，帮忙镇镇场子？总这么下去，也不是个办法。"

"行，行，行，调他们回来。只要你以后不再半夜来找我，让我睡个好觉就行。"李柱器挥了挥手，走进了内室。

李柱器要是知道自己这是中了李卫的调虎离山之计，李卫马上就要下手对付他，他今夜的这个觉可是无论如何也睡不着了。

李柱器刚刚把中军营和右军营调回城内，李卫便往城外调兵，部署兵力想要悄悄地抄了李柱器卖缺的老巢。

一连下了几日的春雨终于停了，一轮明月升起来，保定城外的夜色分外柔媚，草木都笼罩在柔和的月光之下。此时，一队官兵披星戴月，急匆匆地向南赶去。

这队官兵一直到了明皇寺，霎时间，便将明皇寺团团围住，又将火把点起，将庙外照得如白昼一般。几个当兵的利索地翻过庙墙，将庙门打开了，官兵们立时如潮水般涌了进去。

庙里顿时到处是人喊马嘶之声。

领兵的首领高声喊道:"里面的人都出来,不许拿东西。"

剩下的官兵也都大声喊道:"出来,里面的东西一件都不许动!"

方丈的卧室之内,明皇寺的方丈慧明大师匆匆忙忙地穿着衣服,对旁边守夜的小沙弥道:"你快去看看,外边是怎么回事。"

这时,一个和尚冲了进来:"方丈,有官兵。"

方丈听了反而略放了一下心:"几个官兵怕什么?"

"不是几个,是成百上千个,正在前面抄家,眼看着就要奔后头来了。"

慧明大师听了一怔:"他们来这里干什么?"

"不知道,好像是在找什么东西。"

慧明大师此时已经穿戴整齐,领着和尚走出房门。

这时,一众官兵已经冲了进来……

与此同时,睡在春归院的陈凡荧也被一阵敲门声惊醒,有人在外边喊道:"陈爷,有官兵进来了。"

陈凡荧忽地一下坐起来:"什么?哪来的官兵?"

门外的亲信道:"是城防营的人。"

陈凡荧心一抖,立刻喊道:"你们在外边给我顶住。"

睡在陈凡荧身边的女子也被吵醒,坐起来问道:"好好的,官兵捉你做什么?"

陈凡荧一边匆匆地穿衣服一边道:"你问我,我问谁?反正没好事。我估摸着,是要出大事了!"

这时任逢春已经带着官兵冲到了楼下,而陈凡荧的人将整个楼梯口堵住。

一名官兵走上前,道:"怎么?你们要造反哪?和官兵也敢动家伙?"

陈凡荧那边领头的人掏出一纸公文:"这是巡抚大人前天刚下的谕帖,任何人不得随便带走陈大人。"

官兵一听,有些犹豫。这时任逢春走上前来,道:"让我看看。"

陈凡荧手下的人有些傲慢地将公文递给任逢春。

任逢春接过来，后退几步，几下子就将谕帖撕了："好了，现在可以捉人了。"

陈凡荧手下的人大吃一惊，道："你……你还有没有王法了？"

任逢春怒形于色，大声喝道："'王法'二字是给你们这些贪官污吏讲的吗？都给我捉起来。"

官兵顿时冲了上去，一群人开始兵刃相见。

陈凡荧趁着这个间隙，从楼后跳墙而出，一路狂奔，直向巡抚衙门而去。

急促的敲门声将李柱器夫妇惊醒。

李夫人在床上咆哮起来："你兄弟怎么又半夜来了？他还有完没完啦！"

李柱器一向是怕夫人的，他急忙爬起来，道："我出去看看，我看看。"说着走下床来。

李夫人在幔帐中大骂："你滚吧，给我滚得远远的，不要再睡在我这间屋了。"说罢，将李柱器的枕头扔了出去。

枕头正好打在李柱器的头上，他"哎哟"一声，不敢大声，径直向门口走去，嘴里道："三弟啊，你不是说你再也不会半夜'鬼叫门'了吗？今天晚上怎么又来了？我看你是成心的是不是？"等他打开门，发现却不是李不柱，而是陈凡荧站在门外，而且他只穿着亵衣。

李柱器疑惑道："你……你怎么了？又让城防营的人捉赌了？"

陈凡荧苦着脸道："抚台大人，您看我这身打扮，像是捉赌的时候逃出来的吗？"

"那又是怎么了？"

"李卫的师爷带着兵来春归院捉人，点了名要捉我。我看，这回好像事情不小，是专门冲您来的。"

李柱器一下子就明白了："完了，完了，他既然敢这么明着来捉你，估计明皇寺也让李卫给抄了。"

这回李柱器猜得不错，此时李卫正在明皇寺方丈慧明大师的禅房里，翻看着刚查抄出来的账簿，和自己手中的名单对照着。

李卫看罢，抬起头道："这是假的！"

方丈慧明大师看着李卫的模样，也不知他这话是什么意思。

李卫走过去，揪住慧明大师的脖领子："你说，真的账簿呢？陆离人呢？"

慧明大师听李卫来找陆离："陆施主今日并没有来本寺，不知李大人找他有何事，居然动用如此阵仗。明皇寺乃佛门重地，李大人如此动用兵力，实在是不妥。"

李卫听慧明大师如念经般的语气，顿时有些气急："行了，别说那些没用的，我问你，陆离是否在你寺里放有一个账簿啊？"

慧明大师双手合十，淡定道："李大人，老衲乃是出家人，陆施主是本寺的客人，一向慈悲为怀。"

李卫一听这话，伸手从官兵手中抄起一把刀，向方丈走去："你说不说，不说不要怪我不客气！"

慧明大师吓了一跳，随即又镇静下来："好吧，我告诉你。"

李卫把刀放下，笑道："果然是敬酒不吃吃罚酒。"

慧明大师并不理李卫，他从柜中取出一个锦盒，把锦盒打开，拿出一封铁券，对李卫道："李大人，此庙是明朝的皇家祠庙，这是顺治爷发的铁券丹书。凡是此庙中在册的和尚，只要不撤销度牒，不得用刑，只能由刑部审理。凡擅用刑者，从重论处。李大人，您是打算把我交到刑部审案？"

李卫一呆，围着慧明大师转了一圈，才道："厉害，厉害。不过我李卫走过南闯过北，你以为凭你这几句话就能吓到我，想得美！"说罢，他对旁边的官兵说："先把这些人带到保险的地方关起来。"他又指了指慧明大师，"这个人要单独关起来，不要给饭吃。饿他几天，看他说不说。"

李卫走到慧明大师面前："慧明大师，这个不算是用刑吧？什么时候你告诉我陆离的去处或者把他藏在你这里的账簿交给我，我就什么时候给你饭吃。带走！"

李卫话音刚落，就上来两个官兵将慧明大师架走了。慧明大师一边向前走，一边道："阿弥陀佛，善哉善哉。"

李卫收兵回城的时候，正碰上李柱器带着人出城。两队人马在城门口相遇，二人碰了一个脸对脸。

　　李柱器见了李卫，立刻着急地问道："人呢？"

　　李卫装傻道："什么人？"

　　李柱器急道："明皇寺的和尚你没带回来？"

　　"哦。"李卫装作刚明白的样子，"原来李大人是问那些和尚啊。"

　　"是啊，是啊，你给藏哪儿了？"

　　李卫盯着李柱器的眼睛，嘴里蹦出两个字："跑了。"

　　李柱器没想到李卫会这么说，大叫道："什么？跑了？"

　　李卫摆出一副遗憾的样子："是啊，我听说此庙窝有贼赃，就带人去了。结果扑了个空，那些和尚早就得了信儿跑了，跑得干干净净，连个人影都没见着。"

　　李柱器自然知道李卫这话是在骗他，顿时气得七窍生烟："李卫啊李卫，你别跟我来这套。你给我把人交出来，那可是明朝的皇家祠庙，有顺治爷发的铁券丹书，只有刑部才能审理。"

　　"唉，说了实话你也不信，那你自己找去吧。反正我是累了，我的弟兄们也累了。一晚上没睡，我们要回家睡觉去了。"

　　李卫策马要走，李柱器立马跟过来，又换了一副脸孔，和颜悦色道："李总督，李老哥。"

　　李卫并不扭头，用后脑勺对着李柱器，道："李大人还有什么事？"

　　"兄弟以前多有对不住你的地方，还请你见谅。"

　　李卫呵呵一笑："算了，算了，君子不记小人仇，以前的事就算了。"

　　李柱器听李卫骂他小人，脸色变了一变，又回过脸继续好言道："你又是何苦与我为难呢？咱们可都是清官啊。"

　　李卫挖苦道："兄弟我早就知道你是清官，你是个大清官。你吃的是粗茶淡饭，穿的是破衣烂衫，家里像破窑似的。可你要问我和尚在哪儿？兄弟只能送你三个字——不知道。"说罢，李卫一夹马肚，奔进城里了。

李柱器恨恨地看着李卫的背影，道："好你个李卫，算你狠！"

这边李柱器拿李卫算是没办法了，但那边李卫拿明皇寺的一众和尚也是没办法。

李卫的心腹经历司经历陈飞恬告诉李卫："总督大人，那边传过话来，说饿了那慧明大师好几天了，他还是什么也不说。"

李卫想了一会儿，道："他不会是自己偷偷带了东西吃吧？"

陈飞恬道："已经搜过身了，他什么也没带。但那和尚一打坐就是一天，动也不动。卑职听说，这些和尚打坐的功夫很厉害，最厉害的一年不吃东西也行。"

"难道这一招治不了他了？"

任逢春道："可别把他饿死了啊，那样咱们可担待不起。再说了，咱们现在也没有证据证明明皇寺的和尚和李柱器买卖官缺的事有关。万一这些和尚是清白的，我们这样做岂不是冤枉了人。"

陈飞恬也在一旁道："是啊，总督大人，我看慧明大师的模样真不像是一个坏人，他好像就是认死理罢了。"

李卫捋了捋胡须，道："就是认死理的人才可怕，讲着一些似是而非的大道理，油盐不进的，就算他原本是个好人，但他放任坏人使坏，就已经不能算是个好人了。行了，让我再想想，还有什么好法子。"

任逢春叹了口气，道："要不然我去和他好好聊一聊，既然陈大人说慧明大师看起来像个好人，说不定我可以说服他，配合我们行事，岂不是更好。"

李卫听了，道："那你就去试试吧，反正我是被他那些之乎者也的大道理弄烦了，你去和他对着讲大道理，看看谁能讲过谁吧。"

第十八章　两虎相斗

这是一处偏僻的院落，青砖铺地，藤萝攀房，绿苔染墙。一阵风吹过，树上摇摇晃晃地掉下几片叶子，更显得这里十分凄凉。几个便衣带刀的人在院外巡逻。

李卫带着任逢春推门走了进来，看着慧明大师依旧盘腿坐在地上，听见门响甚至连眼睛都没有睁开。

李卫找了个离慧明大师最远的椅子坐下，然后示意任逢春可以开始了。

任逢春走到慧明大师面前，也盘腿坐下，道："慧明大师，这几日静心打坐，可有领悟到什么高深的禅理？"

慧明大师道："出家人打坐只求静心。至于禅理，随缘就好。"

任逢春点点头，道："大师是得道高人，和大师一比，在下果然是个俗人。不过，大师也有几日没吃东西了，想必也饿了，我准备了些斋饭，还望大师不要责怪这几日的怠慢。"

说着任逢春向旁边的官兵打了个手势。官兵赶紧将准备的饭菜端了进来，摆在慧明大师面前。

慧明大师并不像李卫预想的那样高兴，而是淡淡地说："施主既然说自己是个俗人，想必准备的斋饭也未必合老衲的口，还是别枉费一番心思了。”

任逢春笑着说：“大师还未睁开眼睛，如何知道不合您的口味？”

慧明大师叹了口气，慢慢地睁开眼睛。摆在他面前的是一碗白粥、一份清炒时蔬和一根煮好的玉米。

慧明大师看了一会儿，转过头来看着任逢春，说道：“没想到施主也是懂理之人，刚才是老衲失礼了。”

任逢春摇摇头：“大师，在下姓任，看来我准备的饭菜应该是合大师的口味的，还请大师用餐吧。”

慧明大师也没有客气，说了一句“阿弥陀佛”便吃了起来。

任逢春也不着急，拿起一旁的书读了起来。

过了约莫一盏茶的工夫，慧明大师住了筷，任逢春让官兵把碗筷收拾下去，二人再次面对面坐着。

这一回是慧明大师先开了口：“任施主，我看你也是明事理之人，想必明白老衲的难处，还请帮忙劝一劝总督大人，让他不要再为难我们这些出家之人。”

李卫坐在一旁听着这话，顿时不乐意了，心想这和尚的意思岂不是说我是不讲理之人。但碍于眼下的情况，他也不好争辩，只好使劲儿瞥了慧明大师一眼。

任逢春自然听出了慧明大师的言外之意，他微微一笑，道：“总督大人虽然做事粗鲁了一点，但他不是不明事理之人。”

慧明大师摇摇头，说道：“不分青红皂白就抓了明皇寺一众人，还对我们进行私自关押，这还不算不明事理吗？”

“大师，总督大人这么做也是有原因的。这段时间，总督大人为了查清楚官吏买卖官缺的真相，四处奔走，还拿出自己多年攒下的一万多两的养老钱。为了在赌场上取得那些贪官的信任，我们总督大人的养老钱可全都不见了。大师，您来评评理，总督大人这么做于他而言可有半点好处？”

慧明大师低头不语。

任逢春继续说："大师，我相信您是个心地纯善之人，在您看来陆离是个善人，所以您不愿意说出他的行踪。但总督大人此举也不是无中生有、冤枉好人。任某说句冒犯您的话，像您这样包庇坏人，是让更多的人深陷苦海，还不伸手援助。"

慧明大师反驳道："陆施主确实是个善人，他每年都会往各大灾区捐钱，怎么可能是个买卖官缺之人呢？"

任逢春冷笑一声，道："大师，'道貌岸然'这个词你总该知道吧。退一步讲，就算陆离是个好人，你把他的消息告诉总督大人，就凭我刚才和你讲的总督大人的为人，你认为总督大人会冤枉他吗？"任逢春看慧明大师还要申辩，便打断他的话接着道，"如果大师心里真的对陆离这么有信心，何不把陆离的消息告诉总督大人，也好在总督大人面前洗清陆离的冤情。"

看得出来，任逢春的这些话说动了慧明大师，慧明大师开始沉思起来。

任逢春看着慧明大师的样子，也不催他，静静地坐在一边。

过了一会儿，慧明大师长叹了口气，说道："也罢，我就告诉你们吧。"

李卫听到慧明大师这话，走上前来，站在慧明大师的对面，问道："大师，你赶快告诉我，陆离和账簿在什么地方？"

"陆离在……"

哪知道慧明大师方说了一半，却"嗷"的发出一声惨叫，把李卫吓了一跳，差点儿没蹦起来。再看慧明大师，只见他的胸口扎了一支飞镖。

任逢春大喊起来："有刺客！捉刺客！"

李卫奔出房门，只见官兵纷纷向东追去。他又回身去看慧明大师，那镖正扎在他的心口上，已经是没救了。

"这帮家伙居然敢在光天化日之下杀人灭口！"李卫咬着牙发狠道。

"前功尽弃，前功尽弃。"任逢春叹道。

李卫草草收兵，回到府里，立刻把任逢春叫来商量。

任逢春也因今天发生的事有些烦心，他没想到自己居然功败垂成。

李卫颇有些泄气地说："怎么办？所有的证据都没了，李柱器现在也有所察觉了，我是打不着狐狸，反惹着一身骚。还有那些和尚，还不知道该怎么安置呢。"

任逢春突然问道："谁说账簿没找到？"

李卫一听这话，顿时惊得瞪大眼睛："难道你找着了？"

任逢春微微一笑，打开抽屉，拿出一本册子："你看看。"

李卫急忙拿起，看了看却又失望地放下："这不是咱们前几日记下的去明皇寺上香捐钱的香客名单吗？"

"这些人都是买缺的人，是吧？"

"是啊，那还用说。"

"我这里有一计了，是三十六计上头的。"

"哪一计？"

"三十六计之第七计，无中生有！"

李卫听了，眼珠转了转，一拍脑门，笑道："先生高明，我明白了！"

第二天，一张告示便贴在了总督府门口，李卫站在门前亲自敲着锣喊着："本官已经将窝藏贼赃的明皇寺给查抄了，金银财宝没查出来，倒是查出一起买缺行贿的大案子，还得到一本账簿。账簿上没写别的，写的就是行贿买缺官吏的名单。我李卫宅心仁厚，是个菩萨心肠，不忍心一股脑地都把你们捉到大狱里去受罪，所以给你们一个改过自新的机会。从今个儿起，但凡在明皇寺里行过贿买过缺的官吏，趁早给我出来自首。只要具结悔过，我就不会再追究你们。我李卫说话算话，如果你们瞒着不说，别怪我不客气。"

李卫这一招确实管用，总督是直隶省最大的官，李卫又亲自出来说，顿时引来一大批官吏围看。只一天的工夫，便传遍了整个保定城，人人都知道李卫拿到了买卖官缺的证据，一时间人人自危，人心惶惶。

李柱器知道这个消息的时候，正和李不柱、陈凡荻在后院密室里聊天。

陈凡荧听了下人的话，笑道："李卫在总督府门口又是敲锣又是喊，说他找着那个账簿了，跟耍猴似的，谁信？"

李柱器因除掉了明皇寺的慧明方丈，总算没让李卫抓着把柄，此时心情放松，大笑道："他这是秋后的蚂蚱，蹦跶不了几天了。"顿了一下，又问道，"对了，陆离那边怎么样了？"

陈凡荧看着李柱器说："大人放心，保证谁也找不到他。"

说完，陈凡荧和李柱器默契地笑了笑。

李不柱手中转着茶杯，面色凝重："就怕有人真信，着了他的道，跑到他那里自首就不妙了。"

李柱器听了也是一个愣怔："三弟说得有理，那你说怎么办？"

李不柱想了一会儿，道："方才小弟也想过此事了，倒是有个主意。他既然能贴布告到处胡说账簿在他手里，那咱们也能贴一个布告，说账簿在咱们的手里。"

陈凡荧一乐："假戏真唱，和李卫唱一出对台戏！"

李不柱抿了一口热茶，又放下，笑道："既然都是假戏真唱，那就看谁唱得真了！"

三人商量完毕，李不柱亲自写了一张告示，着人贴在巡抚衙门口。李柱器亲自敲着锣喊道："本官亲自带人，查抄明皇寺，得账簿一本，上有行贿之人名单。但念及各官事出有因，尚有悔改之意，并不追究，已将账簿封存。今后若再有行贿之事，绝不轻饶。"

这一来，又把那群看热闹的官吏引到巡抚衙门口来，纷纷将告示围住。

这下可热闹了，总督府本来与巡抚衙门就相隔着不远，念告示之声隐隐可以相闻，敲锣之声更是此起彼伏。一群蟒袍补服戴大帽子的官吏蜂拥而至，奔走观看。保定城里算是头一回出现这样的奇观，引得一帮老百姓也赶来看热闹。又有一帮做小买卖的游贩赶来做生意，两个衙门门前一时间人头攒动、摩肩接踵、人声喧闹，比过年还要热闹。

一直闹到晚上起了更，两边人才暂时回衙歇息。李卫回到房中端起凉茶"咕咚咕咚"喝了几口，才哑着嗓子道："喊了一天，嗓子都哑了。今个儿真热闹，抚台和总督比谁的嗓门大。"

"明天让顾祥接着喊，他那口陕西口音，准比李柱器有彩头。"任逢春笑着说道。

李卫坐下来，稳了稳心思，有些担心道："李柱器不好弄啊，刚灭了证人的口，又和咱们唱上了对台戏。"

"先让他好好唱着，有他唱不下去的时候。"任逢春见李卫用征询的目光看他，笑道，"咱们手里的册子，到了该派上用场的时候了。"

第十九章　叶藏于林

自从李卫抄了明皇寺，任逢春又带人大闹了春归院，小婕便大病了一场，一连几日都下不得床，吃过几回药，才稍好了一些。虽是好了一些，却仍是懒懒的不想见人。

这一日，偏偏来了一个不信邪的四品官吏，把一百两银子往小婕房里的姨娘身上一丢，非要见小婕不可。

姨娘赔笑道："这位大人，您可赶得不巧，我们家头牌姑娘这几日身子不爽，不能接客。"

四品官吏名叫王瑞德，在京城里头也是有些根底的，也在明皇寺里上过香，得了一个实缺差使。此时他正在兴头上，又带着几个朋友，不肯失了面子，哪里肯听姨娘的话，把鼻子一哼，道："春归院是敞开门做生意的，哪里有不接客的道理？我又不是出不起钱。"

姨娘和小婕的关系向来处得要好，听了这话姨娘不由得脸色有些难堪，说道："这位爷，春归院里的人也是人，也有生病的时候，您就不要再为难我们了。"

王瑞德耍横道："病了？病了我就瞧瞧病西施是什么样？走，上！"

一行人推开姨娘就往楼上闯，慌得姨娘急忙叫人。顿时，妓院里的老鸨、叉杆、"大茶壶"、小姨娘、账房、伙计等一股脑儿都奔出来。

楼下的气氛顿时紧张起来，这时听楼上有一女子道："这位客官，小女子是真的不舒服，今天不能给您唱曲，还请您见谅。"

王瑞德抬头，见是小婕站在楼梯前，冷笑道："你不就是靠陈凡茨给你撑腰吗？我告诉你，现在李卫正在到处追捕陈凡茨，没人能罩着你了。你听话就乖乖地下来陪我喝两杯，不听话有你好看的！"

"好一个有你好看的！"这时，有人在王瑞德身后喝了一声。

众人回头，见一名身穿便服的人带着十几名官兵走了进来，春归院的人都认得他，此人正是前几日带人夜捉陈凡茨的任逢春。

春归院的人见任逢春又来了，不知这个人又来这里做什么。正在担心的时候，却见任逢春径直走到王瑞德面前，冷冷道："你是王瑞德吗？"

王瑞德一梗脖子，道："正是，怎么？哪儿来的程咬金，要给小婕出头吗？"

任逢春不再理王瑞德，指着他，冲身后的人说道："把这个人给我拿下。"

几名官兵上来就把王瑞德按倒。王瑞德带来的人还想救他，但他们哪里能争得过这些官兵，几下子便被撂倒了。

王瑞德对任逢春大声吼道："你们是哪个衙门的人？我犯了什么法？"

"行贿长官，钻营买缺！"任逢春一字一顿地说，然后又对官兵说道："带走！给我关到大牢里去。"

李卫按照在明皇寺外暗中抄下的名单，一天捉一个官吏。捉到了就押在总督府门口布告旁边，好让余下的人相信账簿在他手中。

顾祥站在一边，敲着锣用陕西口音可劲儿地喊："我家老爷已经把窝藏贼赃的明皇寺给查抄了，金银财宝没查出来，倒是查出一个买缺行贿的大案子，还有一本账簿，上面记录着所有买缺人的名字。我家老爷宅心仁厚，决定给你们一条生路。凡是行过贿买过缺的，只要自首悔过，我家老爷答应当场放人，决不再追究，若你们还是执迷不悟，我家老爷就一天捉一个，捉住了就押在衙门口，让你们尝尝游行示众的滋味，看你们以后还敢不敢再犯！"

一连三天，李卫连续抓了三个买官的官吏。这一回众官吏慌了手脚，渐渐就有人偷偷到李卫那里自首。李卫果然是言而有信，只要是自首的官吏皆不再追究。这么一来，前来自首的人便多了起来，一封封供状交上来，虽然没有直指李柱器，但陈凡茨、梁必胜以及陆离在明皇寺做的不法之事逐渐露了出来。

李柱器早就得了消息，也以为李卫真的拿到了明皇寺的账簿，气得把陈凡茨叫来，大骂了他一顿。然后，立刻坐了八抬大轿去了总督府。

李卫早就料到李柱器会坐不住，于是提前告诉门政，李柱器来了不要阻止，由着他冲进来。

李柱器直走到二进院的大堂上，却见李卫在堂上摆个桌，一个书吏执笔，李卫喝着茶在一旁坐着，两名官吏在交具结。其中一名五品官吏道："总督大人，您大人不记小人过，就饶了我这次吧。"

李卫面色祥和道："你放心，我是个菩萨心肠，你既然悔过具结，我就不会为难你。"

另一个官吏凑上前来："李总督，您可得说话算数啊，我不能押在外边让百姓围观，丢人啊。"

李卫拍了拍官吏的肩，道："好了，好了。我李卫说话算数，决不食言。"

李柱器见了这情景，气不打一处来，紧走几步过去，道："李卫，你欺人太甚。"

两个官吏见了李柱器，立时尴尬不已，一齐向李柱器施礼。李柱器并不理他们，只对李卫道："你把账簿给我交出来。"

李卫这时已经站了起来，脸上仍带着笑："李大人，您不是贴了告示说，账簿在您手中吗？怎么还问我要？"

李柱器认定了账簿在李卫手里，指着他道："这事情你心里清楚，我肚里明白，谁也别糊弄谁！"

李卫呵呵一笑，道："李大人此话还真让我糊涂了，我明白什么啊？您又清楚什么？您得给我说明白了，讲清楚了，我才能明白，才能清楚啊。"

"李卫啊李卫，你别跟我东拉西扯的。我就问你一句话，你是真想要我好看？"

"答对了，我就是想要你好看。"

"你交不交账簿吧？"

"不交，不交，不交，不交！"

"真的没有条件可讲？"

"条件吗，其实很简单，你过来……"李卫对李柱器勾勾手。

李柱器求账簿心切，真的就附耳过去。

李卫对着李柱器的耳朵轻声道："其实就三个字——没得谈。"

李柱器知道自己这是被李卫给耍了，恨不得立刻踹李卫一脚。他恨恨地看着李卫，道："好，你有种！你等着，那咱们就拼个鱼死网破。"说罢，他扭头就走。

李卫高叫一声"不送"，看着李柱器走远了，才笑道："鱼是一定要死的，网却不能破。"

当日夜里，三更两点的时候，更声刚刚响过，总督府门外的胡同里寂静异常。

新月之下，两个穿黑色夜行服的蒙面人从胡同口窜了进来。

两个人走到墙下，向上看了看。各向墙头扔上一条爬墙索，二人身手利索地沿索而上。两个人在墙头上收起绳索，又麻利地从墙头上跳下，轻轻落在地上。

高个子的黑衣人扭头轻声道："在哪儿？"

矮个子的黑衣人道："我已经踩好点儿了，就在前边那个院子里，东厢房内。"

二人猫着腰向前飞奔而去，到了院门前，轻轻一推门，那门紧锁。高个子黑衣人看了看院墙，并不是很高，于是后退了十几步，又"噔噔噔"向前一冲，翻墙而过。矮个子黑衣人亦用此法跳过院墙。

两个人进了院中，摸到东厢房，东厢房门也被紧紧锁着。高个子黑衣人掏出一根细铁丝，在锁眼中捅了一会儿，只听"咔"的声音，锁头立时跳起。高个子黑衣人将锁取下，轻轻一推，门就开了。两个人推门进去。一会儿，听见高个子黑衣人在里边突然喊道："好你个李卫，这个猴精！"

两个人借着月光，可以看到满屋子都是书架子，而每个书架上都堆满了账簿。这么多账簿，恐怕就是住在这里找上三天三夜也未必找得到。高个子黑衣人对矮个子黑衣人道："这里有几百本账簿，到底哪个是真的？你就是这么踩点儿的，真给咱们当贼的丢人！"

矮个子黑衣人也没想到竟是这个结果，都快要哭出来了："大哥，我打听得清清楚楚，账簿就在这个屋子里。但谁知道李卫会弄出这么多账簿来混淆视听啊。"

"那怎么办？贼不走空，咱们不能白来一趟。"

矮个子黑衣人想了想，道："我去多叫几个兄弟来。"

"快点儿。"

矮个子黑衣人答应一声，奔出房门。

四更三点的时候，月色正明，夜空中飘着数朵薄云，被月光照得如白纱一般。

总督府门外的胡同里，突然出现十多名从外表上看起来一模一样的黑衣蒙面人，矮个子黑衣人在前头引着路。

这些人从胡同口悄悄跑进来，走到墙下，纷纷向墙头扔上爬墙索，然后一齐攀了上去。接着，在墙头上收索，跳下，直奔后院的东厢房而去。

高个子黑衣人早等在门口了，等这些人进了屋，他着急地催道："快装，快装，把架子上的账簿都给我装上。"

这群黑衣人各自从腰上解下一条麻袋，分头散开，开始从书架上取账簿往麻袋里装。

与此同时，在巡抚衙门的密室之中，李柱器、李不柱和陈凡荧都在焦急地等待着。

李不柱望着窗外的天色，道："怎么还不回来？已经两个时辰了。"

在房间里踱来踱去的李柱器，突然停了步子扭头对陈凡荧道："这些人保险吗？能不能偷回账簿？"

陈凡荧虽是心里急得发躁，却不得不装出镇定的样子，道："大人请放心，这些人都是江湖上的老手了，绝不会失手。"

李不柱走到桌前，喝了一口茶，仍是不放心，道："天就快亮了，不会出事吧。"

陈凡荧张了张嘴，却不知说什么好。这时外边传来一声鸡叫，三个人转过头隔窗望天，只见天上的星星已经稀了，暗蓝色的天空发着清亮的光。李不柱和李柱器不由得互相看看，又一齐看陈凡荧。陈凡荧刚要说些什么，只听门外有人说话："大人，我们把账簿拿回来了。"

三人顿时大喜，陈凡荧一个箭步奔过去把门打开。出乎他意料的是，不是两个黑衣人，而是一群黑衣人直冲了进来，一人手里拎着一个麻袋，扔在地下。

李柱器见了，不解道："你们拿回来的是什么东西？"

高个子黑衣人道："所有的账簿。"

李不柱也糊涂了："所有的？什么意思？"

高个子黑衣人一挥手，每个黑衣人都把麻袋拿起来，口朝下打开，一本本的账簿便倒在脚下。

"废物！废物！"李柱器气急败坏的声音在蒙蒙发亮的天空中回荡。

同在这一天晚上，总督府密室的灯火也是彻夜未熄。

"证据有了。"李卫将这段时间前来自首的官吏的具结名单递到任逢春手上。

任逢春将名单略看了看，道："该行动了。"

李卫虽是一脸倦容，声音里却充满了兴奋："好，这回一定要李柱器好看！不过，这篇弹劾李柱器的折子还要先生帮我写。"

任逢春笑着点点头，将纸铺开，执笔在手。李卫将已经研好的墨递了过去。

任逢春拿笔蘸墨，在铺开的纸上写下一行字。

臣李卫向北叩奏：

直隶省巡抚李柱器卖缺受贿，霸道招摇，外显清廉，内实贪婪，置吏治民生于不顾，日唯以饱个人私囊为事……

第二十章　窝里斗

巡抚衙门这边，李柱器已经急得如热锅上的蚂蚁，团团打转："这可怎么办？这可怎么办？李卫此时一定拿着众官的具结和账簿，在写弹劾我的折子呢！"

李不柱想了想，道："大哥不要太担心。地再大，大不过天去！"

李柱器皱着眉头："又要花银子？"

陈凡荧的脸色十分难看："不出点儿血，一定是摆不平了。"

李柱器看看李不柱，问道："你说，这回得出多少？"

李不柱道："我亲自进京，最少带十五万两银子。"

李柱器使劲儿地摇头："这是我一年的进项啊，我……我舍不得！"

"钱现在不重要，以后咱们还可以挣。现在关键是保住您的巡抚职位。"陈凡荧在一旁劝道。

"怎么保？"李柱器一回头盯着陈凡荧，"你不知从哪儿找来的人，还号称什么'无影飞贼'，搞了一夜，账簿还在李卫手里。现在除了账簿，还有十几个人都具结承认行贿之事。人证物证俱在，这一回我是真栽了。"李柱器又看向李不柱："我当初说什么来着，不要和李卫在一处做官，哪怕我换个省。你非给我出这么一个馊主意，还让我'明修栈道，暗度陈仓。'这下可好了，栈道没修成，我倒是沉仓了。"

李不柱听李柱器四处埋怨，肚里也起了气，但想到眼下的情况，强忍了忍，道："目前风急浪紧，我们只有同舟共济才有可能顺利渡过这一关。没用的埋怨话就不要说了，世上哪有卖后悔药的。此次进京别的事都不重要，关键是要请皇上下旨，把你提到京城去审。"

"我花银子请人劝皇上把我提到京城去审？"李柱器听了这话，更急了，"我这不是'老寿星上吊——活得不耐烦'了吗？你这是什么馊主意？"

"这么大个事，总得有个交代。"李不柱一边思索着一边道。

李柱器急了："那总不能把我交代进去啊？"

李不柱抬起头："我的意思是，怎么着您也得过一回堂吧。"

李柱器的脸在灯光下毫无血色，他大吼着："横竖是过堂，我还掏银子干吗？不如先选块好坟地，死了还有块好地埋。真的是树倒猢狲散，各人顾各人。你我还是亲兄弟，你就这么给我出主意？你还有没有良心，亏我每笔买卖还是跟你四六开的。你出去打听打听，哪里有这么分账的？"

李不柱终于忍不住了，瞪大眼睛，对李柱器道："我也没少给你跑腿，没我你能一年挣上十几万两银子吗？就说这一回进京打点，难道不是按着老规矩，你我四六地掏银子打点？你有当官的本事，我有捞钱的本领，咱俩谁也不欠谁的。就是论良心，你也比我白不到哪里去！"

李不柱虽然平时做的是李柱器的师爷，但他毕竟是李柱器的亲弟弟，平时对哥哥还是极为尊敬的。这一回居然出言顶撞李柱器，李柱器不由得心头火起，将手中茶杯"啪"地向地下一摔，道："你竟然敢这样跟我说话，亏你平日里哥长哥短叫得甜。"

李不柱见李柱器摔杯子，亦是气得不得了，也将手中茶杯狠狠一摔，却正好摔在李柱器的脚上，疼得李柱器抱起脚来，"哎哟哎哟"地喊着，又揉了半天才放下。李柱器指着李不柱，道："你敢跟我动手？真是反了！"说罢，他冲上去对着李不柱就是一个大耳光。

李不柱没想到李柱器竟然和自己动起手来，也不示弱，一头撞过去，把李柱器撞了个仰面朝天。

二人在地上扭打在一块儿，嘴里还不停地骂着。

陈凡荧在一旁干着急，一会儿劝劝李柱器，一会儿劝劝李不柱，但他光说却不敢拉架，怕说自己拉偏架。他只在嘴里说道："怎么谈着谈着就打起来了，两位别打了，都是亲兄弟，何必骨肉相残。大难当前，咱们可千万不要窝里斗啊。"

正在乱成一团的时候，门"哐当"一声被推开了。李夫人带着丫鬟婆子一阵儿风似的闯了进来。

李夫人�

叉着腰大声骂道："要打给我滚到外边打去！只要别让我瞧见，打死了我都不管！"

这一声河东狮吼还真管用，李柱器和李不柱一下子就住了手，两个人坐在地上一起盯着李夫人看。

李夫人走过去，一个一个地指着鼻子骂道："你们这些读过孔子文章、做过八股策论的文人，怎么做起事来还和个武夫似的。让这一大家子仆妇家人怎么看你们？真不知道是我哪一辈子造下的孽，碰上你们这些混账。巡抚衙门口我已经给你们扫出打架的场子来了，你们两个就去那儿打吧！不分出个输赢，谁也不许进门。"

李柱器看了看李夫人，突然笑道："我们，我们哪打架了？我们没打啊！三弟，你说是吧。"

李不柱也笑了，笑得让人起腻："是啊，没打。大嫂，我和我哥闹着玩呢。"

两个人互相搂住肩朝着李夫人傻笑了一阵，李夫人无话可说，只狠狠地看了二人一眼，对站在身后的两个婆子道："你俩给我在这里看着他们，他们要是再打，立刻通报给我，看我怎么收拾他们！"

两个婆子答应一声。

李夫人使劲儿瞪了一眼李柱器，然后走了出去。

李柱器看着李夫人走了，脸立刻沉了下来，对着两个婆子道："怎么？

你们还真站在这儿看着我啊？"

两个婆子看看李柱器，忙赔笑道："老爷，我们哪有这个胆子。但夫人的话，我们也不敢不听。您不是……也不敢不听吗？"

李柱器听了也没办法，只好道："要看你们都到门口看着去，我们要谈正事。"

两个婆子答应一声走了出去，将门关住，站到了外边。

李柱器整了整衣服，对李不柱道："还是谈正事吧，刚才说到哪儿了？对了，你说到让我花十五万两银子进京打点，让皇上把我抓起来。"

李不柱听了不由得苦笑一声："大哥，你误会了。我是说此事只有两种结局，一种是皇上派钦差到省查案，一种是提你进京候审。皇上要是派钦差到省里，你知道谁会来？万一是田文镜等人，咱们岂不是干吃亏。而且，省里还有个李卫添乱，事情不好控制。要是提你到京就不一样了，京城里咱们的路子比较多，有几位军机大臣都是和你交好的，又没有李卫在其中掺和，那还不大事化小，小事化了。这一招叫作反客为主，是三十六计中的第三十计。"

李柱器想了一会儿："我明白了，反客为主，这个计策还不错。十五万两的打点银子，老规矩，你四我六，你掏六万，我掏九万。"

李不柱拿了银子，立刻北上进京。晓行夜宿，快马加鞭，仅用二十天就来到了京城。

到了京城，李不柱首先去的就是鄂尔泰的府邸。李柱器早年进京赶考期间，在鄂尔泰家里住过几日，二人也算是老交情了。所以一进府李不柱便开门见山，把这件事情说了。

鄂尔泰听了，道："皇上昨天已经看到李卫的白简了，大发雷霆，当着文武百官的面说李柱器是'人面兽心'，还说要彻查此事。"

李不柱听了心中有些发慌，急忙道："李卫这一状可告得不轻，所以才请鄂中堂多多帮忙。"

鄂尔泰有些犹豫地说："看在以往的情分上，我帮忙说说话倒是可以。但是你得先和我说清楚，李卫所告之事是否是真的？"

鄂尔泰虽然与李柱器交好，但如此大的罪状，李不柱担心鄂尔泰如果知道实情，恐怕不会出手帮忙。于是，他只好撒谎道："鄂中堂，我大哥的为人您还不了解吗？他每天吃糠咽菜的，像是个贪官吗？"

　　鄂尔泰想了一下，皱眉道："那李卫手上怎么会有官员的具结？"

　　李不柱早就想好了说辞，道："那都是李卫臆想出来的，他手里的账簿记录的明明是这些年来直隶的官吏向灾区捐款的数额，可他非要说是我大哥受贿的账簿。还有那些官吏的具结，上面可谁都没有说是向我大哥买的缺啊。"

　　鄂尔泰道："唉，话虽这么说，但现在李卫也算是人证物证都握在手中，这个忙可是不太好帮。"

　　李不柱心下一沉，仍旧不死心，道："鄂中堂，请您看在您与我大哥相交几十年的分上，给我们指一条路吧。"

　　鄂尔泰长出了一口气，道："这个案子难办之处在于这件事已经上达天听，皇上都已经震怒。所以不是我一个人就能说了算的。"

　　李不柱一听这话觉得有门，赶紧问道："鄂中堂的意思是？"

　　鄂尔泰想了想，道："如果你能想办法让李柱器上京候审，估计到时候皇上会让我庭审此案，到时候我会帮你大哥说话的。"

　　李不柱等的就是这句话，心里顿时高兴起来。他站起身来，对着鄂尔泰作个揖，道："草民在这里先替我大哥谢过鄂中堂了。"

　　李不柱在京城活动了半个多月，手头的银子基本都花光了，但事情终究是办成了。一般来说，提到京中候审，要比派钦差查案似乎更严重一些。乾隆听了众臣建议将李柱器提到京城来审，也觉得合乎情理，并不怀疑。

　　不久就有圣旨下来，传达皇上之意。圣旨大概有两个含义：一个是命李卫暂代直隶巡抚之职，一个是命李柱器交吏部审议。

　　虽然乾隆的圣旨上将李柱器的罪行说得很严重，但李柱器心里十分明白，只要他离了保定到了京城，这件案子必将大事化小，小事化了。

第二十一章　李柱器进京

李柱器到了京城的时候，已经是八月初了。京城的天气已经是凉了下来，大街上已经有了染黄的落叶，秋高气爽，正是好天气。

因李柱器是交吏部议处，并不算犯人，所以在驿馆歇下。先去吏部报到记档，又与主审官见了面。

主审李柱器的正是鄂尔泰，李柱器之前便已经收到消息了，再加上李不柱这段时间的打点，所以李柱器心里十分镇定。他与鄂尔泰聊了几句，二人还说起了当年的趣事，完全没有主审官和罪犯的紧张感。

果然，到了吏部堂审那日，大堂上虽是与以往一样，衙役分班而站，书吏执笔在手，主审官高高在上，却似乎弥漫着平和之气，一点儿肃杀的气氛都感觉不出来。李柱器来到大堂上，亦是神清气爽，根本就看不出来是一名待罪之官。

鄂尔泰见了，笑道："李大人的气色不错啊。我听说你一日两碗参汤，雷打不动，到了京城里也是天天少不了这一口，难怪面色这么好。"

李柱器听了，道："我李柱器一贯俭朴清廉，哪里喝得起参汤。我在驿馆中的伙食，没有人不知道的，早点只是两个烧饼、一碗稀饭；中午的点心只要两个馍馍；至于晚上家人送的那个汤，却是山药熬成的。山药，人称小人参，作用虽然比人参是差了点儿，却便宜得很，所以才喝得起。"

鄂尔泰知道李柱器这话有吹牛胡说的成分，不由得一笑，道："原来不是参汤而是山药粥啊，可见传闻不确，传闻不确。"

李柱器亦是一笑："鄂中堂见笑了。"

鄂尔泰对两旁的衙役道："给李大人看坐。"

衙役将一把椅子拿到堂下，李柱器毫不客气地坐到了椅子上。

等李柱器坐下，鄂尔泰发问道："李柱器，有关明皇寺的案件请你细细与我讲来，若有半字隐瞒，本官定不轻饶。"

鄂尔泰虽是这样说，但李柱器并不害怕，他冷笑道："回大人，这不过是李卫误听传言，便闻风上奏，以我之过取他清名罢了。就好像是我每晚喝的山药粥，他李卫把它给当成是参汤了。"

鄂尔泰面色平和，继续发问："那李卫手里可是有直隶十多名官吏的具结悔过书呢，这怎么讲？"

李柱器听了，正色道："大人，那些悔过书上写的可是向长期居住在寺庙的陆离买缺，这与我有什么关系啊。至于这些人的缺到底是谁给的，还是两说。难保不是李卫给出去的，现在反而栽赃给我。"

鄂尔泰又问："那明皇寺住持被杀一事你又怎么解释？"

李柱器淡定地答道："住持是死在李卫的手里，又如何要问我？"

鄂尔泰接着问道："李卫说有贼夜盗总督府，偷去上百本账簿，你怎样解释？"

李柱器嘴角一歪，似笑非笑道："他捉住贼了吗？贼赃皆无，如何就说是我派去的？"

鄂尔泰的问话都在李柱器的意料之中，因此他回起话来对答如流。一时间，竟没有任何证据能够证明他有违法行为。

一番审问过后，鄂尔泰没有询问出半点儿李柱器贪污受贿的证据。眼见案件已经问得差不多了，鄂尔泰道："好，今日便审到这里。退堂！"

一连审了三日，鄂尔泰将案卷整理了，随折附上，递呈御览。

乾隆看了折子和案卷，并没有说什么。过了两日，才把鄂尔泰召到养心殿商量案情。

听宣之后，鄂尔泰立刻来到养心殿，见乾隆没有像平日那样盘膝坐炕，而是站在地上，手里把玩着一块汉白玉，像是在想心事，但面色平静。旁边还站着张廷玉。鄂尔泰一时弄不清乾隆是什么意思，只好站在张廷玉旁边，没有主动说话。

乾隆让太监搬了两个椅子过来，然后让二人坐下，才问道："你们如何看直隶巡抚李柱器的案子？"

因鄂尔泰是主审官，所以先答道："皇上，此案查无实据，而那些所谓买缺的官吏也并未说是向李柱器行贿，只是说在一个叫陆离的人那里施过善。虽然数额较大，但也无可厚非。"

乾隆听了，沉吟了一会儿，看向张廷玉，问道："衡臣，这件事你怎么看？"

张廷玉想了一下，说："李柱器这件事确实有些奇怪，照理说李卫不是个胡说八道的人，但这李柱器也确实是个清名在外的人，臣一时也弄不明白这件事到底谁是谁非。"

乾隆皱了皱眉，然后盯着二人看了一会儿，也不说话，直看得二人有些心慌。

过了一会儿，乾隆道："这个案子的案卷问供，朕已经都看过了。朕看这个李卫是急于邀功，不查而奏，罗织罪名，无中生有。朕念其一向清正，这次只是一时糊涂，降为四品道台使用，李柱器官复原职。张廷玉，你来拟旨。"

当晚，乾隆又宣了傅恒和田文镜秘密觐见。

中秋方过，月亮还圆得很，照得紫禁城内一片银光。

田文镜随着太监来到了养心殿外檐下，只等了一会儿，便听乾隆在里边道："进来吧。"

田文镜走入殿中，却见傅恒已经在了，因自己和傅恒虽然相交如水，但向来是政见相投。此时，见乾隆深夜召了自己和傅恒，猜想恐怕是要安排什么重要事。田文镜一边想着，一边叩了头。

乾隆叫田文镜起来，赐了坐，才慢慢道："傅恒、田文镜，朕把你们秘密召来，是想听听你们对李柱器卖缺案的意见。"

傅恒毕竟年轻，听了立刻脱口而出道："依奴才的判断，此次李卫并非捕风捉影。"

田文镜沉吟道："不过，李卫确实是有些操之过急，下手太早了，恐怕证据拿得不全。"

乾隆点点头："那你们说说，这个案子该怎么办？"

田文镜对此案关注已久，听了这话，道："奴才愿下直隶查实此案。"

傅恒虽是年轻，脑子却十分精明，他想了想，道："我看不妥。这案子不是一时半会儿就能查出来的，如果没有一点儿线索，就派钦差大张旗鼓地下直隶查案，恐怕只能是水过地皮湿，面子上好看，办不成什么事。"

"哦？"乾隆转过头看着傅恒，露出一丝赞许的微笑，"那你有什么好办法？"

傅恒回道："依臣之见，还是要放手让李卫暗中查案，更稳妥一些。"

傅恒的这句话正说到乾隆的心坎上，乾隆听了精神一振，笑道："好！傅恒之计正合朕意，朕这就赐李卫一道密旨。傅恒，你来拟旨。"

傅恒听乾隆这么快便准了自己的建议，亦有几分惊喜，急忙答应一声："喳。"

第二十二章　砸场子

十月廿八日，黄昏。

已经被罢职的李卫在城外的新居，一个空空落落的院子，几间破房。初冬的风吹着几乎落尽的树叶，更添几分凄凉。残阳如血，将一抹红光打在李卫书房的破窗之上。

书房内，李卫将廷寄匣子颤颤巍巍地打开，取出谕旨，坐在椅上仔细读着。

只见上面写着：

> 朕知你一心为国，忠心任事。今将你降为四品道员，是为权宜之计，实为委屈于你。李柱器在直隶卖缺之案，朕命你悉心查访，务求查实所有证据，彻底根究，以服众贪。一并赐你金牌一枚，授予你临机专擅之权。定要慎重行事，莫负朕之良苦用心。

李卫将一块金牌从廷寄匣子中轻轻拿起，金牌上面金晃晃的四个大字映入他的眼帘——如朕亲临。

李卫只觉得眼前突然模糊了，一时间，老泪横流。

李卫得了乾隆的密旨和金牌，终于明白了乾隆的苦心，顿时精神大振，打定了主意要和李柱器再斗下去。

第二日正是辕期，他换了一身崭新的八蟒五爪袍，外套着簇新的鸳鸯补子，新帽子上的青金石顶子擦了又擦，然后坐着轿子直奔巡抚衙门。

李柱器见李卫精神大好，浑身上下一水的新衣服，先是一愣，不知道李卫丢了官为何心情还这么不错，随即又想到人人都说李卫举止怪僻，不可以常人度之，不由得哈哈一笑，道："原来是李道台，好久不见，一向可好。"

李卫听李柱器大声称呼自己为李道台，知道他这是有意讥讽，也不在意，回道："好，好，好，怎么会不好呢？都说巡抚这个位子养人，您不在的这几天，我当了几天代理巡抚，果然是养胖了不少。"

李柱器知道李卫这是反讽自己，也不计较，二人见了礼坐下。

李柱器得意道："你那个告我行贿的案子，最后是查无实据，我官复原职。皇上已经发了明折子了，可见公道自在人心，我李柱器总算是清白了。这还要感谢老兄给皇上上了这么一个奏折啊，不然，光凭我嘴上说，又有几个人信我是清官。"

李卫拱拱手，道："那是误会，误会。下官在这里向您赔罪了。"

李柱器一摆手，装作大度道："算了，算了。有道是宰相肚里能撑船，我虽不是宰相，但这点儿肚量还是有的，你也是为国为民着想。只不过，你不要认为这天下只有你一个人是清官，别人都不是好人，那就不对了。"

李卫听了心里暗笑李柱器脸皮真厚，嘴里却应道："大人教训的是。"

李柱器打着哈哈道："按说啊，我和你也算是有交情的。你李卫呢，又是个爱民如子的好官，我理当安排一个缺份才是。但目前直隶省求缺的人实在是多，你又是降阶开缺之人，我这里不太好立刻安排啊，总要等上些日子，等风声过去了，再寻个好缺给你如何？"

李卫见李柱器和他打官腔，也不在意，道："那就有劳抚台大人了。"说罢，竟自顾自地一端茶，走了出去。

客人先端茶，而且不打招呼就走了，这让李柱器十分尴尬，他气得脸色都有些青了，站起来看着李卫的背影，大声喊道："你都落到这个地步了，还狂什么狂？你狂去吧，想要问我要缺份，除非母鸡会打鸣，公鸡会下蛋。我告诉你，只要你还在我手里，你就别想！"

不过，李卫还真没想要李柱器给他这个官。三日之后，李卫收拾收拾东西竟离开了保定，向东而去。只给李柱器留下一封信，说是自己好久没有回苏北铜山老家了，这一回做了候补道台，正好趁闲回去一趟。至于差使的事，回来再说吧。

李柱器没想到李卫会有这么一手，心下倒起了疑，他把李不柱叫来，问道："你说这李卫会不会又在搞什么鬼？"

李不柱略想了一下，道："恐怕是斗不过咱们，认输了吧。"

"李卫也有认输的时候？"李柱器坐回到椅子上，心上仍是定不下来，自言自语道，"不会是又要跟我要花招吧。"

"他还能要出什么花样来？如今他是要兵没兵，要粮没粮，一个小小的待缺道台，开缺废员，您还怕他什么？"

李柱器有些心烦意乱："我也搞不清楚。总之，现在只要李卫一有什么动静，我这心啊，就怦怦地跳。"

"放心吧，李卫已经是老龙卧沙滩，掀不起多大的风浪来了。"

"小心行得万年船。"李柱器又站起身来，走了几步，"你去告诉陈凡荧，让他在保定内外给我广布眼线，一旦李卫要悄悄地潜回来，立刻上报给我。"

李卫并没有离开保定，却是换装易容扮作了赌仙魏礼，与梁必胜混在了一处。

此时，李卫正和梁必胜在一处赌场之内，赌得正酣。

这间屋子宽敞得很，一共摆了十几张桌子，每张桌子都围了一堆人，有的打牌，有的押宝，呼喊声响成一片。

李卫这桌四个人正在打麻将，左右两个人输得是愁眉苦脸，坐在李卫后面的梁必胜对李卫毕恭毕敬，李卫一脸得意之容。他伸手摸起一张麻将牌，其他三个人已经输得急了，一齐拿眼睛紧盯着这张牌。

李卫并不着急，手里摸着牌，促狭地看着桌上的三个人。

对面的中年人看见李卫的样子，顿时急了："你倒是放牌啊。"

李卫"咯咯"一笑："对不住了各位，我是一色四步高，大和！"

坐在李卫右边的人奇怪道："你还没看牌呢，怎么知道？"

"摸牌摸出来的。"李卫说罢，将手中牌放回牌队，将牌推倒。桌上三人伸了脖子去看那牌，不由得又泄了气。

李卫将身子向后一仰，道："一色四步高，三十二翻，庄家再加一翻。每人六百四十两银子，掏银子吧。"

李卫右边的人一边交筹码，一边埋怨道："梁爷，您带来的这位爷是人是鬼啊！总是和不说，还总是二十四翻以上的大和。"

梁必胜瞧了一眼李卫，道："他啊，本来就不是人。"李卫听了这话一愣，回头去看梁必胜，却听梁必胜又补充道，"他是神仙，赌仙！"

李卫听罢大笑。刚笑了几声，只觉得一只手搭在自己的肩上，身后有人喝道："好啊，我找你半天了，原来在这里。"

李卫吓了一跳，回头看，是一个陌生的大汉，四十岁出头，穿一件水色府绸凤毛夹袍，没系腰带也没戴帽子，一条又粗又黑的长辫子直垂到腰下，脚蹬一双黑缎面快靴，皮肤微红，面色上带着一股狠劲儿。

李卫定了定神，道："怎么？你认识我？"

"我不认识你，却听说过你的名头，知道你是谁。"

李卫听这话又是一惊，以为自己露了身份，急问道："那你说我是谁？"

大汉却是一笑，露出两颗雪白的大牙："你是赌仙。"

李卫长出一口气："你找我有什么事？"

"找你赌一把，看看你是真仙还是假仙。"

李卫正要说话，梁必胜在下边轻轻拽了拽李卫的衣襟，把李卫拉到一边，贴耳悄悄道："这个人是赌场的大把头，叫作俞飞龙，在江湖上很有名气。我看他是来找事的。"

李卫听了这话"扑哧"一笑，道："不怕他找事，只怕他不赌！"说罢，他转过身走到俞飞龙面前，道："怎么个赌法？"

"赌别的怕你要老千，咱们就赌最简单的。"俞飞龙说着从怀中拿出一只骰筒摇了摇，里面的骰子"哗啦啦"直响，一听就不是平常的三只骰子，而是有更多的骰子在里边，"就用我这只骰筒，你敢赌吗？"

李卫直接问道："下多少银子的底？"

俞飞龙冷冷一笑："这个底怕你不敢出？"

李卫"哼"了一声，甩出一句横话："只要我有的，我就敢出！"

俞飞龙的口气仍是冷冷的："这个你肯定有，而且不要你全出，只需出一半就可以。"

"那是多少？"

俞飞龙从背后掏出一把大砍刀，拍在桌上："就赌一只手！你敢吗？"

李卫呆了呆，很快又镇静下来："好，有胆气！那咱就一人赌一只左手。谁输了，就将谁的左手砍下来。"

俞飞龙狞笑道："好，算是一条汉子！来人，摆桌子！开场子！"

俞飞龙说罢，向一张赌桌走去。李卫刚要跟过去，梁必胜一把将他拉住，悄声地问道："哎，我说师父，你有把握吗？你还要靠这个吃饭呢，别一招不慎给整成一只手了。"

李卫轻笑道："你没看出他是左撇子吗？就算是我俩整成平局，那也是他吃亏！"

说话间，那边的桌子已经摆下。李卫嘴角含着笑意走了过去。一大群人围着桌子看热闹，都想要看看开赌场的俞飞龙和只赢不输的李卫到底谁更厉害。

俞飞龙将骰筒往桌上一放，道："这回赌和以前不一样，是先押大小后摇骰子。"

李卫听了疑惑地问道："那不怕作弊吗？"

"一人做一次庄，自己摇自己的，看谁能摇到最小。两庄算一局，一局定输赢。"

"好！那摇成平局怎么算？"

"先摇到者算赢。"

李卫抬眼奇怪地看了俞飞龙一眼："这个赌法不行啊，那不是先坐庄的占便宜吗？"

俞飞龙狠狠地说道："所以是我先摇！"说罢已经摇了起来。

梁必胜听了骂道："你还讲不讲理，没听说有这么赌的啊，不公平！"

俞飞龙并不回答，只将那骰筒摇得上下翻飞，花样迭出，十分好看。众人头一回见舞得这么好看的摇骰筒法，纷纷叫好喝彩。

梁必胜看了不由得连连叹气，对李卫道："师父，有件事情没来得及告诉您，您知道这小子外号叫什么吗？"

"叫什么？我已经是赌仙了，难道他还有更厉害的名号？"

"他叫赌魔！虽然已经好多年不参赌了，但本事了得。这一回他耍赖皮跟您赌，您的这只左手怕是保不住了。不行，我不能让师父吃亏，我这就叫人去。"

梁必胜说罢就要走，李卫一把拉住他："你还不相信你师父吗？这一回我不一定就输给了他。"

李卫这边话音未落，那边俞飞龙已经把手中的骰筒放下，慢慢将骰筒拿起。众人见了，顿时鸦雀无声，一起伸长了脖子去看。

骰筒终于被拿了起来。众人一声惊呼。

只见九只骰子一个摞一个，摞成一根柱子，最上面的一只骰子是一点朝上，正和李卫的绝活一模一样。

"九骰一点红！"一个行家叹道。

"江湖上能掷出这个的高手，屈指可数啊。"另一个人也接着叹道。

梁必胜看了看李卫："师父，九骰一点红都出来了，您还能赢吗？不如撒腿跑吧？我瞧，从那儿跑人少。"说着，梁必胜用手指了一个方向。

李卫对梁必胜摇摇手，一声不吭地接过骰筒，以极利落的方式，将九只骰子收入筒中，惹得众人一阵喝彩声。

李卫将骰筒摇了起来，他将浑身的本事都使了出来，将骰筒玩得上下翻飞，如行云流水一般。众人又是纷纷叫好。

俞飞龙看李卫胸有成竹的样子，十分不解，心想九只骰子自己都摇出一点来了，李卫还能摇出比一点更少的点数来？但他又隐隐感到，这个赌局，他可能要输。

俞飞龙寻思间，李卫"啪"的一声将骰筒扣下。方才喧闹的人群都噤声了，现场一片死寂，每个人都像傻子似的呆看着骰筒。

李卫一脸自信，他开始抽骰筒了。俞飞龙紧盯着骰筒，脸部的肌肉都紧张得"突突"地抖。李卫终于掀开了骰筒。

八只骰子一个摞一个，摞成一根柱子，第九只骰子在最上面，却是斜立着。也就是说，李卫摇出来的是无点。

人群中顿时发出一阵唏嘘声，大家一齐向俞飞龙望去。只见俞飞龙恶狠狠地看着李卫，李卫也直视着俞飞龙。

俞飞龙愣了一下，他身后的人看见了这个结果都抽出了兵刃。大家眼见情况不妙，纷纷后撤。

李卫和俞飞龙对视了一会儿，俞飞龙突然用左手将刀抽出。

李卫见俞飞龙突然拔刀，心里也是一惊。

没想到俞飞龙却把刀放横，冲着李卫递了过来，道："我俞飞龙在道上混了这么多年，还从没有失过信义。今个儿，我认栽了，由你处置吧。"

李卫将刀接过，俞飞龙把左手放在桌子上，将头扭到一边，道："你砍吧！下手利索点儿，不要连着皮带着肉的，不然还得再砍第二刀。"

李卫接过刀，用手试了试刀锋，叹了一声："还真是一把好刀。"

俞飞龙吼道："说那么多废话干吗！快点儿砍！砍完了我还有事呢。"

李卫微笑着走过去。俞飞龙的手下上前一步，李卫转过头看了看他们。

俞飞龙转头对他的手下喊道："你们都给我站一边去，别毁了我的名声。"

李卫慢慢地举起刀来："我可是砍了啊。"

"砍吧。"

"我可真砍了啊。"

俞飞龙火了："你还是不是个男人？你要下不去手，让和你同来的梁必胜过来砍！"

梁必胜一听这话，把脑袋缩了回去："我可没这个胆，还是我师父砍吧。"

李卫双手将刀举起："看刀。"

那刀凌空砍了下来，眼看着那刀落下的一刹那，李卫却将刀在半空里翻了一个个儿，刀背落在了俞飞龙的左手腕上。

俞飞龙一声惨叫："我的手没了。"他站直了身子，将左手伸到眼前，看见手腕上的一道红印，"怎么手还在？"

李卫笑了一下，将刀双手奉上："我哪能真砍啊，都是江湖上的兄弟，多个朋友多条路，何必把事情做绝！"

俞飞龙惊讶地看了看李卫，没有接那刀，突然拜倒在地："老人家，兄弟刚才多有冒犯，您不要见怪。"

李卫将俞飞龙扶起，道："我也有错，我在你的场子里只赢不输，犯了赌场的规矩，也难怪你要跟我发威！"

"魏爷，您这个朋友我交定了，您不会嫌弃我吧。"

李卫哈哈笑道："怎么会，能认识俞爷这样的朋友，也是我三生有幸。"

俞飞龙转头对众人道："今后，魏爷的事，就是我的事；谁要敢对魏爷不恭，那就是对我不恭。听到没有？"

众人齐喊了一声"明白"。

俞飞龙将李卫拉住："今个儿咱们可要好好喝几杯。走，到后院说话。"

李卫也道："好，那咱们就一醉方休。"

说罢，二人互相搀着臂走了出去。

梁必胜眼见得面前这事情一会儿电闪雷鸣，一会儿风云突转，一会儿拨云见日，已经是糊涂了。又见李卫向内室走去了，也想跟着过去，却被俞飞龙的手下拦住："梁爷，你是要去哪儿啊？"

梁必胜见有人拦自己，不由得一个愣神："不是要去喝酒吗？"

拦梁必胜的人笑道："我们俞爷和魏爷喝酒，有你什么事啊？"

梁必胜这才回过味来："对啊，是没我什么事啊，我瞎凑什么热闹？"

第二十三章　老骥伏枥

保定城外一处跑马场。

初冬上午的阳光仍是晃眼得很，金色的阳光撒得到处都是。

一名骑师在一匹烈马身上伏着，烈马疾驰，不停晃动着身子。骑师终于坐不稳，跌落了下来，在地上呻吟着，两个下人立刻跑上来将他抬到一边。

"废物！"

在高处看着这一切的年轻人骂了一句，他转身看看身后的几名骑师："你们谁能驯服这匹烈马，赏银一百两。"

骑师们互相看看，没有人敢答应。

年轻人又道："赏银二百两！谁去？"

还是没有人答应。

"五百两！"

一个年轻骑师似乎心动了，刚要上前。另一个老些的骑师拽住了他的衣角："你找死吗？已经摔残三个人了。"年轻骑师听了，缩回了向前迈进的脚步。

此时，年轻人脸色已经发了青，不耐烦地骂道："废物，废物！都给我滚吧。不要再进我们李家的门，真是白养你们了！"说罢，他匆匆走下高地，向一处屋子走去。后面几名下人拿着椅子、拎着茶水跟在后面。

年轻人正要进屋，一个下人跑了过来禀告道："少爷，梁必胜求见。"

年轻人一听是梁必胜，脸色立刻变好了过来，笑道："这个老家伙，好几天没见着了，一定是又去哪儿赌了。我正要找他呢，让他进来吧。"

说话的年轻人正是李柱器的侄子、李不柱的儿子李万勤。他和陈凡荧一样，虽然捐了个四品道台，却是借着父亲和大伯的势力，一边在商场上做着生意，一边在做着买卖官缺的营生。

李万勤说罢走进了屋子，坐到椅子上。随后一个下人敬上茶，一个下人递上毛巾，还有个下人帮他脱鞋换袜。他拿起毛巾擦了擦手和脸，又端起茶喝了一口。这时，梁必胜走了进来。

李万勤也不站起，指了指旁边的座位："坐吧，梁子。听说你新认了一个师父，是个好玩之人。怎么，这几天跟着你师父玩得好吗？"

梁必胜与李万勤是极熟的，也不客气，一屁股坐下，便开始吹起牛来："我这个师父啊，那可真是个神人……"

李万勤打断梁必胜的话："我都听说了，你师父把俞飞龙的场子都给震了，差点儿没把这家伙的左手给剁下来。好像是个人物啊，以前怎么没听说过？"

梁必胜讪笑道："以前他在浙江开场子，刚来直隶不久。"

"他都会玩什么啊？你说说，也让我长长见识。"

梁必胜一听问这个，顿时来了劲儿："我师父会的那可多了。架鹰玩鸟养鸽子斗蛐蛐，喝花酒叫局子赛马走犬斗鸡，叉麻雀摇摊掷骰子……"

"会驯马吗？"李万勤突然问道。

梁必胜想了想："这个我还真没问过。"

"听你这么说，这个姓魏的还真是个玩家。他要是还会驯马，你就给我带过来认识认识。"

梁必胜呵呵笑道："那没问题，您是巡抚的亲侄子，找他来玩是给他长脸啊，他敢不来吗？"

梁必胜应承下了这件事，回去便找到李卫与他说了。梁必胜怕李卫不知道李万勤是谁，于是对他说："师父，李万勤就是抚台大人的亲侄子，他的父亲李不柱既是抚台大人的亲弟弟，又是贴身的师爷，在抚台大人面前向来是说一不二的。李公子自己的手面也大得很，从前在云南的时候，所有人都得给他一二分薄面。他刚回到直隶不久，尚未打开局面，但将来也一定是直隶一等一的大红人。您要是趁早结交上了他，自然有大大的好处。"

李卫听了，知道这是一条摸清李柱器卖官门路的好机会，心下欢喜，遂笑道："既然有这么一个好靠山，岂能白白错过。兄弟我虽然年纪大了，上进的心却是有的，正好趁此机会认识几个人物，将来也好有个前程。"

两下说定，隔了一日，李万勤让梁必胜传过话去，叫李卫第二日上午到城北跑马场来见。

到了次日，李卫如约前往。到了城北的一处庄园，连进了几道门，方看到一处跑马场，修得十分整齐。李卫看见一个年轻人骑在一匹枣红色的骏马之上，跑得飞快。梁必胜指着年轻人道："瞧见没有，那个便是李万勤李公子。"

说话间，李万勤已经骑着马冲了过来，在两人附近放缓了马步，走了十几步后勒住了缰绳，纵身从马上跳下，将马绳扔给下人，对梁必胜道："哪位是魏礼？"

梁必胜上前一指李卫，笑道："李公子，这位就是我师父魏礼。"

李卫跟李万勤拱了拱手："我是魏礼，见过李公子。"

李万勤点点头，算是回过了礼，走到休息处坐在椅子上，身旁的桌子上放着点心水果茶水。他端起茶喝了几口，又拿起一个苹果吃着，嘴里说道："你多大年纪了？"

李卫道："今年正好五十岁。"

李万勤听了把嘴一撇，道："你都五六十岁的人了，还能驯马吗？要是倒退回二十岁我还信。现在让你骑马，我怕跌坏了你这把老骨头。"

"要是跌坏了，那是学艺不精，不用你赔。"李卫沉着地应道。

"嗬。"李万勤不由得好好地打量了李卫一番，"好大的口气！来人，把我那匹从宁夏固原带来的良马牵过来。"

不一会儿工夫，一个马童牵着一匹高头大马走了过来。只见那马浑身上下白如冰雪，无半根杂毛；长约一丈，高约八尺；嘶吼一声，嘹亮非常。

李卫也是玩马的高手，看了这马不由得叹了一声"好马"。他走过去上下瞧了瞧，道："此马名唤沙里飞，善走沙漠，日行千里。就是在西夏之处，也算是少见的。中原之地，能见到这样的良马，恐怕李公子是费了不少功夫吧。"

李万勤一听是遇到行家了，不由得站了起来："魏兄好眼力！这匹马花了我八千两银子呢。可惜，买来两个多月了，到现在竟无一人能驯服它。"

"那让我试试吧。"

虽说李卫的话让李万勤对他刮目相看，但一想到李卫已经五六十岁了，李万勤仍是有些不信："你有这个本事吗？"

李卫不说话，从马童手中接过缰绳，突然一跃，敏捷果断地跳上马背。马顿时变得暴跳如雷，狂奔乱叫，直向远处奔去。

李卫紧紧地抓住马的背部，双腿铁夹似的夹住马腹，全身随着马的跳动而上下颠簸。他不断地改变骑法来应对马的疯癫，马左右摇摆，就是甩不下来李卫。马转了几圈之后，终于精疲力竭，被李卫彻底治服。

李卫看见马已经渐渐被驯服，于是放松了身体，骑着马在马场上跑了几圈后，停在李万勤面前，飞身跳下马来。

李万勤见了大喜："好身手！不到半个时辰就把这么一匹烈性马给驯服了。果然是老江湖！"

梁必胜也觉得李卫给自己长了面子，笑道："李公子，我没骗您吧？我梁必胜可从来不跟人说大话。"

李万勤接过缰绳抚摸着马，对李卫说："说吧，你要多少银子？我要重赏你！"

李卫道："我不要银子。"

"小看我？本公子还有掏不起银子的时候！来人！拿过来五百两银子。"

"李公子且慢，我不要银子，但想从李公子处讨个东西。"

"噢？那你要什么？"

"我要向您讨个官做做，您看行吗？"

李万勤听了此话，奇怪地看看李卫："哦？你都这么大年纪了，还要做官？"

李卫笑道："做官当然有大大的好处，不仅威风，还可以有很多手下，这要比我闯江湖赚银子容易多了。"

李万勤听了顿时哈哈大笑，喊了声："好！"然后将马缰绳交给马童，走回椅子上坐下，问道："可你不是个老江湖吗？你原籍何处？可有功名？有没有吏部记名啊？做官可不是说做就能做的。"

李卫一路跟过去，道："我原籍浙江，也是下过场中过举的，浙江布政使衙门有案可查。后来因为连试不第，又认识几个江湖的朋友，便弃文从武。所以这做官的资格，我是有的。"

李万勤点点头："既然中过举，那就好说。你稍等。"说罢，转过身子对梁必胜招招手："你跟我来。"

梁必胜跟着李万勤走到一个僻静之处。李万勤轻声问道："你这个师父是怎么认识的？此人可靠吗？"

梁必胜将胸脯拍得"啪啪"响："李公子，我梁必胜什么时候看走过眼？他是谁，他是我师父，我师父您还能信不过？"

李万勤看了看李卫，道："我怕财神没招到，倒把鬼给招来了。"

"您就放心吧，我拿我的脑袋做担保。"

李万勤听了点点头，和梁必胜走了出来，见了李卫笑道："魏大人久等了。"

李卫一时没明白过来："魏大人？您这是叫谁呢？"

李万勤突然正色道："在和你说话啊，你说你要去哪里做大人啊？做一个县令可满意？"

李卫听了不由得一阵激动，没想到这么快就取得了李万勤的信任，急忙道："满意，满意！"

李万勤想了想，道："正巧，赵县的知县出了缺，这可是一个好县啊。不过，你要来赵县，先要从浙江找个四品以上的官吏推荐调档，然后在吏部挂名，再分发到省。这么一圈下来，可能要花费不少啊。"

李卫立刻道："没问题，我这些年走南闯北的，别的不敢说，银子还是攒下不少的。"

李万勤听了哈哈大笑："老哥说话可真爽快！"笑罢，他又对李卫说，"老哥，这么着吧。你我一见如故，你又是个能玩会闹的主儿，十分对我的脾气。不如你到我的府上小住两天，一同玩乐玩乐。我也带你见见我大伯，到时候我大伯一高兴，以后加官晋爵的好事，都少不了你的。"

李卫虽然化了装，仍怕见了李柱器露了馅，推脱道："李公子，小的在江湖上混惯了，上不得台面。见巡抚大人的事，是不是再缓两天，容小的再准备准备。另外，俞飞龙刚给我分了个场子，这两天我也忙得很，实在是脱不开身。"

"也罢，你先忙你的吧。"李万勤并未怀疑，只说道，"记着把银子准备好。"

李卫答应道："这个您放心。"

第二十四章　进宝斋之谜

　　梁必胜和李卫同坐了一辆马车出了李万勤的庄子，进了保定城内，梁必胜这才道："师父您放心，这个赵县知县的位置指定是您的了。"

　　李卫问道："那什么时候交银子？是直接给李公子呢？还是给巡抚大人？"

　　梁必胜听了一笑："师父，这您就不懂了。咱们这个巡抚连带他的三弟和亲侄子，虽然见了钱就如同狼见了肉，绝没有不要的道理，但面子上却是要撇清的。您要是直接送银子，轻了吃个闭门羹，重者甚至还要挨板子。前些天，已经有几个不知好歹的待缺官吏登门送礼，叫巡抚大人狠狠地教训了一番。所以，您要想巴结这位巡抚大人，那既要让他得到实惠，又要让他得了清明的面子。"

　　李卫听李柱器原来是这个德行，肚里暗骂，面子上却装作为难地说："这可是难了啊。我行走江湖这么多年，要说见过的世面也挺多的，可还真没见过这么能折腾人的。"

　　梁必胜面上仍是笑吟吟的："其实并不难，我和您一说，您就明白了。"

　　"怎么个弄法？"

　　"只需送去古董，他就会收。您掏一万两银子买了古董送过去，那不是又让巡抚大人得了实惠，又没有让他失了面子吗？"

"嘿，有道理！你说李柱器他是怎么想出来的？他那些鬼聪明正经地方不用，搞这些个歪门邪道倒是挺上劲儿。"

梁必胜听李卫说话不对，问了一句："什么歪门邪道？"

李卫知道自己说漏了嘴，赶紧掩饰道："哦，我是说，哪条道离着古董店最近，咱们这就买古董去。"

"要买古董，只能到保定的进宝斋找东家刘镇涛去买才行，别家的古董都作不得数。"

"咦，这里边又有什么讲究？难道别家的古董就都是假货？"

"假货倒不是。"

"既然不是假货，为什么买不得？"

梁必胜这时却卖起了关子："天机不可泄露，这种事情是只可意会不可言传的。明天我带您去进宝斋，进了古董店，要一切都听我的，见了什么奇怪的事情都不许问，不许吵。您听明白了吗？"

"明白。"李卫嘴里说明白，心里却仍是糊涂，心想这李柱器到底在搞什么名堂？

李卫先回客栈休息了一晚，第二天，随着梁必胜来到进宝斋。

一进去就有伙计迎了上来，见是老客，笑着道："是梁爷啊，好久不见了，您还好啊。这位客官从来没见过，也是来买古董的吧。"

梁必胜指了指李卫，道："这是我师父，你们都得叫魏大人！把你们东家请出来，我师父要选几件古董。"

伙计答应一声，立马转身走进内室去了。

李卫越发觉得奇怪起来，问道："不就是花银子买古董吗？把掌柜的叫来就行了，干吗整这么大个动静，还把东家请出来。"

梁必胜仍只是笑："一切都听我的，见了什么奇怪的事情都不要问。"

不一会儿，进宝斋的东家刘镇涛从后面走了进来。刘镇涛走路与一般人不同，头是仰的，鼻孔是朝天的，一副盛气凌人的样子。见了梁必胜打招呼道："哦，梁爷到了，怎么有空到小店来转转？"

梁必胜介绍道："这位是魏大人，讳名一个礼字，是我的师父。他老人家要选几样古董。"梁必胜又对李卫道："这位是进宝斋的东家刘镇涛。"

刘镇涛看了看李卫，拱了拱手："原来是魏大人。"

李卫也还个礼，道："刘东家好。"

刘镇涛也不让座奉茶，回身坐到椅子上，指了指四面的货架："这摆着的都是，请挑便是了。"

李卫也不计较，当下便在店里走来走去，四下看着，梁必胜跟在后面出主意。李卫看了一会儿，道："挑什么好呢？我看这个古董店好像不怎么样，每样东西都看起来很旧，而且上面还落了灰，送出去恐怕样子不好看吧。"

梁必胜道："古董，古董，那就是要旧点儿才对，要是簇新簇新的，还叫古董吗？"

李卫大声道："可我还听说有人把新东西雕好了，用烟熏过，然后在茅坑里埋上半年，再拿出来蒙人。这个进宝斋不会这么干吧？"

刘镇涛听了这话，脸顿时黑下来。

梁必胜怪李卫多话，道："师父，无论是什么破铜烂瓦，他要一万两银子，您就给一万两银子；他要八千两银子，您就给八千两银子，何必要多问呢？"

"难道他卖我一个茅坑里埋过的假古董，我也要照着真货给价？"李卫一边说一边偷眼瞧刘镇涛，只见刘镇涛已经气得脸色发青，憋着气却又不好发作，在那里故作镇静较着劲儿。李卫不由得一乐，"这个店的规矩太多，已经把我搞糊涂了，那你帮我挑吧。"

梁必胜听了，点头道："好，我帮您挑，这个鼻烟壶做得考究。"

"那就拿上。"

"这个玉磬的质地不错。"

"这个也拿上。"

"师父，这个十六扇珠玉嵌的挂屏可是好东西啊，送给巡抚大人，绝对给您长脸。"

"那好，这个也要了。"李卫说完，转头看到一个大鼎，走过去说道，"哎，这个大鼎有意思，又可以盛水，又可以煮饭，巡抚大人一定喜欢。"

梁必胜走过来看了看："是汉武帝时候的，也是个好东西。"

"那这个也要了。"

梁必胜看东西已经选得差不多了，对伙计道："好了，算算一共多少钱。"

伙计立刻"噼里啪啦"地拨算盘珠子，拨了一会儿，道："烟壶两千两银子、古鼎三千六百两银子、玉磬一千三百两银子、挂屏三千二百两银子，一共一万一千一百两银子。"

李卫瞪大了眼睛看着伙计："多少？"

伙计笑道："客官您听清楚了，一共是一万一千一百两银子。"

李卫转过头看着刘镇涛，道："兄弟，不是我笑话你，你雇的这些伙计，也太不够专业了吧，还不如我家喂猪的下人会算账呢，这么简单的数都算不过来啊。四样古董加起来一共一万零一百两，他愣给多算出一千两来。"

刘镇涛斜眼看了看李卫："忘了跟你说了，按本店的规矩，还要收一成的手续费。"

"还要收手续费？我活了五十岁，闯荡江湖这么多年，还头一回听说买东西还要手续费的。"

刘镇涛看也不看李卫："你没听过的事多着呢。我这里就是这个规矩，你愿意买就买，不愿意买就拉倒。"

李卫的脾气也上来了："我不管什么手续费不手续费的，这么些个东西，我一共出一万两银子。你卖不卖吧。"

刘镇涛本就让李卫气了个七荤八素，听了这话站起身来，鼻子里重重"哼"了一声，向里屋走去了。

梁必胜见了这情况，对李卫着急道："哎呀，您可把事情给搞砸了，叫您不要多说话，您偏不听。"说罢一边叫着刘大哥，一边追了进去。

李卫知道刘镇涛不过是替李柱器收银子的一个门政，只要李柱器要银子，刘镇涛终究还是要卖的，所以也并不着急，自个儿走到那四样古董前闲看着，一会儿闻闻鼻烟，打个喷嚏；一会儿拿起个小锤敲敲玉磬，听听声音；再一会儿又抱抱大鼎，试试分量。

过了大概一刻钟，梁必胜拉着刘镇涛从里面走了出来，对李卫道："师父，话已经说清楚了。我与刘老板算得上是知己朋友，他也不好意思问您多要钱。这一万一千一百两银子，都是正价，绝没有多要。"说完，他又向李卫挤眉弄眼，示意李卫不要再讲价。

李卫会意："好吧，一万一千一百两就一万一千一百两，但你可不许再涨价了。"

刘镇涛仍是仰着个脸，面色冷冷地说："如果不是梁老弟的面子，别的不说，就我这里的鼻烟壶，任你出什么大价钱我也不卖。不瞒您二位说，巡抚大人最爱收藏这种东西。这个《清明上河图》的水晶内画鼻烟壶，是古月轩彩的做工，绝对是世上少见。我有个盟弟，也在直隶候补，不过眼下正在河南的老家处理家事。他前些天有来信，说托我替他留心几件礼物，要送给巡抚大人。这鼻烟壶我本要留给他的，如今被魏礼老兄买了去，巡抚大人见了一定欢喜。不过我就有点儿对不住我那个盟弟。"

"那真是谢谢刘老兄了，让您多费心了。"李卫又看了看自己买下的古董，"这些个东西怎么搬啊？刘爷，还得麻烦您叫店里的伙计给我叫辆马车。"

刘镇涛道："不用麻烦。我替你把这四样东西送给巡抚大人。"

李卫又是不解："您的意思是说，这些东西我花钱买了还不能拿走？"

刘镇涛听了，脸色立马又变了，"哼"了一声，道："怎么，魏老兄有门路送这些东西？那正好，你就拿走吧，我还没有工夫管这些闲事呢。"

梁必胜见刘镇涛又要拿大，急忙打圆场道："哎，刘老兄，您可不能不管啊。我师父以前是个江湖人，不懂这行的规矩，所以才有此言，并非是信不过您老兄。您想想，什么门路能有您这里的门路通呢？这些东西，还是得托刘兄您来办一办。"

李卫这一回总算是看出些门道了，他走过去，道："刘老哥，我徒弟说得不错，我是个江湖人，其实就是个大老粗，因为李公子的面子，才有幸到此与您结识。刚才说话不谨慎，伤了您的面子，您大人不见小人过，就不要与我这个粗人计较了。这些东西，就麻烦您了。"

刘镇涛听了这话，心里才舒服一些，抬眼看了看李卫："好啊，既然二位把话都说到这个份上了，魏兄又是巡抚的亲侄子推荐来的人，那我就受回累吧。来人，给魏老兄打个收条。"

诸事既妥，李卫拿了收条小心收好，与梁必胜一同出来。上了马车，梁必胜才道："我说师父，平日里倒不见您多话，怎么今日的话这么多？我之前不是和您说过了吗，再怪的事情也不要问吗？"

李卫笑了笑，道："不是我话多，是进宝斋里的这些事也太奇怪了。不过，我现在是明白了。我从进宝斋里买的东西，还要靠进宝斋给送到巡抚大人那里去。不过，从进宝斋送到巡抚大人那里的东西，是我选的这四样古董，还是我刚才交的那一万两银子，那就只有鬼才知道了。"

梁必胜听了这话，竖起了大拇指："还是我师父聪明，一下子就看出其中的门道了。不过，此事可不许外传，您知道就行。"

李卫道："我明白，这事只可意会，不可言传。"

李卫交了银子，便开始等着李柱器召见放缺。本来想在客栈好好歇息几天，但梁必胜哪里能让他闲着，非拉着他一起上赌场过瘾。李卫不好推辞，只好在俞飞龙的赌场陪着梁必胜一起玩几把。

第二十五章　亦邪亦正

这日李卫来到俞飞龙的场子，见大厅里摆了十几张桌子，每张桌子都围了一堆人。

其中有一处喊声最热闹，十几个人围了个圈在摇摊。坐庄的将宝盆摇了又摇，然后放下，嘴里道："快押啊，快押。"

当下便有人喊青龙，有人喊白虎，有人喊进门，有人喊出门，纷纷将筹码押了上去。

李卫看到这场景顿时手痒了起来，看了看坐庄之人的手法，心里猜想恐怕是个白虎，一伸手把筹码放了上去，道："我押个白虎。"

众人扭头一看，都认得是魏礼。当中有人喊道："是赌仙来啦，我也跟赌仙押白虎。"只听"刷"的一声，所有人全都把筹码换到白虎门上，白虎门上边的筹码堆得如小丘一般。

李卫见大家都跟着他，顿时一乐："这么赌有什么意思？你们押白虎，那我换青龙。"李卫方把筹码放在青龙门上。又是"哄"的一声，几十只手一齐上，七手八脚地又把一大堆筹码移到青龙门上。

李卫这下可没辙了，对众人道："各位兄弟，这么玩你们觉得有意思吗？"

其中一个人认真道："不管有意思没意思，跟着您准没错，一定不会输，您是赌仙嘛。"

"不玩了，没劲，赖皮！"李卫把筹码收起，离了这桌又向别处走去。

正好看见有一桌人正在打麻将，其中有一个人刚好离座，拱手说道："各位兄弟，不玩了，你们发财吧。"

原本在他身后看牌的人就要补位子上手，却被李卫拉住："我来。"

麻将桌上另外三个人一看是李卫，一齐道："原来是赌仙来了啊。"

李卫坐下挽了挽袖子，道："哦，来了，再来一把。"

那三个人却纷纷起身，道："对不住了，赌仙，我们有事，就先不玩了，您发财吧。"

三个人说罢，拔腿就走，就连后头看牌的也走得一个不剩，只留下李卫一个人发呆。

"这是怎么弄的？"李卫尴尬地坐在桌前自言自语。

"魏爷，知道我当年为什么金盆洗手不干了吗？"李卫突然听见身后有人说话。

李卫回头，见俞飞龙走了过来，坐到了李卫身边。

李卫问道："为什么？"

俞飞龙又问："您知道像您这样的高手最怕什么？"

"最怕什么？"

"最怕的就是一个'服'字。"俞飞龙伸手在牌堆中摸出一张牌来，在手里把玩着，微笑着说，"如果众人都服了你，承认你是老大，那谁还敢跟你赌？我当年就是为了争这一口气，虽然混成了老大，却没有人再敢跟我赌了。其实，干我们这行的有一句九字真言，叫作——不怕你赢，就怕你不来。大家来这里玩图的就是一个乐呵，如果一个人赢得太多或者输得太多，对于我们来说都不是什么好兆头。"

李卫若有所思："不怕你赢，就怕你不来，说得好啊！"

俞飞龙笑道："兄弟这点儿小见识，在老哥面前是班门弄斧了。"

李卫却是认真地说道："没想到老弟还有这么一番言论，怪不得你的生意如此兴隆。佩服，佩服。"

李卫正在和俞飞龙聊天，梁必胜忽然走了过来，对李卫道："师父，刘镇涛请您过去。"

李卫急忙问："当县令的事妥了吗？"

"好像有点儿小麻烦。"

李卫顿时有些紧张，以为是李柱器猜出了自己的真实身份，忙问道："什么麻烦？"

梁必胜见李卫脸上显出不安的神色，以为他是怕事情要黄，笑着安慰道："师父您放心，不过就是银钱上的事，也算不了什么。咱们去了进宝斋再说。"

李卫随着梁必胜去了进宝斋，刘镇涛已经在店内等着了。

见面寒暄之后，刘镇涛将话引到正题上，对李卫道："魏老兄，你可来了，巡抚大人叫我带个信儿给你。"

李卫问道："巡抚大人有什么见谕？"

刘镇涛笑道："巡抚大人说你上回送的那个鼻烟壶，他很喜欢。他把自己以前收藏的珍品都拿出来比了一比，竟没有比这个更好的。"

"那好啊，既然抚台大人喜欢，那什么时候给我差使呢？"

刘镇涛并没有马上回答，停了停方道："巡抚的意思很想照样弄一个，凑成一对才好。花多少钱他老人家也不可惜，不用你再花钱。"

梁必胜听了赶紧插话道："巡抚大人那是客气了，怎么能让巡抚大人出钱呢？"

李卫一听这话感觉出不对来，立刻道："听这意思，好像还是要我出钱哪？"

刘镇涛瞟了一眼李卫，道："怎么，你舍不得？"

"没有，没有，刘兄您误会了。"李卫嬉笑道，"那个鼻烟壶是两千两银子，再掏两千两也无妨。不过到哪里再找一模一样的鼻烟壶呢？"

刘镇涛却道："要说这事还真巧，小店里还真有这么一个一模一样的鼻烟壶，是兄弟留心了二十几年才弄得这么一对。原想是只卖出去一个，另留着一个给自己玩的。但既然魏老哥有急用，又是巡抚大人要，再加上我与梁老弟是多年的朋友，怎么着也要卖你个面子，也说不得什么了，就卖与你吧。"

梁必胜听了高兴道："还是刘老兄有肚量。既然有，那就好说了。"

刘镇涛拍了拍手，一个伙计从内屋走出来，手捧一个红绒的小锦盒。刘镇涛接过，打开锦盒，从锦盒中取出鼻烟壶递给李卫。

李卫拿在手中，只觉得与前头自己买的那只鼻烟壶并无差别，他左看右看，又对着阳光照了半天，连说道："奇怪啊，奇怪。"

梁必胜也凑过去看："奇怪什么？"

李卫将鼻烟壶递给梁必胜道："你看，虽说鼻烟壶也有一模一样的，但相似到如此地步，我倒是没有听说过。不会仍旧是原来那个吧？"

"明明是又一只，怎么会是同一个？你把我刘镇涛当成什么人了？"刘镇涛说罢，就要拿回鼻烟壶。李卫却将手一晃，把鼻烟壶藏在手中。

"这么着吧，我出十倍的价钱，两万两银子，将以前那个鼻烟壶再从巡抚大人手中赎出来。如果真是一对，让我亲眼瞧见了，我心服口服，两万两银子买的鼻烟壶情愿白白地奉还给你。怎么样？"

刘镇涛见李卫和自己抬杠，又把脸仰起来，也不看李卫，只说道："你一定说它仍是前头那一个，我也不来同你分辩。你相信就买，不相信我就留着自己玩。"说罢，转了头不理李卫。

梁必胜拽一拽李卫的衣服，轻声道："师父，反正你又不是真要买来玩，不过是为了让巡抚大人开心，何必计较是不是先前的那一个？既然人家把你当傻子，你不妨就当一回傻子，横竖你买到缺份就行了呗。"

李卫听了这话才明白过来："原来是巡抚大人还要银子啊。可我已经和他闹翻了，你看怎么办？"

梁必胜见李卫总算明白了过来，又道："这也没什么大不了的，不过再多花些银子罢了。"

梁必胜走到刘镇涛面前，两个人嘀咕了一会儿。刘镇涛这才转过脸，笑道："既然魏老弟情愿再多掏一千两银子，一切好说，好说。"

梁必胜这一回也不征求李卫的意见，起身走到古董架子上，随便拿了一个翡翠扳指、一个白玉翎管、一串汉玉件头，回过头对李卫道："师父，这三样一共一千两银子，加上《清明上河图》的水晶内画鼻烟壶，一共要三千两银子。"

李卫从袖子里掏出一沓银票，点出一张三千两的，递给刘镇涛，道："让您费心了。"

刘镇涛看了看并没有接。

李卫先是一愣，转而恍然大悟地说："噢，对了，还有三百两银子的手续费。"又掏了半天，掏出一张五百两的银票，"最小的票子就这张了，您也别找了。"

刘镇涛接过银票："我这里做生意，讲的就是'诚信'二字，怎么能不找呢？"说完从袖子里取出一沓银票来，却都是小面额的，看来是早有准备。刘镇涛拣出两张一百两的银票找给李卫，"这是我刘镇涛做人做事的原则，从不占人家半点儿便宜的。"

李卫接过银票："那是，那是，我早就看出您是个实在人。"

刘镇涛微微一笑，转身对伙计喊道："给魏兄打一张收条。"

李卫转身在嘴里轻声嘟囔着："真是近朱者赤，近墨者黑，这刘镇涛真真和李柱器一个德行。"

没想到李卫的这句话却让刘镇涛模模糊糊听到了一些，回头问道："魏兄在说什么？"

李卫赶忙道："我说刘兄和巡抚大人都是大好人啊！"

刘镇涛因方才听得不大真切，所以并没有和李卫较真，但总觉得不是什么好话，瞧了李卫一眼，道："魏兄，要我说，能用钱解决的事情就不要吝啬了。"

李卫点点头："您说得太对了。"

很快，李卫就得到了赵县知县的差使。李卫又让自己在浙江做布政使的好友张若震弄了份饬知和备案文书，填了魏礼的名字，顺顺利利地取到了官凭印信。

李卫辞了梁必胜，却没有先去上任，而是绕道去了自己安在苏南扬州城外的一处小村庄。这里离着李祖母的娘家不远，却甚是偏僻。

自打到了这里，李祖母和李夫人倒也安心，平日里纺纺线，喂喂鸡，日子过得逍遥自在。只是李卫一会儿走一会儿来的，不知道在忙些什么，倒让她们一直放心不下。

李卫到了家中，先拜了李祖母，见了李夫人，只说是出去闲游会朋友。然后便叫李夫人替他收拾些换洗的衣服，说是出门办事。

李夫人和李祖母听说李卫又要走，不由得埋怨他几句，说好不容易不做官了，仍是不得闲，反而比当官的时候还要忙。李卫拿几句话搪塞过去，便让李夫人开始收拾换洗的衣服。李祖母爱孙子，只好也去帮忙，二人在房间里一边说着话，一边整理着东西。

李祖母将几件衣服叠好，不满道："说是回老家，却来到这么一个僻静的地方，连个听戏的地方都没有，闷死啦。"

"这些天也不知道老爷是去哪儿了，一回来就忙着和任先生说话，真不把这个家当家了。"李夫人一边说着一边扯过一个包袱，本想打开把里边的东西晾晾，却翻出一张纸来。

李夫人认得字，拿起来仔细看了看："魏礼？赵县知县。这是谁的官凭啊？"

李祖母见了凑过去，道："什么东西？我瞧瞧。"

李夫人将信递了过去，李祖母不识字，只看了一眼又还给李夫人："这是什么东西？"

李夫人回答道："是上任用的官凭。"

"难道我孙子又复职了？怎么没听他说啊。"

"是一个七品知县的官凭，而且官凭上的名字也不是老爷的，是一个叫魏礼的。"

李祖母虽有八十多岁了，还不识字，脑子却转得快。她想了一下，说道："这是李卫在跟咱们耍鬼，走，找他去。"

李卫去后院找任逢春商量事情。两个人坐在院中的两块大石头上，一边晒着深冬的太阳一边说着话。

李卫道："我在浙江找了个熟人，用魏礼的名字办了个档案，现在吏部的任命文书已经下来了，李柱器那边也已经将我分到赵县做知县了。"

"这么说，您已经将李柱器新的卖缺门路摸得差不多了？"

李卫点点头，面色却仍是凝重："李柱器的那些个腌臜路数，我都摸得清清楚楚。那个古董店里有一本账册，上边都是买缺人的名单，梁必胜和刘镇涛应该也是其中的关键人物。可我却不知该如何下手？"

"上一次咱们操之过急，结果功亏一篑，让李柱器死里逃生，反咬了咱们一口！"任逢春看着满地的阳光，低沉地说，"这一次再不能失手了，不然将再难寻找机会！"

"那你说，下一步咱们该怎么办？"

"这些日子我也没闲着，一直在想这件事。"任逢春一边沉吟着一边道，"因为咱们势单力薄，网太小而鱼太大，所以总是捉不住他。光靠咱们单打独斗是不行了，要多动用些关系才行。"

李卫是个聪明人，一下子就明白了："你是说，要去京里多找些人手？大家一块儿来捉李柱器这条鱼？"

"对。李柱器之所以能次次逃脱，与他在京城里的人脉有很大关系。这一回，咱们要让他的这些救命神仙一个都用不上。"

李卫突然站了起来，走了几步，道："就依你这条计策，你走京里的路子，我走直隶的路子。两面夹击，保证叫李柱器无处可逃。"

此时，李祖母带着李夫人拿着官凭风风火火地来到后院，李卫还在和任逢春坐在大石头上说着话。见李祖母过来了，两个人急忙站起。

李卫走过去刚要搀李祖母，李祖母却一伸手将那封官凭亮了出来："你说说，这是怎么一回事？"

李卫低头看了一眼，心里顿时一惊："哎，这个，呵呵，这是我一个朋友的。"

李祖母瞧了瞧李卫，冷笑道："你以为你能比我精啊，你也不看看我比你多吃多少年的饭？"

李卫知道事情要坏，但仍硬着头皮道："真的是一个朋友的，不信，您问他。"李卫用手一指任逢春。

任逢春见李卫让自己做证，急忙道："哦，这个……是啊，老太太，这是另一个人的官凭，您看名字都不一样的。"

"甭跟我来这套。"李祖母拄着拐杖立在原地，紧盯着李卫，"我不知道你在搞什么鬼名堂，但我知道你自从到了直隶，就像王小二过年——是一年不如一年。眼见着从二品总督直落到七品县令就算了，你李卫的名字，还得倒过来写，叫作了魏礼。再这么混下去，咱们还不得回到江都县城坐大牢去。孙子啊，咱不做这个官了成不成，咱就老老实实、踏踏实实地回老家做咱的老百姓还不成吗？何必自己跟自己过不去呢？祖母已经八十多岁了，你就不能让我过几天清静的日子吗？"李祖母说到此处，眼睛一红，两滴泪落了下来。

李卫一见祖母落泪，心里也是说不出的难受："祖母，自古忠孝不能两全。若是我与李柱器不同省为官，不知道他这些个贪赃枉法的事，那没说的，您让孙子回老家，我就立刻辞官不做了，回家好好地侍候您，好让您享几年清福。可我不能啊，眼下已经走到这步了，眼看着我就能为直隶百姓，为大清天下除去一个大贪官、大赃官，让老百姓能有好日子过，孙子可不能在这关口回头啊。您……您就原谅您这个不孝的孙子吧。"李卫说完，含着泪给李祖母跪了下去。

李祖母看着李卫一脸为难的模样，也明白以李卫的性子，自己是说服不了他的，只好含着泪将李卫扶了起来，嘴里道："罢了罢了，你既然要为国尽忠，我这个祖母虽不如岳母般大义凛然，但也不能拖你的后腿。"

村庄路口，黄昏，落日如轮，晚霞似血，衬着李卫和任逢春离开的背影更加悲壮。

李祖母颤颤巍巍地拄着拐杖站在村口目送二人远去，李夫人搀着李祖母抽抽噎噎地哭着。

"哭什么？"李祖母面色出奇的平静，"我孙子这是去为国尽忠，你知道吗？"

李祖母说完，自己的眼眶却也湿润了。

第二十六章　智斗飞贼

已是深冬的天气，北风呼啸着游走在深巷之中。

这是一个无月的晚上，夜暗云低，几声梆响。

赵县城的一个深宅大院内，两个穿着夜行衣的蒙面人一人背一个包袱从一个屋子里出来。

其中一个人将包袱交给另一个人，然后很敏捷地攀上房顶。

下面的黑衣人将包袱一一扔上，房上的黑衣人接住后，将包袱轻放在房顶，随后下面的黑衣人也身手敏捷地攀上房。

二人重新将包袱背上，跳下房顶，很快便消失在夜色之中。

李卫做赵县知县的第七日开始，赵县便连连遭遇盗窃案。有的是女儿将要出嫁，一夜之间，便把嫁妆丢了个精光；有的是一家被盗两三次，分批将家中所藏的金子全部偷走。

短短半个多月，赵县十二家富商的财宝被盗个精光。一时间，整个赵县直闹得是鸡犬不宁，人人自危。很多富商虽是派了家丁夜夜巡院，但那飞贼却来无影去无踪，始终没有逮到他。最让人心慌的是，这飞贼仍是没有走的意思，一天一盗，或是隔一日盗一次，实在是让人头疼得很。

百姓们实在没有办法，便一起报了官，催着李卫尽快破案。

李卫派人查了几日，只查出盗贼大概是有两个人，而且都还在城内，赃赃也未转走，别的线索便再也没有找到。要捉住他们，并不容易。

李卫上任伊始，还没有来得及想出对付李柱器的法子，倒被这两个飞贼闹得脑子疼。下边是乡绅富户们日日催办，上面是知府大人连连追问，李卫没有办法，只好晚上带着人亲自巡城。巡了一整夜，虽是没有捉住盗贼，但巡城回来，却想出一个捉贼的办法来。

到了第二日，李卫顾不得疲倦，让人把典史、县丞、捕头等人都叫到屋中，吩咐他们多派人手，雇用壮民，什么也不干，只管往城墙上泼水，直到结起三寸厚的冰为止。又让守卫把三面的城门都封了，只留北门开着，在北门则布置重兵看守，任何出城者都要细细检查。然后李卫放出了风去，这两天要开始挨家挨户地搜查，一户也不能漏下。

一切都安排妥当之后，李卫每日亲自带人在出城的人中搜查，有车搜车，有货搜货，就是女眷也要由官媒搜身。

封城后第二日，一辆马车急匆匆向城北门驶来。马车在城门前被官兵拦下，要停车检查。

马车上下来一个中年人，神色焦急道："官爷，这里边是我家老爷的小妾，昨晚得了急病，全身不能动弹，城里的郎中都看不了，只好送往庐州府请名医治病。"

官兵道："那也得搜，任谁也不能违了我们县老爷的令。车上的人除了病人都下来。"

中年人不再说话，向车上的人打了一声招呼，两名年轻男子下了车。官兵立刻就围上来搜他们的身。另有官兵上了车，撩开帘子，却一捂鼻子，道："什么味？难闻死了。"

中年人走过去，道："自从发了这个病，就有一股怪味从身体里发出，也不知道这病传染不传染。"

上车搜车的官兵听了，显得有些害怕，他用刀鞘随便敲打了几下车子，又捅了捅躺在车中的女子，便下了车，对捕头道："陈哥，没搜到什么东西。"

捕头点点头："那放他们走吧。"

中年人听了，连忙叫两名男子坐回车厢里，中年人坐在前头赶车，马车缓缓地走起来。这时，远处有人喊了一声："慢！将他们拦下！"

几名官兵回头，见是本县的知县魏大人到了，转过身急忙去拦马车。

赶车的中年人犹豫了一下，一声吆喝将马车停了下来。

李卫此时已经走了过来，中年人下了车，对李卫施个礼，起身道："老爷，不是已经搜过了吗？"

李卫看了看中年人："搜过了就不能再搜了吗？让车上的人下来，你们再搜一遍。"

车上的两名年轻男子只好又下来，一个人嘴里叨叨着："你们当官的怎么不顾百姓的死活，这里有病人急需送到庐州诊治，为什么不放行？"

捕头呵斥一声："少废话，站好，重新搜。"

这时，李卫使了一个眼色，几名官兵会意，悄悄地从几个方向围了上来。

那名年轻人嘴里还在絮絮叨叨："快点儿吧，官爷，搜完了我们还要赶路呢。"

虽然年轻男子一直在催，但官兵却好像在故意拖延着时间，在他们身上慢慢地搜："这就快搜完了！你着急什么？"

突然，趁三人不备，官兵一拥而上把他们抓住。车里边的病妇也突然大叫起来："你做什么？我一个女人家，你敢动手动脚！"

那病妇叫得中气十足，哪里像一个有病的人。说话间，她也让官兵硬是给从车中拖了出来。

三个男人此时已经被绑得像粽子似的，病妇则只被反绑住臂膀。四人被官兵押着跪倒在李卫面前。

城门前的百姓见了这情形，一齐围过来看热闹，"哗"的一下把四个人围了个里三层外三层。

中年男子心里不服，叫嚷着："凭什么抓我们？你凭什么啊？"

"就凭你车子里带着夹层。"李卫扫了中年男子一眼，走到马车后边，指着车辙道，"这车辙可够深的啊，夹带了不少货物吧？不是我眼尖，就让你们跑了。"

李卫又走到四人面前："还有，一个富家小妾得了重病，车里没有丫鬟婆子侍候，却让两个大男人同挤在一个车厢内，这好像不太对吧。你们这招简直就是漏洞百出，好了，别的我就不说了。来人，先把车中的夹层给我找出来。"

官兵立刻上前，一个钻到在车底下，一个钻到车厢里。两人找了一会儿，车底下的官兵喊道："找着了，在这儿！不过机关好像是在上面。"

有人给车厢里的官兵递了一个斧子。官兵对着车厢砍了几下，突然惊喜地大叫道："有赃物！"

旁观的人顿时"哄"的一声炸了，一起向前涌，都要看看是什么赃物。

李卫走了过去，接过斧子，几下子就将车厢劈烂。众人看得分明，只见车厢底板被劈开了一个大口子，露出了一大堆灿烂夺目的珠宝财物。

官兵将这四个人带到县衙。李卫立刻升了堂。

三班衙役分列两旁，一声"威武"，四人被带上堂来。

李卫将惊堂木一拍，对下面的人道："你们知道我外号叫什么吗？"

底下四个人一起摇头："不知道。"

"本老爷江湖人称'贼爷爷'！你们居然敢在我的境内犯事，那是乌龟摔在石板上——碰上硬的了。给我老实说，你们姓甚名谁，赵县一十二起盗窃案，是不是你们干的？你们一共犯了多少个案子？有几人参与？其余的同案犯都在哪里？"

下面一个年轻人叩了一个头，道："大老爷，小的名叫孟庆，江湖人称飞天虎。这是我弟弟，叫孟欢，人送外号飞天豹。我们兄弟二人因为小时候身子轻盈，被一高人收作徒弟，学成轻功之后回家。家中父亲却已经去世，母亲被逼改嫁不从，服毒而亡，所有家当田产被人霸占。我们哥俩儿打了几次官司，却始终无处申冤，反倒把自己送进了监狱。凭着这一身功夫，我们从监狱中逃了出来，杀了仇人，便做起了飞贼。"

李卫听了孟庆的话，摆出一副若有所思的样子："噢，没想到你们还有这样一段江湖恩仇。"

孟欢接着道："大老爷，好汉做事好汉当，赵县一十二起盗窃案，全是我哥俩儿做的，与旁人无关。除此之外，我们在直隶还做了另外四十余起盗窃案。本想在赵县做完最后一笔生意，便回老家歇手不做了。没想到却在这里栽了。"

李卫指着中年男子和年轻女子，道："既然你们没有同伙，那这两个人又是谁？"

中年男子一听，连叩了三个响头，颤着声道："我的县太爷啊，小的什么也不知道，小的只是一介草民，大家都叫我老王头，在县里开了一家酒馆。这两位好汉……"

李卫听了，一拍惊堂木，喝道："什么'好汉'？"

老王头一听急忙打住，改口说："是小的说错了，这两个飞贼去我那里照顾过几回生意，出手十分大方，彼此就熟络起来。昨个儿他们拉了一辆马车到我那里，说要请我帮个忙，小的也不知道他们葫芦里卖的什么药，只是看在与他们日常的交情上，就答应了帮忙，又找了隔壁的一个女邻居。没想到却出了这么一档子事，这实在是不关小的事啊。"

孟庆说道："您往城墙上泼水结冰，这招可够狠的！我们空有一身飞檐走壁的本领，却是干着急出不了城。您又搜城搜得急，我们只好想了这一招冒险的法子，找了个平时交情不错的人来帮忙，又用了一个带暗箱的车子，没想到还是让您给瞧出来了。大老爷，您的手段小的算是见识了，栽在您手里，我们认了。这么多年我们也作了不少孽，也到了该赎罪的时候了。这是老天报应，是杀是剐，您一句话，我们决不连累别人。"

孟欢也跟着道："但凡我们做过的案子，我们都招，但决不牵累无辜之人。脑袋掉了不过碗大的疤，二十年后，还是一条好汉。"

李卫犹豫了一下，语气已经变得和缓了："好，就凭你们说的这几句话，是条汉子！来人！"

两边的衙役答应道："在！"

李卫道："将他们分开审问。问实之后，本官再做定夺。"

已经是三更天了，赵县衙三堂内，一只油灯在轻轻摇曳着。

任逢春坐在屋中的一张竹椅之上，手里端着一杯清茶，看着李卫在房中来回地踱步，嘴里还念叨着："这两个飞贼都是江洋大盗，要是报上去，一定免不了一死，我心里有点儿不落忍。"

任逢春喝了一口茶，听了这话，抬头道："怎么了？"

"他们也是被逼上梁山的。"李卫叹了一口气，"因为二人的父亲早亡，母亲被人逼死，家产被人霸占，想打官司却又无处申冤，二人差点儿被人害死。所以，二人才杀死仇人，做了飞贼。"

任逢春听了不由得感叹道："可惜啊，可惜。"

李卫坐到了椅子上："可不是？如果这两个人的功夫能够为国家所用，在沙场上说不定可以为大清军队添几分胜算，就是在地方上也可以为查案缉盗添几分功劳。"

"难道东翁有宽恕这两个人的意思？"

"可法不容情，我也不能枉法啊。"

"如果能让他们将功折罪，倒是一个可以免去死罪的办法。"

李卫听了眼睛一亮："您说说，怎么个将功折罪法？"

任逢春笑道："自然是对付李柱器啊。"

李卫激动地站了起来："您想出万无一失的办法了？"

"这些天我在县衙中足不出户，想的就是这件事。"任逢春将茶杯放下，看着李卫，"扳倒李柱器的计策已经有了，我把其中所有步数也都细细地想过好多遍，这一回应当是周密无失。不过，万事都好筹办，却独独缺少一个能飞檐走壁的人来做东风。没想到，这回老天给咱们送来两个。"

李卫呵呵笑道："这个容易！既然先生只缺东风了，好，我这就给您去找东风去。"

李卫说罢，已经是等不及了，一阵风似的走了出去，立时叫了衙役，来到赵县大牢。

李卫带着人跨过几道门，一直走到死牢。见孟庆、孟欢两兄弟并没有睡着，遂隔着栅栏道："深夜想起二位壮士，再难以入睡，所以来看你们了。"说着，李卫叫人把门打开。

孟庆和孟欢一齐拜倒在地："罪囚让大人操心了。"

李卫将二人扶起来，对狱卒道："没你们的事了，都出去吧。离这儿远一些，我要秘审这两个人。"

狱卒担心李卫的安危，道："大人，这两个都是飞贼，有武功的，就您一个人在，恐怕他们会对您不利。"

"没事，没事，我身上也有功夫呢。"李卫挥挥手，"再说他们还戴着重镣和枷锁，根本伤不着我，还不快走？"

狱卒见李卫执意要一个人留下，也不敢再劝，答应了一声便走了出去。

李卫等狱卒都走了出去，才对孟庆、孟欢兄弟俩道："我知道你们是被逼上梁山的，从心里边也是想改恶从善的。"

孟庆道："是啊。我们哥俩十分佩服大人的手段，若是早几年与您相识，一定会弃盗从吏，情愿在您手下做一名捕快。"

孟欢遗憾道："可惜，今生是无缘为您效力了，留待来生再做好人吧。"

李卫笑道："我要是让你们这辈子就做我的左膀右臂呢？"

孟欢听了，道："大老爷，像我们这样的大罪，上报到省里，一定是个死罪。您不过是个县令，难道能让抚台大人和臬台大人听您的话？您可不要为了我们隐匿案情，那可是死罪啊。"

李卫点点头："给你们一条生路，你们还想着不要连累别人，我李卫对你们更是敬佩了。你们放心，在我县里犯下的案子，我自会如实地上报到省里，但我却能让你们不死。"

孟庆两兄弟有些糊涂了："难道您比抚台大人的官都大？"

李卫突然神秘地说道："知道我是谁吗？"

孟庆和孟欢一齐道："赵县的知县大老爷。"

李卫脸上的表情更加神秘起来："那你们知道我叫什么吗？"

两兄弟异口同声地说："贼爷爷！"

李卫听是这么一句，不由得一笑："我是问你们我的官讳！"

孟庆道："好像是魏礼，是吧。"

李卫走过去，把嘴凑合到二人脑袋中间，对着两人的耳朵低声道："其实啊，那是假名！"

"假名？"

"我真名叫——李卫！"

一个月之后，京城。

保定腊月的天气虽冷，但仍比不上京城那刺骨的寒。空气干冷，寒风呜咽着，万物肃杀，都在寒风中发着抖。

下午酉时二刻，傅恒见过了乾隆回来，刚从暖轿中出来，用手擦了擦脸。管家走上前来，道："老爷，有直隶的一个客人到。"

"哦，是谁？"

"说是李卫派来的。"

傅恒听是李卫的人，想是有关李柱器贪墨的事情，立刻道："快让他到书房等我，我换了衣服便去。"

傅恒换了衣服，来到书房，见书房里坐着一人。那人穿一件上羊皮袍，外罩石青江绸面的马褂，面色白皙，目光清澈。那人见了傅恒，忙走过来拜倒，道："直隶后补道台李卫之幕友任逢春见过大人。"

傅恒还了礼，二人落座。任逢春递上一封信，道："这是我家东翁给您的信。"

傅恒接过信，仔细地看了一会儿。看罢，将信放在桌上，笑道："我看这一回他计划得周密，看来是用了心，想必是已经织好大网，就等捉鱼了。京里面的事，你让他放心，有我在这里随时照应。"

"那小的在此替我家东翁谢过中堂大人了。"任逢春接着又道，"傅中堂，我家东翁还有一件事要拜托您。"

"什么事？"

"我家东翁手里边还缺一位带兵的武官，您看能不能把东翁的小舅子，正在京里做兵马司副指挥的岳小满，调到保定做总兵衙门巡捕营的守备呢？"

傅恒听了却突然想起另一件事来，笑道："这还真是巧得不能再巧了。你知道那个被皇上罚到崇文门教人认字的兵部武库王戴筹吗？"

任逢春不知傅恒为何突然提起这个人来，道："这个人小的自然是知道的，恐怕凡是来过京城的人无一不认识王戴筹吧。王戴筹在乾隆元年的时候上折子请皇上下诏为正阳门、崇文门和宣武门正名，不许再叫别名。皇上说他是闲极无聊，便命他带着两个儿子分别在三座城门前教人认字。不过，这一回我从宣武门进来，却没看到他的儿子，不知这个人现在怎样了？中堂说的'巧了'又是什么意思？"

"这个人上个月刚被皇上赦了，让他重回兵部，实心任事，再不许做虚华无用邀宠之事。"傅恒说罢，端起茶喝了一口，放下又道："王戴筹那时正在崇文门教人认字，得了赦令，只顾得高兴，冷不丁叫一辆车给撞倒了。王戴筹坐在地上就骂了起来。那车上的人是鄂尔泰的姑爷许秉义。许秉义向来是眼高于顶、张狂自大，见王戴筹骂人，便停了马车走下来，叫人拿鞭子抽他。"

"崇文门附近正是兵马司副指挥岳小满的管辖地面，岳小满见有人闹事，过来制止。许秉义非但没有听岳小满的劝阻，反而连岳小满也一起打了起来。当时岳小满虽然带着人，但随从见对方是鄂中堂的姑爷，哪个也不敢上去帮忙。岳小满一个人把许秉义的三个家奴全部打倒，又踹了许秉义一个狗吃屎。许秉义这才知道自己是碰上厉害的主儿了，不敢再生事，乘车溜了。"

"但这事并没有完，后来鄂中堂知道了此事，面子上过不去，想要惩处岳小满。但因岳小满做的是职权范围之内的事，鄂中堂在刑部那边动不了他，就把这差事交给了吏部。吏部尚书讷亲又把事情推给了田文镜。田文镜也不知道怎么办才好，只好顶着不办。这几天这件事正闹得厉害呢！"

"我之所以说巧了，是因为正好能借着这件事把岳小满调出京城，一方面给了鄂尔泰面子，另一方面又给李卫不动声色地添了臂膀，岂不是两全其美？"

任逢春听了不由得精神一振："果然是巧得很，看来此事定有上天相助，要将李柱器绳之以法。"

第二十七章　李卫过寿

一连几个月不见李卫的动静，李柱器那颗提着的心也慢慢放下了，觉得李卫已经是黔驴技穷，再也翻腾不起多大的浪了。就是李不柱开赌场的事，他也放任了去，再也不劝了。

舒心的日子没过几个月，李柱器却碰上一件烦心事。这件事与李卫倒是无关，是保定城里出了飞贼。

要说偌大的一个保定城出了飞贼倒也不是什么新鲜事，但这个飞贼却做了一件怪事，半夜里把李柱器卧房里的东西偷了个精光，就是李夫人的内衣、肚兜也被随手拿走了。这可把李柱器气了个够呛，他本就是一个吝啬的人，一下子丢了这么多价值不菲的东西，岂能不心疼！而且是堂堂的巡抚衙门被盗，他的面子顿时没处搁了。

李柱器立刻通知按察使和保定知府，就连巡防营、捕盗营、城防营各处千总、守备也通知个遍，命他们立刻搜捕全城，务必将这个胆大之极的飞贼查出来，不然将严惩不贷。

官吏们得了令，立刻下去安排人手，搜查的搜查，巡城的巡城，暗访的暗访。一时间，整个保定城被搅得鸡飞狗跳、人仰马翻。连查了几天飞贼大盗没捉住，小偷、小混混、地痞无赖倒是把监狱都塞满了。几天下来，保定城里比以往清静了许多。

这件盗窃案的事情还没有过去，李不柱又给李柱器带来了一个消息——李卫回来了。

李柱器听了倒没有放在心上，往后花园的向晚亭中一坐，看看西下的夕阳，道："回来就回来吧，反正我是不给他补缺，让他在家里闲着吧。"

李不柱也坐了下来，给李柱器倒了一杯茶，又给自己斟上，道："李卫这次回来，不是要缺的，是要过六十大寿的！"

李柱器听了有些奇怪："这个寿在哪儿过不是过，他为什么非要跑回保定来过？再说我记得他好像刚过完五十岁寿辰啊。你说他这葫芦里到底在卖什么药？"

"他一回来就到处请客发帖子，我猜啊，他是要收礼。"

"收礼？"李柱器听了这话，"扑哧"一笑，"真是笑话，打死我都不信！李卫还能收礼啊，除非母鸡会打鸣，公鸡会下蛋。"

"我看这一回不像是假的，直隶省里好多人都接到他的帖子了。我听说，李卫在老家为了充门面摆阔气，花巨资重建了祖庙，又为他爹重修了一座十分气派豪华的祖坟，欠了不少银子。"

李柱器低头沉思了片刻，又抬起头来："我还是不太相信，他李卫别不是又在使什么花招吧。"

这时有下人走到亭下禀报道："老爷，候补道台李卫求见。"

李不柱看了一眼李柱器："说曹操，曹操就到了。大哥，您见不见？"

"见！我倒是要看看他葫芦里到底卖的是什么药！"李柱器撩袍起来，朝外走去。

李柱器到了后堂，等了一会儿，李卫在下人的引领下走了进来。

李柱器一见到李卫，便皮笑肉不笑地迎上去："李大人，好久不见，别来无恙啊？"

李卫却是满面春风，一点儿都不像受贬的样子："托您的福，什么差使也不派给我，尽在家闲着了，养得是又白又胖，哪会有什么恙啊？"

李柱器又开始打起了太极："这个啊，不是我不给你差使，主要是缺少官多，不好安排啊。"

李卫一摆手："我不是跟您来要缺要差使的。十日之后，是我的六十大寿，到时候您可一定要来。还有您，李三爷！"李卫把两份请帖交到李柱器和李不柱的手上。

李柱器接过帖子，道："那我就在这里先恭喜李大人六十大寿。不过……我怎么记得你还不到六十岁啊？"

李卫笑着说："可不是，但也没办法，这不是找不到好的理由了嘛！"

"这段时间我可听说你是广撒寿帖，到处要礼，这可有点儿不合常理，不像你李卫的为人啊。是不是遇到什么难题了？来，坐下说话。"说着，李柱器让下人给李卫看座。

李卫坐下，呵呵笑道："抚台大人，您这话可就错了，我不过就是想着自己都五十多岁的人了，估计也没几年好日子了，所以想趁着还有时间多玩玩。之前我一直都在朝廷当官，有很多身不由己的事情必须要做，而这段时间多亏了抚台大人让我有时间好好地快活一把，我这才体会到人生的乐趣。我这次回直隶，一方面是和您道谢来了，一方面也确实是因为这段时间花了不少银子，所以想着靠朋友们接济一下。"

李柱器听了不以为然："谬论！谬论！本部院以清廉率属，做全省之表率，常常教育你们要勿饰虚文，勿习奔竞，不要追求奢华，你怎么可以张口闭口的吃喝玩乐呢！"

李卫突然收了笑容，直视着李柱器道："李大人，您也甭跟我来这些弯弯绕绕。这里也没外人，也就咱三个，咱们就打开窗户说亮话。您啊，面子上装得挺像回事，但心估计黑得像墨一样了，满嘴的仁义道德，一肚子花花肠子。"

李柱器听了脸色"刷"地一变："你……你怎么这样说话！"

"您别急，我慢慢与您讲。"李卫冷着脸，"我自到直隶以来，和您也斗了有一年多了，您肚子里的蛔虫有几只，我都清清楚楚。您也别跟我充大尾巴狼。其实把话都说开了，你我都痛快。"

"我之前一直就弄不明白，您自己也知道自己是个伪君子，可为什么您就能活得这么问心无愧，活得这么没有廉耻呢？怎么就敢开口闭口说清廉、人前人后讲节俭呢？现在我明白了，其实很简单，只要把良心掏出来给狗吃了就行！"

李卫说着站起身来，走到李柱器面前："我啊，和您斗差得可不是一丁半点儿，但是您的这招学起来也很容易，不是吗？"

李柱器和李不柱都没想到李卫会说出这一番话来，顿时听得傻了，气得脸色发青，说不出一个字来。

李卫说罢，转身走了出去，临到门口，扭过头又道："十天后是我的六十岁大寿，二位一定要去啊。"

李卫一走出屋，李柱器已经瘫在了椅子上，"呼呼"地喘着粗气，脸黑得可怕，一个劲儿地骂道："李卫啊，你个浑蛋，正经手段斗不过我，就在嘴上逮我的便宜！"

"李卫是真贪还是假贪，还真把我给搞糊涂了。"李不柱怔了半天，才回过神来。

李柱器仍是怒气难消："管他是真贪还是假贪，都与我无关。今日之耻，我日后一定要报。你替我想个好办法，一定要狠狠地治一治李卫，让他也知道知道我的厉害。"

李不柱听了，道："要说给李卫点儿颜色瞧瞧，眼下就有一个机会。"

李柱器催问道："是什么主意？快说。"

"李卫不是要过六十岁大寿吗？不是要收银子吗？咱们可以利用这个机会扳倒李卫。"

"怎么个弄法？"

"我先去李府毛遂自荐，做他寿典的大总管，尽量给他把这个寿典做得大大的，让他多收些银子，多发些财。然后您一纸'李卫借寿揽财'的白简上去，一定能将李卫赶出直隶。"

李柱器点点头："这个主意不错，也让他李卫好好尝尝我的厉害！"

第二日，李不柱去城外李卫新租的府院，毛遂自荐要当李卫六十岁大寿的大总管。

李卫还真就答应了，而且当时就说道："你来我可是求之不得！你现在就给我瞧瞧，我该怎么准备。"

李不柱煞有其事地在院子里转了一圈，又到各房中看了，才道："李大人既然让我说，那我就不客气了。在我看来，这间院子就不合适。这个地方地处城外，交通不便，院子又小，屋子又少。一来贺寿的人来了，排不开，容不下；二来大家来贺寿，要找到这个地方也不容易；三来也给您丢面子不是。"

李卫点头道："你说得不错，依你看怎么弄？"

"正好，我有个朋友在城里有一座院子，十分宽敞，修得也好，我让他租给您得了。"

"可以。"

"还有府门前头要搭彩棚，高要不低于一丈，顺路向两边各搭出五里地去，全部要用红色绸料。"

李卫仍是点头："不错，不错。"

"要请戏班子。不能请小班子，要请五十人以上的大戏班，要有名角，到时候连唱七八天，好好热闹热闹。"

"这个主意有意思。"

"所有的屋里屋外的门窗柱檐都要扎红绫，丫鬟、下人也要多雇些，最少要五十个。"

"五十个丫鬟、下人啊。"李卫听了有些犯愁，"这可没几天了，从哪儿找啊？"

"这个有办法。"李不柱不慌不忙道，"哪个当官的家里没几个下人？您每家借几个就行了。"

"还有呢？"

"吃饭的家伙也要重新置办，什么锅碗瓢盆、筷碟盆罐都要用最好的，穿的用的东西也要最好的，所有的下人最次也得穿缎子衣服，就是扫地用的大扫帚，也得是铜丝扎成的。"

李卫听得都呆了，感叹道："够奢侈！够奢侈！"

李不柱笑道："您还得为家里的女眷添些首饰之物，一定要好货，假的次的都有失您的身份！"

"有道理，我不能失了身份。"

"还有……"

李卫一摆手："你别往下说了，说得再多了，我也记不住。你先给我把院子租下来，明天我就搬到那儿。剩下的事，我全权交给你了。你弄成什么样，就是什么样，千万别给我省钱。"

经过李不柱这一折腾，李卫的寿典准备得还真像那么一回事。城内的新院子十分宽敞，屋高墙深，豪华气派。近百名下人进进出出，忙里忙外，如蚁般纷忙有序。府里各样东西都是崭新的，到处都有鲜艳簇新的装饰品，用的全都是好料。每根柱子上都裹了红绫，屋外搭着彩棚，一直沿路向两边延出半里多地去。

李祖母乍见了这阵势，不但没觉着好，反倒被吓住了，她找到李卫问道："你这是干吗啊？不就是过个寿辰吗？怎么把好好的一个家搞得像个龙宫似的，这要花多少银子啊？"

李卫漫不经心地道："不多，一万多两银子吧。"

李祖母听了差点儿没晕过去："啊！一万两！过完了寿辰，你以后的日子是不是就不打算过了？你有那么多银子吗？"

"我已经从保定各官那里借了银子。"李卫把李祖母揽到椅子上坐下，给李祖母倒了一杯茶。

李祖母哪里喝得下茶去，她把茶杯一推，道："那咱能还得起吗？你是不是抽风发癔症了？咱们李家哪有这么过寿的？"

"这是我请的大总管李不柱的主意，银子也是他替我借的。"

"你从哪儿捡来的这么一个败家总管，要照他这么闹腾，还不把家都败光了啊。"

李卫听李祖母这么说，也笑道："这小子的确是个败家子！不过，也不知道他是败谁的家呢。"

李祖母听着糊涂，刚要细问，却被李卫打着哈哈，搪塞了过去。

转眼间，便到了李卫的寿辰，这一日，彩棚高高搭起，鼓乐齐鸣，鞭炮声声，写着"李府"两个金字的大匾熠熠生辉。

一大早，李府外就已经停了不少轿子，进来拜寿的官吏络绎不绝。李卫则不顾连日的劳累站在门口，一一打着招呼。

李卫这些年在官场上起起落落，虽多次被贬，但总能像个不倒翁似的又重新站起来。今个儿是只趴窝的鸡，明个儿说不定就是展翅的鹰。众官吏们都想趁此烧个冷灶，又见李卫改了以往的性子，所以纷纷前来贺寿。不但接着请帖的来了，没接到请帖的也不请自到，从早上到下午，李府门前一直是络绎不绝。因来的人太多，记礼账的师爷也不得不又加了两个，每人还配了一个书吏。只听账房那边不停有人喊着："大名府元城同知，礼金一千两，寿匾一张；广平府通判礼金三百两；保定经历司经历，礼金二百两；保定知府礼金一千两……"

官吏们之间也相互讨论起来，一个面相和善的中年男子对旁边的高壮男子说："老哥，你要上多少礼金？"

高壮男子看了一眼面前的阵仗："按这个行情，咱们做四品官吏的，没有一千两下不来。"

中年男子笑了："平时多烧香，急时贵人帮。现在拜拜李卫的庙，并不吃亏。"

第二十八章　趁火打劫

大约正午时分，天空突然下起雨来，虽是毛毛细雨，但下得很密，如挂着雨幔一般，一会儿工夫，地面就起了泥。这样的天气并没有生意可做，所以家家店铺都开始关门闭户，一眼望去，空荡荡的街上没有一个行人。

这时候，几个人赶着两架驮轿，"吁"的一声停在进宝斋古玩店外，卸了几口大箱子，抬进了门面。一进来几个人便把雨披摘下，连声道："好个天气，虽是雨不大，路却是难走。"

几个伙计正在柜台里嗑着瓜子聊天，见了这几个人，身子也不起，坐在原地，道："客官，我们这个店里的东西可是贵得很，要不您去别的地方瞧瞧。"

几名男子中有孟庆、孟欢两兄弟。此时听伙计这么一说，二人顿时不高兴了。孟庆一瞪眼，道："怎么？一进来就赶客人出去，瞧不起人？我还非要在这里做生意。"

伙计笑道："我是怕您觉得吃亏，您要舍得花银子，我们当然乐意。"伙计一边说着一边走了过来。

孟欢道："这儿有什么好东西啊，也让我开开眼，高兴了不还你价就买走也说不定。"

伙计顺便指了指柜里的一样东西，道："您瞧这对翡翠镯子，从里绿到外，没一点儿的杂色，三千两银子！"

孟庆看了看，道："就这个东西也值三千两银子？"

"看来您是行家。"说这话的是店里的掌柜，他刚刚从后屋转了出来，见有买卖，便走上来说话，"这对翡翠的确值不到三千两，但我们这个店和别的店不太一样，东西总是要贵上三成。您愿意买就买，不愿意买我们也不强求，这叫作姜太公钓鱼，愿者上钩。"

孟庆笑道："我就是看上你这个店与别的店不一样，才来你这里卖东西的。我有些古玩珠宝，价钱好说，你们要不要？"

"既然是做这一行的，自然是要收东西。至于收不收你的东西，要看了货再说。"掌柜说着拿眼打量孟庆，心里估摸着这个人的身份。

这时，听孟欢喊道："把箱子打开。"

后面抬箱子的壮汉将箱子打开，里面是狐皮貂皮。张张毛光闪亮，毫锋纤齐，显然是上等好货。

掌柜瞧了一眼："是好东西，可我们古董店不收这个。"

孟庆道："别着急。"他将上面的几张狐皮貂皮掀开，露出下面的珠宝首饰。他拿出一对翡翠镯子，递给掌柜，"你看，这玩意儿比起你这里的东西成色如何？"

掌柜看到手镯顿时惊得眼睛都瞪大了，他一下子便认出这就是李柱器夫人手上佩戴的手镯。他暗自镇定了一下，才问道："好，下面的东西可以要。不过，我看这一箱子的东西，怎么着也得值个一万多两银子，我请示一下我们东家。"

孟庆不满道："你这个价钱也压得太狠了吧，这些东西别说放到你的店里，就是别的店，也能卖个四万两。我也不和你浪费时间，只向你要一半的价，两万两，怎么样？"

"那就更得请示我们东家了，您稍等。"

"那你可得快点儿啊。"

"您几位稍坐片刻，吃一会儿茶，我去去就来。"掌柜向几名伙计使了个眼色，道："侍候好几位爷！"便走进了内室报告了刘镇涛。

刘镇涛坐直了身子，问道："你可看清楚了？"

"那几件貂皮、狐皮不好认。但巡抚夫人常戴的几样首饰小的却认得清清楚楚，绝不会错的。"

刘镇涛站了起来："你去前头稳住他们，我派人去巡捕营叫兵。"

等掌柜出去，刘镇涛又把身边的亲信丁二叫来："你快去巡捕营，多叫些人马。"

丁二答应一声，忙走了出去，从后门来到街上，直奔巡捕营的营房而去。

丁二方跑到路口，迎面碰上一队绿营兵。因街上无人，丁二便显得特别突兀，领头的红脸汉子将他拦住，道："跑什么跑？是不是偷了东西了？这两天正捉贼呢，给我带走。"

丁二急了，嚷道："我是进宝斋的伙计，不是贼！我是给巡抚大人送信的。"

"送什么信？"

"之前盗窃巡抚衙门的飞贼来我们店销赃了。您先带人去将门守住，我去叫巡捕营的人来一块儿捉贼。"

红脸汉子听了这话，一把揪住丁二："看不起我们城防营的人是吧？"

丁二被揪得几乎喘不过气来，挣扎着说道："没有啊，我哪儿敢啊。"

红脸汉子瞪着丁二道："那你让我们城防营的人看门，叫巡捕营的人来捉贼？是不是怕我们把贼放跑了？"

"那您的意思是？"

红脸汉子将丁二放了下来："这功劳不能让巡捕营的人抢了去！你前面带路，走！捉贼去！"

丁二把红脸汉子带到进宝斋，刚到门口，就感觉里面气氛不对，方才还连个鬼影都看不到的进宝斋门口，只一会儿工夫，便有一群人围在门口，伸着脖子往里面看。丁二还没有想明白到底发生了什么事，红脸汉子已经带着人将进宝斋围了个水泄不通。

丁二还以为红脸汉子是为了捉贼，才会把进宝斋围个水泄不通。于是，指着正在讨价还价的孟庆等人，对红脸汉子道："他们就是贼，别让他们跑了。"

红脸汉子大声呵斥一声："给我拿下了！"

当下，众官兵冲了上去，却将掌柜、丁二和其他的伙计摁倒在地，捆绑了起来。

掌柜嘴里喊道："拿错了，拿错了，他们才是贼！"

红脸汉子把刀停在掌柜的脖子处，恶狠狠地说："不许喊！"

掌柜吓得立时不敢叫了。红脸汉子大声道："给我搜！里边的人一个都不许跑了。"

几十名官兵立时冲进各个屋子里去，拿人的拿人，堵门的堵门。

刘镇涛在后头听见不对，急忙跑向后院。一个伙计迎面跑过来，大声道："东家，后门也叫人封了。"

刘镇涛急得在院中大声喊道："快放鸽子，快放鸽子。"

这时，红脸汉子带着人冲了进来，他一脚将刘镇涛踹倒："来人，把这个老家伙给我绑起来！"回头又对刘镇涛说："给我住口！再说话，我就把你的舌头割下来！"

这时，从后楼飞出一只鸽子，紧接着又是一只，一共三只鸽子飞了出去。红脸汉子一挥手，两名官兵向天上射出几只飞镖，两只鸽子掉了下来，但仍有一只鸽子跑掉了。一名官兵跑到楼上，将那放鸽子的伙计一脚踹了下来。伙计从二楼跌到地上，当时便不能动了，趴在地上直哼哼。

不一会儿工夫，官兵们就把各个屋子都搜遍了，却没有找到账本。红脸汉子不放心地问道："是不是有人带出去了？"

一个官兵回答道："四门都封了，没人跑出去。"

红脸汉子瞧了瞧刘镇涛，道："把这个人和其他管事的都带进屋审问。"

刘镇涛和他的几名掌柜被带到一间屋子里，坐成一排。

红脸汉子站在他们对面，用手指着刘镇涛，问道："你就是刘镇涛？"

刘镇涛已经蒙了，明明是他发现了偷盗的贼，怎么现在是他被绑了起来。于是，他反问红脸汉子道："你是谁？怎么认得我？"

"你甭管我是谁，你把东西交出来。"

刘镇涛还以为是强盗过来抢劫来了，连忙道："大王，咱们有话好说，你要多少银子，我叫人取出来，这里的东西您随便拿。"

其实，红脸汉子是俞飞龙，他是受李卫所托过来帮忙的，听了这话呵呵一笑，道："放心，我一文钱也不要你的，我要的是账本。"

刘镇涛一听这话，脸色一变，随后镇定下来："账本？哦，有，有。快，大掌柜，把账本都拿出来。"

"好。"大掌柜答应一声，又苦着脸对俞飞龙道："好汉，你看我这绑着也没法拿啊。"

俞飞龙一使眼色，上来一个人给大掌柜松了绑。

两个人押着大掌柜走了出去，过了一会儿，大掌柜才满脸汗地抱着一摞案卷回来，道："都在这里了，您看吧。"

俞飞龙信手拿过一本账本。翻开一看，里面全都是每日的进出账目，他顿时勃然大怒，将账本劈头盖脸地扔在刘镇涛的头上："我要的是李柱器收受贿赂的账本，不是你店里的这些破账！"

刘镇涛此时已经镇定了下来，缓缓道："要银子、要古董、要珠宝，我这里都有，您爱拿什么拿什么。可是您要巡抚大人收受贿赂的账本，怕是走错门了吧。我这里只是一家古董店，不是巡抚衙门！"

俞飞龙见刘镇涛说得如此底气十足，冷笑道："你别以为跟我装傻，就能过得了今天这一关。"

刘镇涛也冷笑道："我刘镇涛是正经生意人……"

刘镇涛的话还没有说完，俞飞龙便用刀背狠狠地敲了一下刘镇涛的小腿胫骨。疼得刘镇涛"哎哟"一声，龇牙咧嘴，差点儿没流出泪来。

俞飞龙见刘镇涛痛成这个样子，好笑道："看你这样，怕是没吃过苦头吧？你要是再装傻，我还有更狠的。"

刘镇涛干脆不说话了，两眼看着地，一言不发。

俞飞龙看了看外边的天色，道："时间不多了，给你用用我们的帮规吧。"说罢，转头对身边的官兵道："先让这位爷尝尝双飞燕！还有那几位都松了绑站到墙边，让他们瞧个热闹。"

刘镇涛心里一惊："什么是双飞燕？"

俞飞龙解释道："就是用细绳把受刑人的两个大拇指捆住，然后吊在梁上，受刑者的两根拇指被整个身子拽着，十指连心，自然是再痛不过的了。若想要加重受刑者的痛楚，可以像荡秋千一样晃动受刑者的身体，那样的话他的双指欲断而不能断，整个手筋都会被拉伸到极限，再硬的人也受不住。"

说话间，刘镇涛已经被吊起，只觉得自己的两根拇指火烧火燎的痛。

俞飞龙看着刘镇涛："你说不说？"

刘镇涛大声地喊道："你们这是刑讯逼供，我要去告你们！"

"只要你把账本老老实实地交出来，我就放了你。"

刘镇涛依旧狡辩道："什么账本，我都说了，我们店里的账本都给你拿出来了。"

俞飞龙摇摇头，向身后的人挥了挥手，便有两名官兵走了上来，抓住刘镇涛的腿，前后晃了起来。刘镇涛发出一声声惨叫，嗓子都叫得变了声。几个站在一边的掌柜见了这情形，吓得全身发抖。

俞飞龙见差不多了，便叫人把刘镇涛放下，问道："怎么样？飞起来的感觉好不好受啊？"

刘镇涛直喘着粗气，脑门的青筋一根根爆出来，嘴里道："你有能耐就现在弄死我，要不然我让你吃不了兜着走！"

俞飞龙见刘镇涛死不松口，大声笑道："好，是条汉子！不过……"俞飞龙一边说一边转头看向站在墙边的几个掌柜，"你猜猜你的这几个掌柜能不能像你这样有骨气？"

说完，俞飞龙伸手指了指大掌柜："该你了。"

大掌柜"扑通"一声跪倒在俞飞龙的面前："大王！我说，我全说！"

第二十九章　两封密折

巡抚衙门西花厅客房的一间屋子，一只鸽子落到窗台上。

陈凡荧认得这是进宝斋的鸽子，知道出了事，急忙走过去将鸽子腿上的纸条取下来。他展开字条，上边只有四个字——十万火急！

"糟了，进宝斋出事了。"

陈凡荧顾不上换衣服，急忙跑了出去。跑过两进院子，见李柱器身边一个贴身的下人迎面走了过来。陈凡荧急忙拦住他问道："巡抚大人呢？"

下人道："不是去给李卫李大人贺寿了吗？您不知道吗？"

陈凡荧连忙说："完了，完了，完了，这下可完了。"说完，一阵风似的朝外跑去。

陈凡荧在门房处借了一匹马，蹿上去双腿一夹，往李卫府里赶去。陈凡荧刚下了马，只听里面一片欢声笑语，猜拳行令之声，门外还有十几名城防营的官兵将门紧紧守住。

陈凡荧将马绳在门口的拴马石上匆匆一拴，便急忙向台阶上走去。

这时，门口的官兵拦住了陈凡荧，呵斥道："什么人？"

陈凡荧不好报自己的身份，想了想，道："我是巡抚大人的管家，有要事要找巡抚大人。"

官兵道："李大人有吩咐，起更以前，任何人不许出入。"

"起更？那时天不都黑了吗？"陈凡荧听了不由得心一沉。

"那我们管不着，你要想起更的时候天不黑，去求老天爷去。"

陈凡荧暗道，看来进宝斋被抄的事和李卫脱不了干系，眼下也只有找到了李柱器才能摆平这件事。想到此处，陈凡荧突然一个猛冲，想要绕开官兵进到院子里。没想到官兵早就预料到他这一手，快速挡在他的面前，任凭他怎么挣扎，都没能进了院子。

门口的营官看见陈凡荧的狼狈样，不禁笑道："算了，今个儿是李大人的寿典，我不想伤人，便宜了你。"说着对身边的官兵说："把他给我扔出去！"

几名官兵抬着陈凡荧，走到台阶下，几个人一甩，把陈凡荧抛到了大街上。

陈凡荧从地上爬了起来，也顾不上一身的泥土，嘴里念叨着："这可怎么办啊？"他哭丧着脸想了一会儿，"对了，我去找巡捕营去。"

这时，雨已经停了，巡捕营中军大院外，已经做了巡捕营守备的岳小满正和几个下级武官练武交手。岳小满连扳倒了两个人，引得围观的官兵纷纷叫好。

这时一个官兵跑了进来禀报道："岳大人，有个叫陈凡荧的，自称是巡抚大人的管家，说是进宝斋遭了盗，要您派兵捉人。"

岳小满听了，停下了手，道："让他进来吧。"

不一会儿，官兵领着陈凡荧走了进来，不知是急的还是跑的，他头上已经冒出一层汗珠来。

岳小满坐在院中的椅子上，向陈凡荧问道："你就是巡抚大人的管家？"

"是啊。"

"有什么凭据？"

"凭据？"陈凡荧没想到岳小满会这样问他，怔了一下，道："没凭据。"

"没凭据，我为什么相信你？"岳小满一边修着指甲一边问。

陈凡荧这回倒是被岳小满问愣了，想了想才道："不管怎么说，缉盗拿贼总归是你们的事吧。进宝斋被人抢了，你们快去捉贼！"

"我就奇怪了，就算你是巡抚大人的管家……"岳小满说到这里站了起来，围着陈凡茨打着转，"可进宝斋又关你什么事？怎么别人都没来报案，你却着急地跑过来嚷着捉贼？"

陈凡茨见岳小满不紧不慢的模样，心里着急起来，他吼道："我就是多管闲事了，怎么着吧！你到底去不去？到时候贼跑了，少不了你的干系！"

岳小满先是一怔，继而又笑了："好啦，怕了你啦。兄弟们集合。"

过了好一会儿，岳小满才把巡捕营的官兵都集合起来。岳小满对着官兵训了几句话，无非是要去捉贼不是做贼，去了进宝斋手脚要干净点儿，与贼厮杀要卖力，回来论功行赏一类的话。等岳小满讲完话，陈凡茨这边已经急得开始转圈了。

岳小满偷偷地瞟了一眼陈凡茨，忍住笑意，大声道："报数！"

陈凡茨一听这话可不干了："报什么数啊，你倒是带了人快去捉贼啊。"

岳小满瞅了陈凡茨一眼，道："万一有人偷懒不去怎么办？那不是对去捉贼的兄弟不公平吗？我得记下名字，等捉到贼分功劳的时候，才能有赏有罚。"

陈凡茨急得直跳脚："你就这么带兵捉贼的啊？"

"我是巡捕营的守备，我难道不知道怎么带兵吗？还用得着你教我？给我报数！"

等官兵们报数完毕，岳小满问道："怎么有三个人没来啊，那三个人呢！"

外委把总上前回答道："禀岳大人，孟老六肚子疼，所以没来。彭石头前个儿练枪的时候被枪扎到了脚，现在伤还没好呢。还有一个钱大个儿，既没请假，也没受伤，不知去哪儿了。"

岳小满把眼睛一瞪，大喊一声："给我找去！"

陈凡茨此时恨不得把岳小满吃了，他满脸怒火地瞪着岳小满："岳守备，等你把钱大个儿找回来，那贼能把整个保定都抢完了。你到底是帮贼啊？还是捉贼？你给我说清楚。"

岳小满好脾气地说："好好好，我怕你了，不找钱大个儿了。兄弟们……"

陈凡茨伸着脖子等岳小满下命令出发。

只听岳小满道："把刀枪都擦亮点儿，把马料都喂足了，衣服上的灰都给我拍掉，把帽子带正了，然后再出发。别出去给我丢了人！"

听到岳小满说出这句话，陈凡茨基本崩溃了。

等岳小满带兵来到进宝斋的时候，天已经黑了。天色也已开始放晴，满天星斗撒在碧天之上，阵阵轻风带着些潮湿的味道。

进宝斋门前静悄悄的，没有一个人影。

一队官兵举着火把，慢慢腾腾地走过去，岳小满骑着马走在当中。这群官兵来到进宝斋门前，岳小满命道："先把这里给我围住。"

几名武官"喳"地答应一声，带着几队人马，向后包抄去了。

岳小满从马上下来瞧了瞧进宝斋里边，道："好像里面没贼啊，怎么没动静？"

陈凡茨此时已经不抱什么希望了，愤愤道："要是还有贼，那就怪了。都这么长时间了，就是瘸子都跑远了，还能守在这里等着你来捉他？"

"走，进去瞧瞧。"岳小满抽出刀来，带兵走了进去。

进宝斋店内一片狼藉，早被翻得乱七八糟。但许多贵重的东西都还在，甚至很多古董摆在原处动也未动。巡抚衙门丢的那些东西都在桌上乱搁着，一件珍珠红兜肚被挂在显眼的位置，正是李柱器夫人的东西。

陈凡茨正在皱着眉头看，听见后院隐隐传来呻吟声。陈凡茨从一个官兵手中接过火把，向后院走去，穿过几间屋子，呻吟声越来越大。跟着声音来到最后一间屋子，陈凡茨终于看到有十几个人被捆得结结实实困在房间里，嘴里还堵着东西，刘镇涛也在其中。陈凡茨立马将刘镇涛扶起，掏出他口中的烂布条。

刘镇涛突然大声吼道："你们怎么才来啊！现在那些强盗估计已经回家睡了一大觉了！"

陈凡茨没有说话，只是深深地叹息了一声。

这时，外面传来一阵嘈杂之声，过了一会儿，陈凡茨听见岳小满在外边喊道："卑职见过巡抚大人。"又听见李柱器大声地"哼"了一声，急匆匆地向后院赶来。

陈凡荧急忙站起来向外走去，眼见得几个护兵护着李柱器走了进来。陈凡荧一下子跪倒在李柱器的面前，抱住他的脚，痛哭不已："完啦，完啦，李大人！全完啦！"

李柱器强作镇定地说："有话好好说，瞧你这点儿出息。"

陈凡荧抬起头，道："小的午时六刻的时候就接了飞鸽传信，马上赶到李卫的府中找您。可是李卫府上四门紧闭，重兵把守，门禁森严，就是不让小的进去通报。小的只好去找其他人想办法。可是所有人都去了李卫府上拜寿，只有巡捕营中军还有人。我只好去找巡捕营守备岳小满，让他立刻发兵缉盗。可他磨磨蹭蹭，十里路走了三个时辰才到。依我看，这群强盗和李卫，还有岳小满都是一伙的。"

"唉！"李柱器狠狠地把脚一跺，"看来我又上了李卫的当了。什么深夜失盗、大摆寿宴，都是李卫给我下的套啊。走，找李卫去。"

寿宴过后，李府门前依旧张灯结彩，好不热闹。

此时，李祥正在门口指挥着人拆彩棚，见李柱器的大轿落下，急忙上前请安："巡抚大人怎么又回来了？是不是落下什么东西了？"

"滚！"李柱器一脚把李祥踹到一边，大步走进李府大院。

李柱器刚走到二进院子，却见李卫迎了上来，说出和李祥一样的话："巡抚大人怎么又回来了？是不是落下什么东西了？"

李柱器走上前来，直接问道："把账本交出来。"

"什么账本？"

"你心里清楚。"

李卫呵呵笑道："我这里账本多了，您到底要哪一本啊？"

"你别跟我来这一套，我要你今天从进宝斋里抢去的那本账册，你交不交？"

"李大人，今天我可是在这里陪了您一整天，我哪儿也没去，您以为我是孙猴子，会分身术啊。"

"你啊你，你也不比孙猴子差到哪里去。"李柱器瞧着李卫，气不打一处来，"你今天下午让城防营的兵把你的院子守住，起更之前不许任何人出入，是什么意思？"

"那是为了让大家喝个高兴，谁也不许逃酒。"

"还有，我怎么就没查出来巡捕营的武备岳小满是你的小舅子呢？岳小满带人去捉贼，十里路走了三个时辰，是不是有意放贼走呢？"

"是他捉贼呢？还是我捉贼？这个你问他去。"

李柱器说一句被李卫顶一句，最可恨的是他还没办法反驳："你……你以为我治不了你？"

李卫突然笑了一下："我已经准备办完你这个案子就告老还乡了，不当官了，都这时候了还怕你给我穿小鞋咋的。你爱怎么治，就怎么治吧。"说罢，李卫打了个大大的哈欠，"忙了一天了，我要睡了，你自个儿慢慢找账本吧。哦，对了，如果你还要来我家偷账本，我奉劝你一下，别再找那么笨的贼了。上一回，他们把我全家的账本都偷走了，他们也不看看上边写着字没有。走了！"李卫说完转身就走。

李柱器一把将李卫揪住："李卫！你给我站住！"

李卫转过头，却看到李柱器突然转换了一副表情，笑呵呵地看着李卫，道："李大人，李大哥！你我斗了这么久了，也算是不打不相识了吧。"

李卫不解道："就算是相识吧，怎么了？"

"那您就放过我这一回，我错了还不成吗，以后我一定改！"

李卫听了面带嘲讽之色："狗——还能改得了吃屎啊。"

李柱器听李卫骂他是狗，脸色变了变，转念想到证据在李卫手里，只好继续赔笑道："谁说狗改不了吃屎？我家养的几只狗，就都不吃屎。"

"那你家的狗是没见着屎，要见着还得吃。"李卫说罢转身就走，再不给李柱器说话的机会。

李柱器呆呆地看着李卫的背影，脸上似悲似怒。等李卫就要进屋子之时，他突然大喊道："李卫！你让我死，我也不能让你好活。"说罢，他也甩袖而去。

李卫听到这话，在门口停住了，猛地回头道："李柱器，你可算说对了。你就是要死了！这一次你要是不完蛋，还真就没天理了！"李卫说罢，转身走入屋中，立刻铺纸磨墨，焚着了香，在奏事折子上写道：奴才李卫向北叩奏，直隶巡抚李柱器买卖官缺，受贿巨额……

与此同时，李柱器坐在大轿内，也在构思着怎么撰写弹劾李卫的折子。他一回到府中，便立刻直奔书房，铺纸研墨，执笔写道：奴才李柱器望北跪奏，直隶道员李卫纵兵为匪，强抢民财；借寿敛财，败坏官风……

李卫和李柱器互相参劾彼此的两道折子，同时向京城而去。

第三十章　钦差下直隶

第二日，凌晨。黎明前的夜色黑得怕人，几颗星斗在黑漆漆的夜空中显得有些孤寂。

保定城内一处大校场上，大批兵丁手执兵器，列队待发。

李柱器站在高台之上，庄重地看着下面的官兵。李不柱站在李柱器的旁边神色凝重。

李柱器叹道："文的不行，就只有来武的了。不过，我这心怎么怦怦直跳，紧张得厉害。"

李不柱道："大哥请放心，只有城防营和巡捕营中军两支人马被李卫控制，还不到八百人。他要是真敢反抗，乱军之中，就将他做了。到时候我们随便怎么说都可以。"

这时，两名总兵来到李柱器面前禀报道："大人，已经准备好了。"

李柱器长出了一口气，似乎下定了决心："好，出发！去捉拿李卫！"

李柱器率领两千人马浩浩荡荡地向李府前进，另有城外一千人马也听了李柱器的调令，直接杀向李卫的府衙。

到了日出东方、朝霞满天的时候，李柱器的大队人马已经将李府包围得如铁桶一般。保定城的重要街口，都已戒严，李府附近的街道不许行人走动，一场大战一触即发。

李府大门紧闭着，但李柱器派人去叫门时，却发现门并没有闩，一推便"吱呀"一声露出一条门缝。

李柱器惊讶地看看李不柱，李不柱冷笑道："李卫还想玩空城计啊，难道他这么点儿大的院子里还能藏得下千军万马？"

李柱器听了这话，心里有了底气，命令道："给我冲！"

大批的官兵如潮水般涌入李府。有的官兵停下来守在院口、门前，有的官兵冲进各处屋中进行搜查，而大部分官兵则直穿过院子向后而去。

李柱器带着人冲在最前面，直接来到李卫的书房前站定。李柱器看了看那间只容得下十几个人的屋子，心里已经有了底，心想看来李卫并没有集中人马反抗的意思。想到此处，他朝书房内喊道："李卫，你派人夜盗我府，又抢了进宝斋，犯下了十恶不赦的大罪。识相的就出来伏法认罪，不然，就别怪我刀枪无眼。"

书房内并无人应声，一片沉寂。

李柱器看看李不柱，李不柱向他点点头。

李柱器一挥手："上！"

几十名官兵立刻冲上前，眼看着就要将书房门打开。

这时，书房的门突然打开了，李卫走了出来，接着是任逢春、岳小满、孟庆、孟欢，还有俞飞龙。

正在向前冲的兵丁看到里面的人出来了，顿时停下了脚步，将李卫等人围了起来。

李柱器冷笑道："好啊，人犯都全了，正好一网打尽，省得我费劲儿去找。还不给我拿下，愣着做什么？"

众官兵刚要上前，李卫"刷"地举起一道金牌："李大人看看这是什么？"

只见李卫手上，那块上面写着"如朕亲临"的金牌在初晨的阳光下闪着夺目的光辉。

大多官兵虽都不认得此物，但觉得事情好像不妙，不由得纷纷议论，交头接耳。

领头的总兵眼尖，看到上面的四个字，大声喊道："哎呀，这是御赐的金牌。"

李卫大声说道："如朕亲临，还不跪下！"

几名领头的总兵、副将、参将先跪了下来，接着众官兵"哗啦啦"地跪了下来。李柱器双腿一软，也趴在了地上。

"万岁万岁万万岁。"嘹亮的声音一直从李卫的大院传了出去，越过民房，越过城墙，直传到湛蓝的天空之上。

李卫的折子用的是五百里加急，李柱器因是兼着武职提督，上奏的折子可以用六百里加急。因此李柱器的折子比李卫先一个时辰到达京城。亏得恰好是傅恒在军机处值班，先接了李柱器的折子，知道李卫的折子也随后将到。硬将李卫的折子也等到，才直奔了养心殿而去。

乾隆在养心殿批阅折子，傅恒揣了这两份折子，在永巷口等候召见。不一会儿便见太监出来传旨："皇上叫进。"

傅恒进了养心殿东暖阁，请过安，傅恒一边说着情况一边将两份奏折递了上去。

乾隆展开来细看，越看眉头越紧，看完李卫的又看了李柱器的。看罢将两份折子往桌上一摔，对太监道："去把鄂尔泰和张廷玉也叫进来，朕听听他们怎么说？"

太监答应一声，出去大约半个时辰，张廷玉和鄂尔泰也赶了过来。乾隆为二人赐座，又让他们看了折子，向三人问道："李卫和李柱器这两个冤家，又在直隶闹起来了。这一回你们说又是谁是谁非啊？"

鄂尔泰听了，先站起来道："依奴才之见，李卫和李柱器两个人不过是有些误会。李柱器说李卫借寿揽财，那是笑话。李卫当官这么多年，从来都不是爱财的人。至于李卫说李柱器卖官，也不可信，自李柱器上任以来，直隶省整个风气都焕然一新，人人崇尚俭朴，个个穿得像叫花子似的，看这样子，李柱器也不像是个贪官。"

乾隆听了皱了皱眉，道："鄂尔泰，你这句话说得太武断了吧，难道说两个人都是在诬陷对方不成？依朕看，两个人都不是无中生有，这其中大有文章。"

傅恒接着说："皇上说得是。自古正邪不相容，李柱器和李卫在直隶总是不能和睦共处，同治一方。奴才以为，一定有一个是正，一个是邪，需派钦差严查此案，究清事实才是。"

乾隆看了看张廷玉："衡臣，你算是两代托孤重臣，可每次你的话都最少。这回你不许明哲保身，你给朕说说你的看法。"

张廷玉听了，道："老臣年迈昏聩，所以不敢妄言。既然圣上命臣谏言，老臣以为，知人知面不知心，何况二人在千里之外，一个手握地方大权，一个享有万民清望，难免会做出不利于国家之事。所以，这两个人都要严查。我看，还是提到京城细细审问为好。"

傅恒知道李柱器在京城里的人脉不少，一旦二人一起来了京，恐怕李卫要吃亏，于是急忙道："这怎么能行，案子发生在直隶境内，人证物证都在直隶，却要放到京里来问。岂不是舍本求末，如何能问出真相？"

鄂尔泰反驳道："直隶是这两个人的地盘，就是派去了钦差，难免不为二人所左右。"

"来到了京城就不会被人左右了吗？"傅恒发出一阵冷笑，"上次李柱器来京受审，我可听说有个叫李不柱的人没少为他张罗，鄂中堂家好像就是头一户吧。"

鄂尔泰一听这话，顿时急了："傅大人，饭可以乱吃，话可不能乱讲。我与李柱器不过是当年他上京赶考的时候，曾在我府上借住几日。之前是有个叫李不柱的来过我的家，但那只是李柱器看在以往的情分来看看我罢了，可不像你说的那样。"

"好啦，好啦。"乾隆拍了拍椅子扶手，不耐烦地制止了傅恒和鄂尔泰的争吵，"难道你们真以为朕是两耳不闻窗外事吗？我只是觉得你们的那些小动作不会伤及国本，再加上你们又都是满身功勋的朝廷大员，所以那些过年的年礼以及冰敬炭敬就不与你们计较了。但你们也不要因小失大，什么该做什么不该做，想必你们都很清楚，不用朕再教你们了吧？"

三位大臣一听乾隆这话，谁也坐不住了，一起跪倒在地："皇上圣心烛照，洞察秋毫。"

"你们也别拍朕的马屁了。"乾隆思索着说，"朕看这一回必须派钦差下省查案，才能将直隶之案彻底查清。军机大臣海望还算是一位比较清廉公正的大臣，先皇世宗也对他下过心地纯良的考语。朕就命他为查案钦差。张廷玉，你来拟旨。"

张廷玉答应一声，走到了书桌前。

"但凡直隶来的官吏，一律告乏不见。"接到旨意的海望刚刚吩咐完管家，便有门政走进来道："老爷，有人求见。"

海望问道："是谁？"

"一个是直隶巡抚的三弟，叫李不柱；一个是李卫的幕僚，叫任逢春。"

海望没想到来人居然这么快："直隶的人一律不见，我要去直隶查案，现在这个时候不可不避嫌。告诉他们，要见我的面可以，要等我到了直隶宣了旨再说。"

海望说完，走出书房，来到西花厅师爷的院子。刚走进院子，海望见师爷王建成正在品茶。

王建成见海望来了，忙将茶杯放下，走过来施礼："是东翁来了啊。"

海望还个礼坐下，道："王先生，前个日子皇上收到来自直隶的两封折子，一个是巡抚李柱器状告李卫趁机敛财，另一个是候补道台李卫状告李柱器买卖官缺。如今皇上命我为钦差大臣去直隶查案。可这两个人都不是好惹的主儿，一个奸得似鬼，一个精得像猴，两个人在京中也都有很强的背景。李柱器靠着鄂尔泰，李卫傍着傅恒。我向着哪边都不是，您说我该怎么办？"

王建成想了一下，道："这种事情确实不太好办，无论怎么弄都得得罪一方，弄不好还得得罪两方人。其实最好的办法是拼着顶一个糊涂的名声，对双方各罚五十大板。不过，我看这个各打五十大板的法子在直隶好像不太好用。"

"是啊，各打五十大板容易，装糊涂倒也不难，可我总觉得事情没这么简单。你知道，我做事情向来是不偏不倚的，就算是皇亲国戚欺负平民百姓，我也一定要为民发声。就是因为这样，才会被皇上重视，一步步走到今天的位置上。这一回我看皇上有意彻查此案，而且直隶的事情确实有些蹊跷。我这个新去的钦差大臣，万一没办好，辜负了皇上的圣恩不说，还把百姓推进了水深火热之中。"

王建成点点头："直隶的事情的确闹得挺大，直隶那边已经传过来消息。巡抚李柱器亲自点兵跑到李卫府上去捉人，李卫则拿着御赐的金牌把李柱器的顶戴给摘了。现在直隶巡抚的位置暂由布政使晏斯盛代理，李卫和李柱器这两个冤家都成了有职无权的官，却又暗地里控制着一批心腹，整个直隶简直乱成一锅粥了。"

海望喝了一口茶："所以我才来向您请教，这锅烂粥怎么弄才能不让它糊了锅。"

"这个我已经想过了。"王建成轻轻一笑，"我看只有一个办法。"

海望看着王建成："什么办法？"

"我觉得就按照您平时的原则就好，谁对咱就向着谁。不过，谁要是错了，我们也不要给他翻身的机会。"

"这算是什么办法？"

王建成笑道："您是代表皇上去的，只要秉公执法，就不会留下小辫子给人抓。您想想，要是您事情做得对，就算有人不乐意了，也找不出什么毛病到皇上那里去告状。至于错的那一边，只要我们不给他机会，就不怕他秋后算账。至于您说的那些个后台，李卫和李柱器和他们的关系不过就是好多年前的一点儿交情，难道您与鄂中堂和傅大人的关系不好吗？我就不相信他们为了这件事会与您过不去？"

海望点点头，道："也是，我与鄂尔泰和傅恒是什么关系，只要我秉公执法，料想他们也不会对我有什么不好的心思。"

海望与王建成聊完，顿时松了口气。

这时，门政走了进来，道："老爷，按您的吩咐，我打发那两名直隶来的客人回去了。可他们说，人可以不见，但您要收他们一样东西，他们现在正在外头等着回话呢。"

海望听了，道："什么东西？拿来看看。"

门政呈上来两个锦囊，每个锦囊上都写着一个"李"字。一个"李"字写得十分清秀，另一个"李"字却写得歪歪扭扭，一看就知道后者是李卫的锦囊。

海望先将李卫的锦囊拿起，打开锦囊，抽出一封信来："看看李卫送来的是什么。"他拿起这封信仔细看了一会儿，连连赞道，"好一个李卫，他这个锦囊妙计，省去了我不少心思，此去直隶定不会无功而返。"

海望将信交给王建成，又拿出第二个锦囊，从锦囊里抽出一张银票来。海望拿起来看了看，感叹道："呵，好大的手面，五万两的银票！"

海望将银票也递给王建成。王建成接过来看了看，也笑道："这一回，李柱器是真下了血本了。"

海望点点头，对门政道："你去把他叫进来。"

门政一时没弄明白："老爷，您说的是哪个他？是送银票的呢？还是送信的？"

"请送银票的那位进来。"

"那送信的怎么回呢？"

"你只告诉他三个字就行，'谢谢了'。"

门政来到待客门房，只见李不柱和任逢春各坐一边，一人捧着一个茶杯，各自眯着眼正在养神。

门政指了指李不柱，道："我家老爷让你进去。"又转过头对任逢春道："你的东西我家老爷收了，你可以走了。"

李不柱兴冲冲地对任逢春一抱拳，道："对不住了任先生，我看你还是先回去吧。"

任逢春看了李不柱一眼，没有理他的冷嘲热讽，对门政道："海大人没有回话吗？"

"哦，我差点儿忘了。"门政拍了下脑袋，道，"我们老爷说，给你三个字——谢谢。"

任逢春笑了一下，道："这位兄弟，'谢谢'是三个字吗？海大人的第三个字到底是什么？"

门政有点儿反应不过来，自言自语道："是啊，我家老爷是说了三个字啊。怎么走了没几步便丢了一个，丢了哪个字了？"

任逢春笑着说："好了，兄弟，以后你家老爷的话你还是好好注意听吧，少了个字不要紧，传达错了意思那可就完了。"

说完，任逢春转身离开了海望的府邸。

门政带着李不柱走进西花厅的厢房，师爷王建成已经避去，只有海望坐在那里等着。

门政上前道："老爷，送银票的人我已经给您带过来了。"

海望点了点头，门政知趣地退了出去。海望指了指旁边的椅子，对李不柱道："李先生请坐。"

李不柱道："中堂大人在上，哪里有小人的位子。"

"你也是二品巡抚李柱器的亲弟弟，又是他的心腹，坐坐也不会失了我的身份。你就坐吧。"

李不柱听了这话，方告了座。

海望笑道："你大哥带给我的东西我见着了，不错！"

李不柱在椅子上欠身回答道："还请大人多多担待，事成之后，还有重谢。"

海望打量了一下李不柱，问道："那是多少？"

李不柱一听有门，伸出手翻了一下手背："再翻一番。"

海望漫不经心地说出一句话："有点儿少了吧。"

李不柱一听这话，原本信心十足的笑意猛地僵住了："大人，这可是十万两银子哪，都是单给您的。"

海望的脸色微微地沉下来："我说少了！"

李不柱心里不由得暗暗骂道，这海望可真狠啊，十万两银子还满足不了他。李不柱心里虽然这样想着，面上却勉强笑着："既然大人肯还价，那就好说，照着这个底再翻一倍如何？"

海望站了起来，走了两步，又走到李不柱的面前，笑道："这个数啊，也未必够！"

李不柱心存疑惑，站了起来："那大人到底要多少？您说个明白话，我们若能拿得出来，便砸锅卖铁也给您凑出来；若拿不出来，那也没办法。"

海望微笑着伸出一根指头。

李不柱愣了一会儿："莫非是……"他颤着嘴唇挤出最后几个字，"一百万两？"

海望笑眯眯地看着李不柱："怎么样？能拿得出来，咱们就成交！你做得了主吗？"

李不柱此时额头上已经冒出一层汗了，他结结巴巴地说："这个……我……我得回去和我大哥商量商量。"

"好，你回去商量吧。"海望转过头看看窗外的风景，"不过，等我到直隶的时候，还请你们兄弟俩一定要商量出个结果来。"

李柱器一听李不柱从京城里带来的消息，几乎要从椅子上跳起来："一百万两！罢，罢，罢，让他杀了我吧，看看我这几斤肉值不值一百万两。"

李不柱知道李柱器小心眼的毛病又犯了，急忙劝道："大哥，要我说留得青山在，不怕没柴烧。"

李柱器的眼睛此时已经红了："一百万两对我来说意味着什么，你不是不知道。我这么多年扎紧腰带地过日子才攒了些钱，他几句话就全要过去了，他这不是要我的命吗？三弟，你进京的时候就没有和他说这个吗？他能漫天要价，你就不能就地还钱？"

李不柱听了这话，皱了皱眉："大哥，你又来了，我胳膊肘还能向外拐吗？再说这钱咱俩不一向是四六分的吗，又不是让你一个人掏钱。这一百万两银子，我还要掏四十万两呢！"

李柱器听了这话，冷静了下来，嘴里依旧有些不服气："这个海望可真够狠的，他这是要把整个直隶的好处都吃尽啊，我们可不能任由他摆布。三弟，你给出个主意，怎么才能让他把价钱降下来。"

李不柱有些担心地说："我听海望的口气很硬，一点儿余地都没有留。他和我说若是真有买卖官缺之事，直隶省里不知道有多少官吏要牵连其中，那可是一个通天的大案，他这是拼着性命替咱们顶着，自然不能少要。"

李柱器想了想："他这话说得有些道理。"

李不柱奇怪了："怎么？大哥怎么替他说话，难道你又愿意掏这一百万两了？"

"一百万两可以给他，却不一定非要从咱们的口袋里掏。"李柱器看李不柱仍不明白，继续道，"按海望话里的意思，直隶省里确实有不少官吏牵连其中，我琢磨着，这些官吏总得放些血吧，不能让我一个人做了冤大头。"

李不柱听了，眉开眼笑起来："对，对，对。我还真没看出来啊，大哥你也有比我高明的时候。"

李柱器听着这话有些不是滋味："你这是夸我呢？还是夸你自己呢？"

第三十一章　作茧自缚

四月底的时候，钦差海望一行抵达保定城外。早有探子快马前来禀报。李柱器带了直隶的文武官吏一齐到城外迎接。

出城不到半个时辰，见海望的仪仗远远地走过来。待仪仗到了跟前，前来接钦差的直隶官吏黑压压地跪倒了一片。

海望出轿，走至香案前站定，展开圣旨宣读：

奉天承运，皇帝诏曰。日前朕收到李柱器、李卫两位爱卿的奏折。据二位所言，朕深表疑惑，特命海望持旨详查李柱器及李卫的不法之事。着革去李卫与李柱器之顶戴，收回朕之御赐金牌，留直隶行在，待罪行勘定昭彰后再行议定。海望当秉公查究，据实奏闻，待朕裁定。

海望将圣旨念完，李卫和李柱器同时叩头道："奴才李卫、李柱器谢主隆恩。"

两名戈什哈走上前，一名戈什哈将李卫的顶戴革去，将补服脱掉；另一名戈什哈却看着李柱器奇怪道："李大人，你的顶戴呢？"

李柱器沉着脸指了指李卫，道："没了，早已经叫他给摘了。"

李卫听了这话，一时没忍住，"扑哧"一声笑了出来。随后扭头向后道："拿来。"

岳小满走上前来，将一个二品顶戴交到戈什哈手中。戈什哈收下了顶戴，又将李柱器身上的补服扒掉。

海望转头对李卫道："金牌也交出来吧。"

李卫指指戈什哈手里自己的顶戴："怕被人偷了，在帽子里藏着呢。"

戈什哈急忙从帽中摸出金牌，双手交到海望手里。

海望见了，笑道："你倒是会找地方放东西。"

李卫也笑道："皇上给的东西，不敢放得低了，只有顶在头上，才显得恭敬！"

海望将金牌收起，正色道："你们各自回府，不许随便出府走动，随时听候传唤。"

李卫和李柱器一齐答应了一声，站了起来。

海望望了望众官吏，又道："本钦差千里迢迢从京城带来一些东西，趁大伙儿都在，给你们开开眼，长长见识。来人，拿过来。"

海望身后的官兵齐声喊了一声"嗻"，然后从后面推过来几辆木笼囚车，抬过来几只站笼。接着，将一样一样的刑具扔到地上。有链子、杆子、板子、夹棍、脑匝、烙铁、鼠弹筝、拦马棍，各式各样的刑具混杂在一起，还有十多副手铐和脚镣被扔在地上，发出"哗啦啦"的声音。

众官吏看着这些刑具，顿时有些心惊肉跳，有些心虚的官吏已经被吓得偷偷擦冷汗。

海望板着脸道："大家听好了，从本钦差到保定的第一天起，各官来拜，一律不见；更不得以宴席接风等理由为名，请见本钦差；不得结交我的下属僚员，更不准拜门子拉关系。我的随从人员，也不得出门，不准会客。但有违背者，立刻施以刑罚。大家都给我听清楚了，记明白了，不要犯了我的规矩，到时候可不要怪本钦差对你们不客气。好了，回吧。"

众官吏这才从压抑的气氛中缓过劲儿来，慢慢地让开一条路。

直隶布政使晏斯盛因为暂代了巡抚之职，所以由他上前和海望说话："钦差大人先请。"

海望点点头，刚走了两步路，保定的同知谢雨凑了过来，笑道："下官知道钦差大人一路鞍马劳顿，十分辛苦。众官推举我为大人筹办了一席接风宴，为大人洗尘，还请大人赏光……"

海望听了这话，立时脸色就变了："我刚说了本钦差的规矩，其中一项就是不得以接风为由请见本钦差。你当着这么多官吏的面违规，你是不是想试试本钦差刚才说的话是不是戏言啊？"

谢雨急忙道："下官不敢！下官不是这个意思！的确是同仁推举……"

海望已经容不得谢雨再解释，喊了一声："来人啊！"

一名戈什哈道："在！"

海望冷眼看了看谢雨："就在这里，当着百官的面，给我狠狠地打他五十大板！"

几名戈什哈听见这话，立马上前将谢雨拉到一边。

谢雨这下终于知道了海望的厉害，心里着急起来，嘴里喊道："下官不敢了，还请钦差大人看在下官是初犯的份上，饶我这一次吧。"

海望并不理谢雨的求饶，只听戈什哈一板子接一板子地打下去，伴随着谢雨的惨叫声。众官吏看见这情景，谁也不敢再说话了，大家都噤若寒蝉。

李柱器紧皱着眉头，嘴里轻轻地说了一句："杀鸡给猴看。"

李卫虽和李柱器并立，却是面色平静，似乎这一切都与他不相关。

当日夜里，钦差行辕门外，几盏大灯笼将门前照得灯火通明。十多名侍卫分列两排，显得威风凛凛、杀气腾腾。门前静悄悄的，没有一个人影。自从海望立了规矩之后，哪个官吏也不敢自找没趣，都恨不得离钦差行辕越远越好，生怕又犯了哪条规矩。

约莫二更天的时候，"吱呀"一声，行辕侧门一开，一个老头走了出来。

一名侍卫将他拦住，笑道："对不住了，王先生。海大人有令，任何人不得出入！"

"我有海大人盖了大印的出入凭条。"王建成将一张纸交给侍卫。

侍卫看了看，将纸条交还给王建成："王先生请吧。"

王建成独自走出大门，一个人向东走去，渐渐融入夜色当中。

王建成要去的地方不是别处，正是李柱器的巡抚衙门。约莫走了三刻钟，王建成到了巡抚衙门前。门前的守门官兵自然是不认得他，告诉他巡抚大人不见客。

王建成笑道："我不是拜客的，我是来讨债的。你家三老爷在京城答应给我一根指头的银子，你去和他说了，他自然要见我。"

守门的官兵不懂王建成说的什么意思，但又怕自己误了事，只好进去禀报。

此时，李不柱和李柱器正在书房商量事情，听了守门官兵的禀报，李不柱立刻出门，将王建成请了进来。

到了书房，李柱器亲自倒了一杯茶，捧到王建成面前，道："一路辛苦了。"

王建成接过茶水，放在一边，开门见山地说："李大人，银子可备齐了？"

李柱器没想到王建成说话竟如此直接，一时不知该怎么说："这个……"

李不柱接过话道："王先生，银子不是问题，但是要劳烦海大人自己去收一下。"

王建成转脸看向李不柱："你这话是什么意思？"

李不柱道："一百万两银子对我大哥来说实在是拿不出来。但是海大人曾说过，这件事情不光是我大哥一个人的事，直隶至少有几十名官吏都牵扯其中。所以，我想只要钦差大人使使劲儿，让大伙儿一起出钱，一百万两银子还是很容易凑齐的。"

王建成听了此话，侧头想了想，说道："这个主意倒是不错，可是怎么个收法呢？"

"这个我已经想好了。"李柱器见王建成答应得这么痛快，心情顿时好了一些，"钦差大人那里不是有买缺名单吗？就是李卫从进宝斋那里搜出来的账本。"

王建成听了这话，不由得一怔："李大人好厉害，连这个都知道。"

李不柱笑道："王先生，不要小看我们，别看钦差大人四门紧闭，关防严密。他老人家今天晚上睡的哪张炕，玩的什么牌，其实我们也能打听出来。"

王建成冷笑道："算你有本事，不过，你最好给我老实点儿。"

李柱器见王建成的脸色沉了下去，急忙道："王先生，您是见过大世面的人，就不要和我们一般见识了。咱们还是说正事吧，那个买缺者的名单，还要请王先生额外抄一份给我。"

王建成奇怪地看着李柱器："这不是向你买缺的人吗？怎么，难道你还不知道他们都有谁吗？"

李柱器咳了一下，解释道："王先生，您有所不知。我一向注意保持和买缺者的距离，从来不与他们私下见面。官缺是通过进宝斋的东家出售的，就连银钱也走的是进宝斋的账本。但现在进宝斋的账本已经在钦差大人手上了，所以下官对于买缺之人是真的有些糊涂了。"

王建成一听这话，不禁觉得有些好笑："李大人，你做事还真是小心翼翼啊！难怪上次进京受审，明明有那么多证据，却偏偏无法和你联系在一起。"说完，王建成端着茶杯，喝了一口，"但这名单可是机密，如何能给你？"

李柱器讪笑道："我要按着名单通知这些人交银子。钦差大人呢，也需按着名单抓几个人做做样子，也好吓唬吓唬他们，向上面交差。咱们这样里外用劲，我想用不了几天一百万两银子就有了。不然，我一个人如何凑够这么多银子呢？"

王建成听了，觉得有理，点头道："那就这么定了。"

李柱器没想到事情这么顺利，赶紧说道："烦请王先生转告钦差大人，得饶人处且饶人。现在他替我出了力，将来我也不会辜负他。"

"这个请李大人放心，"王建成说着站了起来，"我们大人既然答应了你，就一定会把事情办好。"

王建成回到钦差府，将李柱器的意思转达给海望。二人商量了一会儿，把一切安排妥当。

到了第二日，钦差行辕发出一角公文："本大臣钦奉谕旨，来此查办案件，与此案相关官吏，若有悔过之心，请到本官面前自首，本官可以酌情处置。如若仍旧不知悔改，待本官查明真相，定当严惩不贷。"

与此同时，海望命随行的官兵开始抓人，涿县县令汪忠岩、房山县县令胡图、新河同知布嘉闲等人均以买缺的罪名被抓了起来。一时间，整个直隶省的官吏人人自危，生怕下一个倒霉的人就是自己。

海望这边唱黑脸，王建成那边唱红脸。

当日，李柱器向之前买缺的人放出风来："当初买缺花了多少钱，这一回便上交多少钱。收钱放人，买卖无欺！"交银之处，另有一个别院，收银的人便是王建成。

众官吏听了这番话，这才明白海望的用意。大家一传十，十传百，没过两日，王建成别院门口的轿子已经是排起了长队。

王建成一个人自是应付不了这么多人，于是李不柱便主动过去帮忙。没过几日，一百万两银子便凑足了。

李不柱回到府里，对李柱器说："这一次是有惊无险，这个钦差看来也不是那么可怕嘛。"

李柱器听了，笑道："是啊，之前我听说海望是一个铁面无私的人，没想到居然比我还会装腔作势。"

李不柱也"咯咯"笑道："李卫要是知道了，恐怕要气疯了。"

李不柱刚说到此处，忽然有人在外边喊道："老爷，不好了，有官兵冲进来了。"

李柱器和李不柱脸上的笑容一下子僵住了，竖耳细听，府衙里到处是官兵奔跑呼喝的声音。

李柱器强作镇定："一定又是李卫在搞鬼！走，出去看看，我看他还能玩出什么花样来！"

话音刚落，就听见书房的门"哐"的一声被踹开了，一个参将带着几名官兵闯了进来。

李柱器指着带头的参将，道："你们是哪个衙门的？敢在这里闹事！"

参将冷着脸道："奉钦差大人的命令，李柱器买缺卖缺，贪受贿银之事已经确实，即刻拿下！同案犯李不柱助纣为虐，共通声气，一并缉捕！"

几名官兵冲了上去，将李柱器和李不柱摁住。

李柱器此时已经瘫倒在地上了，嘴里叨咕道："这是怎么回事啊……"

海望终于收网了，连着李柱器这条大鱼，带着小鱼和虾米，一齐捞尽。当初那些交银子的官吏们，也一起被抓了起来。

众官吏这才明白过来，海望并不是要银子，是在收集他们行贿的证据。没想到李柱器因为舍不得自己掏银子，居然将罪证老老实实地摆在海望面前，在那张特殊的"自供书"上签字画押。可怜李柱器兄弟俩，不但把自个儿卖了，还把众官也供了出来。最让他们气愤的是，他们还帮着海望和李卫数银子。

李柱器知道了一切后，当时便在狱中气得吐了血。

海望得知了这个消息，急忙请郎中为他瞧病。养了几天，待他元气恢复得差不多了，才带上堂来提审。

在巡抚衙门的大堂上，海望将两本账册扔在李柱器和李不柱面前，冷笑道："你们瞧瞧，李卫交给我的名单以及钱款，和你们这几天记下的名单和钱款是不是一样啊？"

李柱器长叹一声，没有辩驳。

李不柱在一旁却恨恨道："海中堂，您这招真够损的。不过，我猜这一定不是您想出的主意，肯定是李卫的阴招！"

"错！"李卫一直就在堂后站着，听了这话，转了出来，走到二人身边，道："你们落得今天这个下场，要怪只能怪你自己，不能怪我。孔子曰，'君子不器'。意思是你自己本来就不是个好人！孔子又曰，'求！无乃尔是过与'。意思是说，你个浑蛋，你自己做的龌龊事，你还要怪谁？孟子还曰，'无父无君，是禽兽也。'你眼里没皇上，没祖宗，只认得钱，你就是个禽兽。你也是读过书的，你难道就没有读过这些圣人和你说过的道理？你还要贪，还要占！那你还不是活该啊，你能怨得着我吗？有句唐诗说得好，'天作孽，尤可活；自作孽，不可活！'这都是你自己作下的孽，你好好想想吧。"李卫说完，心满意足地走出大堂。

海望听李卫说了半天，却越听越糊涂。他招招手，王建成从幕后走了出来，问道："大人有什么事？"海望道："李卫方才说的什么，好像也是引经据典，文绉绉的，可我一句都没听懂！"

王建成想了想，道："学生才疏学浅，也没有听明白。不过，学生听里边有孔圣人的两句话，'君子不器'和'无乃尔是过与'。还有孟圣人的一句话'无君无父，是禽兽也'以及《尚书》里的一句话，'天作孽，尤可活；自作孽，不可活'。"

"哦，原来是这几句话啊。"海望点点头，"可怎么从你嘴里说出来，我就能听得明白，从李卫嘴里说出来，我就一句都听不懂呢？"

李卫回到府中，抑制不住激动的心情，就想找任逢春说说话。他来到西花厅，见任逢春正在屋中喝茶，于是，走上前笑道："任先生，你是没看到，刚才李柱器在衙门受审的样子，真是太解气了。您之前教给我的那几句话，我刚才全都给李柱器用上了。当堂把所有人都给镇住了！原来说些之乎者也的大道理是这么爽啊，赶明儿您再多教我几句。"

任逢春笑道："李大人，恐怕以后我教不了您了。"

"怎么了？"李卫问完这句话，这才看到任逢春已经收拾好行囊，他急忙问道，"您这是要去哪儿啊？"

"我要继续做我棺材铺的生意去了。"

"你要辞馆啊？"

任逢春点点头："我虽是奉父之命，助您成事，其实也是打心眼里愿意帮您，与您笑谈天下，共治一方，辅佐您做一名良臣俊杰。可是，毕竟朝廷不是我可以长待的地方。千里送行，终有一别；天下没有不散的筵席。这一回我助您整了直隶的吏治，也算是大功告成，所以要归隐了。"

李卫听了，不由得生起一阵伤感："任先生，这一路你陪我斗智斗勇，咱俩也算是患难之交，我本想与你一起共创辉煌，但既然你志不在此，我也就不勉强了。不过，你等一下。"说完，李卫将任逢春按回椅子中，又走了出去。过了一会儿，李卫气喘吁吁地跑了过来。

任逢春不知李卫在弄什么，却见李卫从怀里掏出一张银票，递了过来，道："这是我刚发的养廉银子，直隶一个四品实缺道员，也就两千两养廉银子，这还是皇上的体恤，给我按实缺发的，现在我都给你了。两年的年金是少了点儿，但钱是干净的，这是我李卫的一片心意。"

任逢春将银票一把推回去："大人，您也不宽裕，还要靠着这些银子过日子呢，我怎么能要。"

"你是嫌少？"

"我要是为了银子，就不会给您做师爷了。我要的是查贪账、拿贪官、为民除害，痛痛快快地做一件大事情。这些个您都帮我做到了，这就是我的年金，我还能问您另外要钱吗？再说了，我家里也有几间铺子，上百亩地，活得比您要滋润多了。我要这两千两银子有什么用，只能徒增我的不安罢了。"

李卫眼睛湿润了："既然任先生这么说，我就不敢拿这两千两银票给你添堵了。不过，你帮了我这么多忙，我李卫无以为谢，你当受我一拜。"说罢，李卫一头拜了下去。任逢春急忙相扶。

任逢春辞了李卫，又去做他的棺材铺生意了。

不久，乾隆下达了诏书，李柱器一案人员皆有奖罚。

李柱器、李不柱两兄弟因罪行重大，被判秋后问斩；直隶一案中牵扯其中的官吏也都按例判处。

那两位夜盗巡抚衙门，为此案立了大功的孟庆、孟欢兄弟，被海望和李卫联名上表奏请免罪。经刑部合议，依例准减刑罚，只判了徒五年，流放新疆。孟庆、孟欢兄弟被免了死罪，十分感激，与李卫约定五年之后还要回来投奔李卫。林进友也被奏请嘉奖，不久升任直隶广平府的知府，并且还和小婕成了婚，也真是老实人撞上了大运，竟然官运和桃花运一齐都撞上了他。岳小满仍留在直隶，不过不是做守备了，做了同知，仍是五品，却是文官，也算是升了官。海望查案有功，赏双眼花翎，发明诏嘉奖。李卫则被调回京城，坐上了吏部侍郎。

第三十二章　天下第一怪吏

乾隆本想寻个机会，再把李卫放出去做一任封疆大吏，但李卫升任吏部侍郎的第二日，便上了一道辞官折子：

奴才早就算过命，自己五十岁必须辞官，不然将天减寿数。奈何去年正值李柱器横行霸道之际，自己理应帮主子平定天下，巩固皇权，然后才能想功成身退的事。

如今，李柱器一事已了，奴才也没有什么放不下心的事了。眼看寿数将尽，不能再为国家出力，还望皇上能够放奴才归乡，让奴才安度晚年。

奴才临走之前，还要再向皇上进一言。先皇世宗说过，天下三治，则百年无事。三治为治仓、治吏和治疆。其中治吏一项为最难之事。还望皇上能时时体察吏治，使清官能吏遍于天下，贪官污吏无以立足。

乾隆在养心殿读完了这份辞官折子，竟止不住落下泪来。他掏出手帕，将泪水擦去，抬头看向窗外。

此时夜已经深了，天阴得很，浓云遮月，一阵阵大风刮过，将窗户吹得"吱呀呀"地响。

乾隆轻轻唤了一声："王廉。"

太监总管王廉答应了一声："奴才在。"

"你去宣李卫进来。"乾隆说完又摆了摆手，"还是朕去看他吧。"

"皇上，外面就要下雨啦。"

"你只管去备车就是。"

"喳。"

这时，传事小太监匆匆奔了进来，到了乾隆面前跪下，道："皇上，总管内务府大臣傅恒求见。"

"哦，今天军机处不是他当班啊，让他进来吧。"

傅恒面带悲戚地走进东暖阁。此时的乾隆正在激动之时，竟没看到傅恒有些反常，对傅恒笑道："你来得正好，朕听说李卫病了，正要去李卫府上看望他。你与朕一同去吧。"话说半截，却见傅恒忍不住哭出声来。乾隆奇怪地说，"怎么？出什么事了？"

"又玠，他已经寿终啦。"

"啊！"这个消息太突然了，乾隆只觉身子一晃，王廉急忙上前将他扶住。

乾隆好一会儿才稳住了心神，心中突然像是被什么掏空了一般。他突然回身，走到案桌前拿起笔。

王廉见乾隆要写东西，急忙喊来两个小太监，铺纸研磨。

乾隆略思考了一下，提笔写下了几行字。写罢将笔一丢，背手走到窗前，向窗外望去。

这时，外面已经淅淅沥沥地下起了小雨，雨声在黑漆漆的暗夜中"沙沙"响着。

过了好一会儿，乾隆才道："李卫啊，自朕登基以来，你治水察案从来没有歇息过，是朕累坏了你啊。"

傅恒虽然哭红了眼睛，但忍住悲痛上前一步，劝道："皇上不必过分自责，身为人臣，李卫所做之事，皆为本分。"

"可是天下像这样能尽本分的官吏太少啦。"乾隆走回到案头，将方才写下的字递给傅恒，"今晚你就将这副挽联送到李卫府上，并高挂在李卫的灵堂之上，我要让百官看看，什么样的官才是朕想要的。"

傅恒双手将挽联接过，却见上面写着：

上联：一生嬉笑怒骂，终成百官典范；
下联：半世俭朴勤芝，普传万世嘉风。
横批：天下第一怪吏。

（全文完）